禍亂創世紀 02

凌舞水袖 × lemonlait

近豬者痴，近桃者衰！

51．任務大贏家

南明城中，許多玩家聚集在一起，其中最多的是盜賊職業。系統活動分主城每週開放一城的消息大家都知道了，為了爭到最多的禮盒，所有敏捷高的玩家們都紛紛做好了活動前的準備。

由這些玩家的聚集情況也可以看出來大家對活動的參與熱情十分高漲。而人多的地方，是非自然也就多，雲千千從西華城傳送過來之後，一路上已經遇上數起PK事件了。

上週末在西華城參加抓奸細活動的時候，雲千千攜帶了一個夥伴燃燒尾狐，兩人合作下來收穫是異常豐富。可是實際上，在這個活動中還有另外一項福利，那就是團隊才能獲得的積分獎勵了。

如果是加入了傭兵團或公會等勢力的玩家完成任務的話，那每個人每殺掉一個奸細，其所屬的勢力團隊也都能相應的累計上1點積分。當積分達到100點時，國王就會對該團隊的能力給予肯定，繼而給該團隊兌換一個榮譽大禮盒。

榮譽大禮盒開出來後，所能得到的道具物品一定是團隊道具，比如說建幫令、公會升級令、駐紮手令等等等等……也就是說，如果團裡刷任務活動的人夠多，積分刷得夠High的話，則這個團隊能獲得幫派令的機率也就大大提升，一輪活動下來之後，很可能就要多出好幾個新公會了。

上週西華城的抓奸細活動是首開，所以大家都不知道這件事。可是這週在得到了系統通知和上週的活動經驗之後，玩家們略微一摸索，頓時察覺到了這其中的秘密。於是在下一個即將展開活動的南明城中，各個團隊和個人都紛紛行動起來……

「美眉妳好，請問妳有團了嗎？定好明天刷活動的隊伍了嗎？要不要加入我們？」

「有了有了。我的預約很滿，組隊申請一直排到了下個月，如果你想邀我入隊的話，麻煩請跟我的經紀人聯繫……」

「呃……妳真會開玩笑。」

「不是開玩笑來著。對了，我出場費也很高哦，起步價50金，你身上準備好錢沒!?」

「……拜拜！」

「喂！等等啊，別走啊……如果50金沒有的話，49金也不是不能商量的……喂!?」

嚇走熱情邀請自己進隊的無名路人甲同學後，雲千千轉身繼續在街道上慢吞吞的龜速挪動，剛前進沒幾步，又一人橫空出現，攔下雲千千：「美女，請問妳……」

臺詞還沒說完，旁邊已經有人不滿的嚷嚷了起來：「喂！你是ＯＯ團的吧!?明明說好這條街到後面的貿易街為止都是我們ＸＸ團的地盤，你這樣撈過界拉人是不是有點不大好？」

「放屁！老子只是看這美眉挺投緣的才想說隨便和人家聊幾句，誰特意跑你們街上拉人了!?」

「喲！人家拿個紫法杖你看著就投緣了!?那拿個傳奇武器的是不是你老母啊!?」

「馬的！你這話什麼意思！」

「就字面上的意思，不爽想打架!?」

「打就打！兄弟們，抄傢伙！」

「XX團的弟兄們，咱們也上！」

「殺啊——」

兩兵交接，乒乒乓乓的，街道上瞬間一片混亂。路上玩家們很有經驗的淡定避讓。

雲千千憂鬱的繞過這兩撥正幹著架的熱血青年團體，無聊的找了個牆角蹲在那兒鬱悶——香蕉的！

這一小時折騰下來，光看滿大街到處拉人組隊做任務的，自己硬是連一條街的距離都沒走出去……而且本蜜桃可是有身分的人。堂堂修羅族雷心繼承者，創世紀未來的明日之星！這麼拉風的高手也是你們這幫兔崽子隨隨便便想拉就能拉走的!?

「蜜桃!?」旁邊突然出來一個驚訝的男聲。

雲千千隨便瞟了一眼過去，發現居然是好久沒聯繫的晃點創世。

「晃哥!?真巧誒！」雲千千也驚訝，要說南明城說大不大，說小卻也不算小，城池大小足有現實中一個小型城市的規模了，這樣都還能碰到熟人，讓雲千千不得不感嘆猿糞來著。

「是挺巧的。」晃點創世顯然挺意外也挺高興的，走過來一把拉起雲千千，把她從地上給拉了起來：「正好我們團的團長為了明天的任務在喊我們分頭聯繫朋友來幫忙呢，妳也來幫把手，進我們團湊個名額吧！也沒其他要求，就是做活動的當天加入指定隊伍跟著一起刷奸細就行，得的戰利品都不用上交！」

喊親友團幫忙的團長!?這表示人家可是連上街拉人的實力和身分都沒有，換而言之也就是比剛才的OOXX還要菜腳……雲千千為難的猶豫了起來，雖然和晃哥是認識的沒錯，但是她到底要不要拒絕這個邀請啊？她可是有身分的人來著，可是高手來著，但是……

「當然了，也不會讓你們白加團來著，團長說每人發10枚金幣的藥錢！」

「說錢多見外啊。就這麼定了……那個，你們發錢是入團後就給吧!?」

「……」

談好生意之後，雲千千終於解決了尋找任務隊伍的問題。至於說僱傭!?反正那也就是順路的事，加不加團她都得做明天的任務，既然如此，能順手多拿 10 金當然也是好事。

晃哥當場發了個消息出去，估計是跟團裡負責收人的團員報告雲千千的遊戲 ID，沒一會兒雲千千就接到了邀請入團的消息申請，順手點過同意之後，晃哥第一時間就從自己身上數了 10 枚金幣出來。

「行啊晃哥，看不出來您現在也是財大氣粗，10金說拿就拿了！」雲千千也沒客氣，接過錢順口調侃了一句。

「見笑見笑，都是公款！」晃哥還挺不好意思的。

「還要繼續去找其他朋友？這個貢獻積分多了的話有沒有獎勵啊？要是有的話，我再幫你拉個高手過來。」雲千千有心把燃燒尾狐也撈出來入夥了，反正一葉知秋暫時已經榨不出油水，這邊待遇要是可觀的話，把那小子拉過來跳槽也不是不可以的。

「不用了。」晃哥苦笑：「我怕妳幫我拉一幫子剛從新手村裡出來的湊數，然後糊弄我們團長把人收了，順便再從那些人手裡吃個回扣什麼的……」

「喂！」雲千千黑線，有點不高興了。她有時候確實不厚道，但那得看是對誰，像晃點創世這樣的老好人，一般情況下雲千千是不會去對人家幹什麼傷天害理的事情的。

「玩笑，玩笑！哈哈……」晃哥似乎也意識到了自己的猜測太過直白，連忙打了個哈哈把話題帶過，隨便再閒聊幾句後，這才離開。

晃點創世閃人了，雲千千目前也沒有其他的事要去做，看看自己包裡的麵攤9.8折VIP至尊卡。索性就一路晃到了那家熟悉的最低價小麵攤。

剛一進去坐好，點了碗肉末麵還沒上來，自己的桌子對面突然默默坐下一人。雲千千抬頭一看，居然還是熟人來著，這不正是前幾天在拍賣會上給自己送了大筆銀子的肥羊會長龍騰嗎!?

不過這熟也就是自己覺得熟，畢竟前世的梁子結得太深，她對這人可是記憶深刻來著。這一世還沒來得及面對面，所以目前也就是她認識人家，人家不認識她了。

麵終於上來了，雲千千奇怪的看一眼還在靜坐擺POSE的龍騰，不知道這人不點單不說話的坐自己面前幹嘛來了，難不成是發現她貌美如花，所以想來搭訕？

「閣下是蜜桃多多？」雲千千還沒抄起筷子開吃，龍騰終於說話，光看他面無表情又低沉著聲音，那氣勢，倒是挺有武俠片裡裝作神祕高手的感覺。

雲千千嘆口氣：「正是在下，請問尊駕有何見教？」馬的！賣弄文采誰不會啊!?姐姐當年做外送小妹幫劇組送便當的時候，耳濡目染的早就把這些臺詞聽膩了。

龍騰被噎到了，瞪著眼睛愣了半天，硬是不知道該給個什麼反應。

「我的意思是，有話就快說，我還要吃麵呢。這東西放久了就要糊，到時候你賠我!?」雲千千翻一白眼過去，不耐煩開口道。

龍騰繼續噎，這回是被刺激的，他進遊戲那麼久，還真就沒見過這麼不讓人喜歡的姑娘，怎麼了這是?自己沒惹著她吧？

「嗯……那妳先吃，我們回頭聊?」噎了半天，龍騰最後只憋出了這麼一句來。

「……算了，你說著吧，我邊吃邊聽！」

別人吃著他看著，這是多麼讓人尷尬的事情啊！但眼下也沒有別的辦法了，龍騰只能妥協。就著雲千千嘶溜麵條的聲響訴說起自己的來意。

就如同一葉知秋在拍賣場說過的那樣，龍騰在現實中是一個有錢的少爺，這樣的人玩起遊戲來是最捨得花錢的。而錢這個東西，不管在現實還是在遊戲中都同樣的好用。

龍騰拍下幫派令後，建公會卻晚了一葉知秋一步，心有不甘之下，他只有爭取在搶奪駐地的事情上面奪回風頭。可是沒想到的是，一葉知秋連拿駐地都比他要快。就在龍騰九霄的人還在和任務 BOSS 苦苦糾纏的時候，一葉知秋拿下第一塊駐地的事情就已經被系統廣播出來了。

這麼一折騰下來，龍騰可真是覺得被刺激大發了。怎麼說人家也是一胸懷大志的人物啊，結果剛進遊戲沒幾天，卻接二連三的被人搶先壓了一頭，有錢都使不上力，龍騰頓時覺得很憋悶委屈。

於是他開始打聽，想知道一葉知秋到底為什麼能那麼快拿下駐地。不管是拚裝備還是拚補給，他認為一葉知秋都是絕對比不過自己的龍騰九霄的，沒理由對方能這麼順利來著。

而這麼一打聽之後，果然就被龍騰九霄打聽到了一個關鍵，原來駐地任務的難度是可以降低的。接下來，他又出了大筆的錢錢砸下去，在落盡繁華裡砸出個內奸，透過對方的講述之後，龍騰順利又打聽出了關鍵人物雲千千。聽說一葉知秋是得到了她的幫助，這才減輕了駐地任務難度，從而輕鬆拿下西門城郊，並繼續向另外三塊駐地進發。

至於那個減輕駐地任務難度的辦法，龍騰就打聽不出來了，畢竟這之後都屬於保密範圍，一葉知秋花了 50 金買消息，當然不會傻到把這麼貴的情報到處宣揚，去做前置任務的時候，人家都是親自前往，或者是派出核心心腹……而這些人，都是龍騰用錢收買不了的。

「所以，你也是想僱我幫忙拿駐地!?」雲千千嚥下最後一口熱湯，恍然大悟問道。

「不止！」龍騰緩緩的搖了搖頭：「我想直接拿下主城！」

「……」

「怎麼？妳不願意幫我？」看見雲千千一臉古怪的瞪著自己不說話，龍騰冷笑一聲，傲氣凌人道。

「不是。我個人覺得吧，你現在可以回家洗洗睡了，白日夢做多了不好……如果實在想拿主城的話，過上三、四個月之後你再來找我如何？」

「為什麼!?」龍騰不樂意了。

雲千千無奈攤手：「大哥，你也不想想，這遊戲才開那麼點時間，玩家普遍都在30級到40級間掙扎，就算我再怎麼給你找條件降低難度，你想拿主城也沒有拿得出手的兵力好不好！」再者咱倆還有仇，雖說你老人家目前還不知道咱是你仇人，但要本蜜桃這麼心胸寬廣的答應幫忙也不大現實啊……怎麼著也得拿個百八十萬的誠意出來吧!?實在不行的話，便宜個一十二十的也不是不能考慮……

龍騰一聽也為難了，這還真是人家說的那樣，自己光想著要爭回面子了，卻沒考慮一下現實的操作可行性，看來情報高手也不是萬能來著……

無奈了一把，龍騰也只好放棄，起身告辭：「好吧，既然這樣，那我們以後有機會再合作吧！」

「嗯！記得以後多帶點錢錢再來跟我談判啊！不是我說你啊大會長，你來這裡都不先拿點誠意出來，不說看咱這睿智的頭腦、高強的實力和靈通的消息情報力……你單看咱這長相，這身段……你來求我辦事都不知道先封個千八百的紅包當見面禮，這實在是說不過去啊！」雲千千也站起身送客，主要是她也已經吃完麵準備閃人了，反正早起晚起都要起，不如順便。

龍騰臉上古怪的扭曲了一把，終於一句話都沒能憋出來，扭頭就走。比起被一葉知秋重創士氣，顯然和這水果短暫相處的這一會兒讓他受到了更大的刺激。

所以有句古話叫什麼來著？沒有最刺激，只有更刺激。人外有人，天外有天……

「龍騰大會長，能不能順便問句，你到底從誰那打聽到是我出手幫了一葉知秋的!?」眼看龍騰快要跨出大門，雲千千終於還是一個沒忍住的開口問了一句。有內奸的事情她可以理解，畢竟像落盡繁華那麼大的公會要保證全體成員的純潔性還是有些困難的。

可問題就是，在此之前，是誰先透露出了駐地任務可以降低難度的事情!?這不是把自己架在火上烤嗎！真是太過分了……雲千千很有危機感的憂鬱了。

龍騰回頭：「現在全遊戲的人估計都知道了，妳買份創世時報自己看吧！」說完轉身就走，消失於大門外。

創世時報!?

雲千千茫然結帳出門，心裡隱隱有點不大好的預感，等來到街上之後，她隨手截住一個賣報的，咬牙花了10枚銀幣買下當期的報紙一看，第一版上的一行血紅色大字就這麼狠狠的刺痛了她的眼——「第一公會的榮耀：一葉知秋會長親口講述駐地任務背後的故事，想擁有駐地，其實並不困難……」

同一時間，西華城裡的一葉知秋正在一邊帶人殺著駐地BOSS，一邊在公會核心團員的許可權頻道裡下達指示方針。

「……對！不管是誰來打聽前置任務的事情都牽著，別一口拒絕，也別馬上告訴他們！等到他們出價高了之後，再把蜜桃多多的名字隱晦的透露出去……反正明天幫派令大批出現之後，公會之間的競爭也就激烈了，我們搶先一步占到想要的駐地就好，要是吃獨食的話很容易被人當靶子的……再說公會裡也是真沒錢了，如果不先趁現在賺點錢的話，等蜜桃多多自己把秘密公開出去以後就來不及了。那水果的最高信用就是沒信用，最卑劣的時候甚至能達到負無窮大，要供出前置任務的事情也不是不可能。要知道，你們家會長我可還欠著那水果一筆債務呢……」

「一葉知秋！你狠！」雲千千捏著報紙欲哭無淚，她就想不通了，對方正在打駐地這麼緊張的時候，這到底是從哪抽出的時間去接受專訪!?

到了第二天，活動正式開始之前就已經有無數玩家上線，齊齊聚集在南明城的王宮門前，等待第一時間去接抓奸細的任務，然後就可以全城開刷了。

南明城的任務流程和一週前西華城的活動是一樣的，唯一的不同只在於參與人數的多寡而已。

雲千千現在的等級在玩家中也算是佼佼者了，直接被分到晃哥家團長的隊伍裡，也就意味著她已經算是這次活動中數一數二的戰力了。

晃哥自然也跟雲千千一隊，人家晃哥雖然說級別不高，但也是穩紮穩打升上來的，跟許多光有等級卻無對應技能境界的人完全不同。再說了，雲千千畢竟是晃哥帶來的人，光憑這個關係，怎麼也得給人家點面子吧?而且最關鍵的一點就是，隊伍實際上並不能共用獎勵，只有殺奸細時的經驗平分一下而已，競爭的戰力少一點，也就代表自己拿到任務道具的機會多一點啊！

天色終於慢慢的亮了起來，王宮的大門被從裡推開，兩列士兵小跑出來，整齊的列隊於王宮大門前，站隊完畢後，負責發放任務的將領也隨之出現，早就等候已久的玩家群們頓時騷動了，紛紛你推我擠的湧上前去，都想第一個搶到任務。

雲千千拉袖子遮臉，在人群中隨波逐流，也慢慢向將領的方向挪去……

不遮臉不行啊，這將領就是以前做希望之光副本任務時在外面守門的那一個，雲千千完全有理由相信人家是國王的親衛之一，到時候萬一自己被認出來的話，沒準兒人家當場就翻臉把自己給抓了，那還混個屁啊！

全員領到任務後，晃哥的團長也沒硬性要求隊伍必須一起行動，主要也是行動不來，剛才一領到任務之後，一個奸細剛好憑空刷出在附近，一看這出現方式，大家頓時知道這 NPC 必屬目標無疑，可惜大家誰都還沒來得及動手呢，某水果就已經一個雷咒劈了下來，奸細當場被劈成灰灰，一張情報紙掉下，所有正要撲上卻還沒來得及撲上的人就只能眼睜睜的看著某水果悠然走過去，撿起本次活動開始後的第一份戰利品，搶到了打響戰鬥後的首次勝利……

瞬發，秒殺……他大爺的！這還組個屁的隊啊!?

為了不出現一場活動下來之後自己等人一分都沒能搶到的尷尬局面，團長當機立斷的宣布各自分頭行動，可以自由組合，不做任何限制……其實說白了也就是把這水果變相丟出隊伍，免得她搶走了所有目標！

雲千千根本不以為意，別人不願意帶她刷，她還看不起人家這點本事呢！論技能傷害，他們比不過自己，論尋人能力，他們又比不過燃燒尾狐……一群吃乾飯的，何必帶著分自己經驗!?

揮別了面上有些尷尬和不好意思的晃哥，雲千千甚至還安慰了對方幾句，讓人家不用介意，自己海闊天空的反而更好發揮云云。

接著，她一個訊息飛了出去，召喚自己的無敵人形雷達：「狐狸，幫忙查座標！」

「啥座標!?」燃燒尾狐那邊也很爽快，秒回訊息問道。

「第一個名字是鐵牛，趙錢孫李周吳鄭王……總之你想得到的姓氏都給安上一遍，查到目標速度回覆！」

一聽這熟悉的套路，燃燒尾狐立刻聯想到了一週前在西華城刷奸細的情景，一個沒忍住，這人終於在通訊器另外一邊吐了一口血：「大姐，妳在做任務啊!?」

「嗯！怎麼了？」

「怎麼了？妳居然問我怎麼了!?」燃燒尾狐已經瀕臨抓狂了：「我相信妳不會不知道，我現在正在一葉知秋這裡接受著僱傭吧？我們馬上就要出發去打南門駐地了，妳居然讓我現在幫妳查奸細座標!?」

要是對方是讓他查個BOSS或其他啥的倒也罷了，反正就順手的事，查完就完了。但這刷奸細可是要一直持續查下去的，這麼一來自己哪還有時間做其他事!?

「大禮盒開出的東西給你分1/3，一句話，查還是不查？」

「……查！」

有錢不賺是王八蛋！在跟雲千千一起混了短短幾天之後，燃燒尾狐已經順利從失落一族的脫俗青年轉型成為了見錢眼開的市儈小人，從此走上了墮落的不歸路……

晁哥和其團長一行人雖然說離開雲千千各自行動了，但是隊伍還是組在一起的，也正因為如此，所以雲千千的狀態他們還是能看得到，同時也可以和對方在隊伍頻道中說話。

兵分兩路之後，晁哥一行人艱難的在城中搜索著奸細的蹤跡。

這可不是一般的活來著，要不誤傷平民NPC，準確判斷出哪一個是奸細，判斷出來之後還要搶在滿城的其他玩家前動手將其擊殺，不然萬一被人搶了怪，自己就等於是白忙活了。

有錯殺被捕的威脅，還有眾多競爭對手……第一次參加此任務的晁哥等人均紛紛表示很有壓力。

足足在城裡奔走了五個多小時，結果這一隊人卻只順利殺出了一份情報。在這個過程中，大家辨認錯誤，誤殺平民七次；辨認成功，動手時卻被其他隊伍的玩家們搶去了殺怪的最大傷害值，流失目標十一次；試圖從別人那裡反搶目標，搶八次失敗八次，還被人狠狠的威脅了三次；成功擊殺奸細只有四次，其中還有三次是無戰利品情報的……

這個戰績讓大家深深的感到悲哀，他們一致認為該活動簡直是太變態了。這麼高的難度，這麼多的競爭對手，自己哪可能順利攢夠100分!?

悲哀的團長邊想邊往自己的傭兵團內總積分看了一眼，正想嘆息，卻被一口氣活活的梗在了喉嚨裡，差點沒嗆死他。只見團裡的積分並沒有像他想像的那樣慘不忍睹，反而還奇蹟般的接近了四位數，那個三位數位前的首個數位是9……也就是說，團裡的人一共殺掉了900多個奸細，他們團現在可以兌換九個榮譽大禮盒……

「真是讓人震撼啊！沒想到我們團裡的大夥都那麼努力……作為團長，我真是慚愧！」團長臉紅羞愧道。

晃哥幾人此時也注意到了積分表，看到這個戰績，大家都深深的震驚了。面面相覷了一下，所有人一致認為事情有些古怪。

倒不是晃哥他們自大，主要是團長這個隊伍裡的成員都是優先從最高級挑選的。可以這麼說，整個團裡的精英都在自己現在這個隊伍裡了。而連他們都只刷出了四點積分，斬獲道具情報僅一份。其他人又怎麼可能一下子刷出這麼多分值來!?

就算人多力量大吧，就算其他人運氣都好吧……可也不能誇張到這個分上去啊！

晃哥等人倒吸一口涼氣，甚至開始懷疑是不是系統智腦出現什麼BUG，把他們的積分值計算錯了？

正當大家驚疑間，雲千千的聲音突然從隊伍頻道裡傳了出來：「那個啥啥啥團長！我現在要先走了，你沒其他事吩咐吧？」

「妳要走!? 妳要去哪!?」不等團長回答，晃哥已經先行回過神來，急急問道。人是他帶來的，這會兒人家突然說不幹了，自己多沒面子啊！怎麼也得問下理由，好給團裡人一個交代啊！

「我身上的空間格已經滿了，倉庫也滿了，再刷也撿不起東西來啊！」雲千千那邊擦汗，也很憂鬱。

她在活動前還特意買齊材料，跑了一串任務，就為了把倉庫再拓展一倍來著，就為了再多那 50 格空間，眨眼就花掉了大筆金幣，雲千千別提有多心疼了。

可是這畢竟也是有局限的，人家這是倉庫，不是無底洞，燃燒尾狐在獎勵的刺激下，再加上上週本來就有了查找奸細的經驗，那報告座標的速度可是刷刷的，連自己在一葉知秋隊伍裡的本職工作都顧不上了。一個是僱傭固定薪資，一個是大禮盒高額獎金抽成，傻子都知道該選哪一邊。

雲千千東跑西跑的，雖然漏掉了不少被人提前搶殺掉的目標，卻也還是在五小時後兌換完了 190 個大禮盒，把身上和倉庫都填得滿滿的……喵的！要是燃燒尾狐也在就好了，那小子身上和倉庫騰空了的話還能再裝 140 個呢！

晃哥和團長等人當然不知道這其中的內情，一聽雲千千是因為身上沒空格了才不繼續刷下去的，團長當時就有些不高興了：「那妳就把不值錢的垃圾給丟了吧，或者讓晃哥幫妳裝一些，回頭等活動完了他再還給妳。」

「我現在身上除了大禮盒就沒別的東西了，還丟個屁啊！」

「那就丟掉幾個，反正那麼多，少幾個也沒什……」

團長條件反射的說出了半句，接著才反應過來對方剛說了什麼，頓時愣住，晃哥幾個也愣住。沉默持續了許久、許久……

「蜜桃……妳刷了多少大盒子？」良久之後，晃哥小心翼翼問道。

「190，怎麼了？」

「……」團長默默無語兩行眼淚，原來還有比活動本身更變態的存在正潛伏在自己的隊伍裡……

雲千千開盒子去了，失去了這個強大的猛人之後，傭兵團裡的總積分又是久久不見變化，再繼續堅持了一會兒之後，團長終於煩躁起來，這眼看著再刷下去也不會有什麼新收穫了，尤其是和人家的豪邁成績一對比，頓時讓他瞧不起那一小時才爬出幾分的增長速度了。再尤其，大禮盒已經被抽出 190，剩下 110 也不知道還剩多少，估計等他湊夠十張情報，回頭毛都不剩一根……

於是如此這般的考慮了一番後，團長毅然放棄，帶領人去兌換了可以兌換的九個大禮盒後，直接拉著隊伍去酒樓的包廂裡和正在開盒子的雲千千會合了。

一路上，如團長一行人一樣放棄活動的玩家不在少數。在這場慘絕人寰的活動中，根本沒有一個人是因為殺奸細的時候實力不夠而被殺死的，大部分都是死在了玩家人群的瘋搶和攻擊中，還有一部分是誤殺平民過多之後，被出來巡邏的侍衛就地格殺拘押的。

地牢前成了最熱鬧的地方，這裡不斷的有人聚集起來，有的是關押時間短，剛剛被放出來的，有的則是老婆或老公被抓了，於是交錢申請進去探監的。申請保釋的也不是沒有，反正有錢好辦事，這個道理在西方東方遊戲現實中都很通用。

大部分的玩家臉上都沒有什麼雀躍的神色，這一次參加活動的玩家實在是太多了，本來就僧多粥少，再加上獎勵的大半部分都被某顆水果用雷達作弊法給搶了去，剩下的一份分到人頭上，更是少得可憐。

團長等人還算是比較大眾的待遇，起碼他們搶到了一張情報，其他人大部分也就是搶到不超過三張。運氣好的頂多再多個一、兩張，運氣差的則一張都沒有，還掉級賠錢被抓去坐牢……和運氣差的那一小堆人這麼一對比之後，團長和晃哥一行人的心裡終於也平衡多了。

總之一句話，因為這次的活動，南明城全城都很慘。獎勵拿下來平均這麼一分配之後，大家紛紛覺得這連藥水的損失都補不回來……

「蜜桃！妳這次可是賺大了！」進了酒樓包廂，一見著滿桌子上堆著的大禮盒，晃哥頓時就羨慕了。他身邊的團長更不必說，那眼睛都是紅的，直勾勾的盯著大禮盒就拔不出來了。

「還好還好！」雲千千謙虛擺手，認真正色道：「我以後會再接再厲，爭取獲得更大的成就的！」

「妳還是給別人一條活路吧！」晃哥苦笑一聲，在桌子前自行坐了下來。

團長幾個也先後紛紛走了過來。雲千千也不去看他們，反正桌上的盒子她都設成展示了，所有權在自己手上，根本不怕這些人會偷藏下一、兩個什麼的。

隨手打開一個盒子，是鑲嵌石頭，雲千千嫌棄的一撇嘴，丟進空間袋裡，再拿過一個盒子來打開……嗯！居然是藥水！

團長幾個看著人家拆盒子那漫不經心的樣子，真是不知道該怎麼說了，反正挺不是滋味的。自己費盡力氣都不見得能拿到一個，到人家手裡就便宜得跟大白菜似的……

「你們開到幫派令了!?」團長正鬱悶著，雲千千突然丟來一句。

52・海哥的手下

團長正懷揣九個大禮盒瞪著雲千千鋪了一桌子的大禮盒，一聽對方的問話，這才想到自己最關鍵的事情還沒做。

大禮盒耶！專門開公會物品的耶！自己能不能建公會可就全指著這九個禮盒了，哪兒還有工夫在這羨慕人家！

回過神來，團長連忙把自己空間袋裡的禮盒全取了出來，給自己身邊帶來的人一人發了兩個，自己獨拿三個，準備拚拚各人的手氣，這多少也有點分散風險的意思在裡面……四個人，總得有一個手氣好能開到幫派令的吧!?

雲千千乾脆把大禮盒也收了，專心看熱鬧。

四城這連續四週的刷奸細活動，說白了就是智腦為了創造遊戲中的第一批公會勢力而開發出來的。前世活動舉行的這會兒她還正被龍騰手下的人掄著呢，根本沒啥機會見習參加，一切過程都是後來才從別人那聽說的。

於是，今世有機會重見這個各公會崛起之初的時期，雲千千理所當然也就好奇了那麼一點。第一公會和第二公會都是經她手賣出的幫派令，沒準兒眼前這下又要出來個新勢力!?

首先開大禮盒的是團員甲，這哥兒們是個豪放的，還沒等團長殷切的發表講話、鼓舞一下士氣，一下就把手裡的兩個大禮盒都掀開了，爆出駐地升級令兩塊。

「靠！手氣真差！」團員甲忿忿然的把駐地升級令丟給團長，一臉的鬱悶。

其他人比他還鬱悶。你大爺的，開那麼快找死啊！沒公會就沒駐地，沒駐地還升級個屁啊！……馬的這連點心理準備都不給過渡一下的，一開就開那麼兩塊破牌子……

雲千千樂了，一挑大拇指：「哥兒們！你真是夠氣魄……太豪爽了！」

氣魄個屁！團長怒瞪雲千千一眼，再瞪了開禮盒的那人一眼，黑線的收起兩塊駐地升級令，清了嗓子乾咳兩聲，一臉凝重的教育另外還沒動手的兩人：「這就是血淋淋的慘痛教訓啊……團員們，我們一定不能衝動，要謹慎認真的對待開禮盒這項行動，一定要做到一把就開出幫派令，不成功……」

「就成仁！」晃哥和另外一兄弟連忙齊聲接口表態，這詞他們熟。

「屁！」團長一人啐了一口過去，惡狠狠道：「不成功，也得成功！敢失手就給你們全團再教育！」

「……」

在幾人的期待目光中，團員乙終於也出手了，這位和第一個開盒的勇士正好是兩個極端。後者是豪快流的，這位卻與其剛好相反，估計是受團長的講話影響太深，也或者是本身的性格使然。只見團員乙屏住呼吸，瞪大眼睛，小心翼翼的捏起了一個大禮盒，哆嗦著手指一點一點的將外面的絲線拆開。捏著袋口深呼吸了幾下之後，此人眼一閉，牙一咬，終於慢慢的把禮盒包裝給緩緩的拉了下來。

一個「建」字令牌就這麼含羞帶臊的出現在大家的面前……建幫令!?

團員乙猛的癱回椅子上，終於放下了心裡的重擔。虛弱感動得連聲音都顫抖了，他抽搭著抹淚，很是欣喜的望著自家團長，哽咽著深情呼喚道：「老大……」一切盡在不言中啊，喵的，終於開出來了……

團長接過牌子同樣大喜感動，正當他剛要說些什麼來安撫這個立下大功的團員的激動情緒時，雲千千突然「咦」了一聲：「建幫令的牌子上面不是個『令』字嗎？」說完，一個鑑定術拍上去，「建」字令牌立刻顯露真實屬性——可在駐地建設時召喚免費幫手如木工、泥瓦工、水道工、清潔工……

「……」

團長幾個都想罵人了……不要這麼玩人好不好！既然是召喚建築類工人的，你寫個「召」字或「工」字不行嗎!?寫個「建」字你缺不缺德啊!?團員乙則乾脆白眼一翻，很想當場昏死過去。

白高興了一場，團員乙再接再厲，結果還是又開出一個公會倉庫擴充令之後敗下了陣來……事實證明，他的運氣也不是那麼好，沒能拿到自家團裡此時最需要的那個建幫令。

晁哥在團長的視線轉到自己身上的時候連忙表示自己壓陣，他覺得壓力太大了，所以還是最後一個開，讓團長先行試試手氣的好。如果其他人開出來了，自己自然沒壓力，而如果其他人都沒開出來，自己再開不出來，頂多也就是和大家一樣……

團長咬牙，想想自己手上有三個禮盒，比別人還要多一次機會，於是也點頭。當然了，主要也是他不好意思在手下人面前說自己不敢來著。

「團長，加油！」團員甲。

「老大，咱相信你！」團員乙。

「呃……我也要說!?」晁哥左右看看其他人的視線，撓撓頭想了想，終於無奈道：「那好吧，別給自己太大壓力，以輕鬆心態面對……反正換禮盒的積分都是蜜桃刷出來的，實在開不出什麼的話，就當我們一開始沒邀請過蜜桃來團裡，也沒有拿到過這九個禮盒好了。」他始終還是比較厚道，知道不能讓人壓力太大了，但就是這厚道得太老實了，說出的話有些傷害包括團長在內的其他三個大男人的自尊心。

雲千千湊了個趣在旁邊補充：「那個團長，據說禮盒裡最不值錢的就是公會任務刷新令……你只要別開出三個刷新令來，那就算是勝利了！」

團長「切」了一聲，白了雲千千一眼，很不高興對方這麼藐視自己手氣的行為。不過被對方這麼一說之後，他還真是有點緊張了起來。三次機會呢，他運氣沒那麼背吧!?……應該！

晁哥看自家團長戰戰兢兢捏禮盒的樣子，忍不住給雲千千飛了個訊息出去：「妳剛才不應該這麼說他啊，這不是害人家擔心嗎！」

雲千千皺皺鼻子：「我是把最壞情況先列出來，這樣他心裡的底線就降低了。接下來不管開出什麼，只要不是我說的那種情況，他心裡都算是有些安慰了。」

「這麼一說我們團長還該感謝妳囉!?」晁哥皺眉沉思半晌後又問：「那假如他真開出三個任務刷新令怎麼辦!?這樣受的刺激不是加倍嗎!?」

「……手氣能背成那樣也是很難得的一種才能來著。如果真是這樣的話，他也可含笑九泉了！」

「……」

一陣布料摩擦的悉窣聲後。第一個大禮盒被打開，一塊公會任務刷新令出現，眾人失望。

團長擦擦汗，緊張的再打開第二個大禮盒，又一塊公會任務刷新令出現，眾人驚嚇。

團長更緊張了，吞口口水，一臉哭喪的哆嗦著手指又去翻第三個禮盒，好幾次都捏不住那根絲帶，費盡千辛萬苦，在耗時半分鐘才終於打開禮盒後，第三塊公會任務刷新令姍姍登場，眾皆默然。

「……」晁哥無語的看著雲千千。

雲千千心虛瑟縮的擦把冷汗，抬頭面對欲哭無淚的團長和另外幾人的怒視，乾巴巴的訕笑道：「意外，純屬意外！我也沒想到團長大人能這麼風騷來著，嘿嘿……」

「兄弟，都靠你了！」團長現在已經顧不上雲千千了，抓住晃哥的手，一把鼻涕一把眼淚的傷心叮囑著：「我們團的希望可就全靠你手裡剩的那兩次機會了……不成功也得成功啊！」

晃哥汗，大汗，他突然發現其實做墊底的人壓力才是最大來著。難怪人家都說壓軸壓軸……壓軸的可不就得是最大的咖嘛！突然之間，他覺得自己彷彿是背負了全世界的希望……

雲千千鄙視的看一眼已經被沉重期盼給壓得有些呆滯的晃哥，很瞧不起這幾人為了幫派令這麼一副要死要活的樣子，隨手拿起個大禮盒一拍：「需要這樣嗎……就一個幫派令，瞧把你們給折騰的，姐姐前幾天才賣出……呃！」

話還沒說完，雲千千手上已經多了一塊令牌，大大的「令」字在牌子中閃閃發光，刺得人眼疼，系統報告其屬性曰：建幫令，使用該令牌後可獲得創建公會資格。使用者自動默認為公會會長……

房間裡又一次出現了駭人的沉默，雲千千直勾勾的低頭瞅著自己爪子裡的令牌瞪了半晌，許久後才突然抬頭，猛的把牌子往桌子上一拍，清了清嗓子感嘆道：「這人啊……運氣太好了真是擋也擋不住……那誰，開價吧！」

十分鐘後，團長陷入了深深的迷茫中——晃哥手上的兩個大禮盒也打開了，沒有見到大家期待中的幫派令，而桌子上現在倒是有一塊擺著，可惜不是他們的……

大家很不想信這個邪，可是目前的事實就是如此，他們九個大禮盒有九次機會，獎勵物品都是限定在公會道具範圍之內，結果沒能開出幫派令來。

雲千千旁觀看戲的中場隨手摸了個大禮盒開了，幫派令卻居然就這麼掉了出來……

就像那卑劣的水果自己所說的那樣，這是運氣，羨慕也羨慕不來的。

現在的情況很明顯了，人家手上有自己想要的貨，自己當然得開價買下，可問題就是，團長根本也就沒多少錢來著。他僱傭人進自己團裡刷分，為的就是能多換幾個禮盒，然後試試手氣，自己開出幫派令來。這樣算下來的話，頂多是僱人的成本要個幾百金。

可是，要是直接出錢買成品的話，團長就有些力不從心了。全遊戲裡都知道上週拍賣會上的幫派令賣了 11000 金，這麼一大筆錢自己怎麼可能拿得出來!?

要不，舉團去借高利貸?團長和其他人一起猶豫搖擺中，思考著要不要為了這麼一塊令牌現在就開始背上鉅額欠債——背了，自己可以搶得建公會的先機，但卻要受制於人。不背，當然是天高任鳥飛，沒有任何拖欠了，可是幫派令流失，等以後自己再建公會時，就說不定已經落後別人不止一步了……

買，不買?這是個問題……團長迷茫，很迷茫。

雲千千不耐煩的抄起幫派令，當是驚堂木一樣往桌子上面一拍，不耐煩道：「到底要不要!?不要我拿去送海哥了，磨磨磯磯跟個娘兒們似的！」

團長淚奔：「大姐，晃哥也是妳朋友，既然妳都說要送給別人了，不如乾脆直接送給我們!?」

「那不一樣，海哥自己就是當老大的，我送他幫派令，使用完後是他受益……晃哥是你手下，我送他幫派令，他轉手再給你，公會是你建，老大是你當，晃哥有個什麼好處啊！」雲千千鄙視這團長。

「那我給他個副會長的位置?」團長抹淚哽咽了一下，實在想不通了。

「如果就這點好處的話，那我還是送海哥，回頭讓海哥收了晃哥，照樣能給個副職。」

「……」當著咱面就敢說要挖牆角!?姐兒們，您行！

晃哥忍不住的猛咳嗽了起來，臉憋得通紅，等終於順好氣後，他無奈看一眼雲千千：「蜜桃，妳直接開個價吧，太高了我們接受不了，太低了妳肯定也不幹……妳就看看我們團裡有什麼妳看得上的吧，如果錢不夠，我們也能用其他東西補上啊！」

「對對！就是這話，以物代錢！」團長一聽，連忙跟著點頭。只要不讓他寫借據就行，怎麼也得搶在前面把公會建起來啊！不然等其他人建了公會把高手和地皮一分了，自己再建的時候還能撈得到個屁啊！

雲千千猶豫一下：「也行！不用錢，剛才你們九個禮盒開出的東西我都要了，幹就刷交易框，不幹我還是把幫派令送人去！」

「……」團長吐血。

這簡直都比得上明目張膽搶劫了。要知道，雖然說幫派令才是大家目前首要急缺的東西，可這也不代表禮盒裡開出的其他道具都不值錢來著。

別的不說，光是第一個團員甲開出的那種駐地升級令，那就是實用性很強的東西來著。雖然說建了公會又打下了駐地的目前只有一葉知秋一家，實在無法準確定價駐地升級令的價值，但所有東西的數量加起來，日後怎麼著也比一塊幫派令貴吧！

自己本來還打算著等買到幫派令以後，再舉全團之力去刷駐地，接著升級發展來著……

「要不，咱們還是先寫借據吧!?」晃哥也覺得這買賣似乎有些虧本，忍不住建議了一下。

團長看一眼漫不經心的雲千千，再比較了一下得失，終於咬牙：「換！」日後是日後，現在是現在，百鳥在林不如一鳥在手，與其等待以後可能升值的這些令牌漲價，不如抓緊時間把幫派令換了……畢竟一樣東西的最後市場定價還牽涉到爆率、使用效果等等因素在裡面，把寶押在還不知道發展的這些東西身上，不如換了清靜！

一分鐘後，系統再次響起全服廣播，大致意思就是說全遊戲第三家公會正式成立了，歡迎廣大人民群眾一起去看看熱鬧云云……

團長痛並快樂著的走出酒樓，身後跟著同樣表情糾結的晃哥幾人，至於雲千千，人家自然是繼續留在包廂裡，接著開她的大禮盒。

打開一個，是紅藥組，再打開一個，藍藥組！再再打開……靠之！居然是初級生產材料……

十多分鐘後，所有大禮盒被雲千千豪放刷完，財大氣粗就是有這好處，開盒子的時候可以一點心理壓力都沒有，反正機會多著呢。

最後結果，今天雲千千的好運終於用完，除了賣給晃哥家團長的那個幫派令外，她再沒開出另一塊幫派令來。其他零零碎碎的雖然也有值錢的東西，卻沒有什麼大油水。

無奈的感慨了一把之後，雲千千刷的一條訊息飛出給一葉知秋：「一葉會長，我現在手上有幾塊公會用品。駐地升級令三塊，公會倉庫擴充令兩塊，駐地建設召工令一塊……分別是3000金，2000金和1000金，你應該也知道這些東西的價值，要是覺得可以的話咱們就交易，一手錢一手貨，看在你是老客戶的分上，咱再免費送你三塊任務公會刷新令，錢不夠可以寫系統借據……你要是不幹的話我就去掛拍賣了，龍騰應該對這挺有興趣的！」

「……」通訊器另外一邊的一葉知秋吐血——香蕉的！剛剛才透過賣情報賺了個幾千金，這還沒來得及欣慰呢，轉眼又要欠上債了……

一葉知秋會不買嗎？他當然不會不買！

這次活動的情況，遊戲裡的人大概都聽說了，基本上就是可以用一個「慘」字來形容。個人刷分刷不到什麼，更別說團隊，勢力最大的團體在本次活動中也不過累積了200多分，換了兩個大禮盒而已。除了晃哥家的團長走狗屎運的遇到了雲千千，莫名其妙的刷上了九個大禮盒以外，其他勢力的人基本就沒什麼戲。

於是，這些公會專用道具也就在此時顯得異常珍貴。別的不說，大家誰不想走在別家公會的前面？眼看著公會建起來了，駐地打下來了，結果房屋建設都是一片蕭條，冷不丁看過去跟個難民區似的，誰看了不覺得討厭？

透過官方途徑來建設和升級公會駐地內設施的話，那消耗根本不是初期公會承受得起的，而想透過道具的話，現在又只有雲千千一家手上有大量資源……即使明知道這是敲黑竹槓，一葉知秋也只有咬牙硬挺了下來。合著總比讓龍騰的人買去，建好駐地了之後再來噁心自己好吧！

飛速趕來雲千千所在的南明城酒樓包廂，在系統的公證下，把公會給智腦做抵押之後，一葉知秋終於簽下了賣身契，寫明欠蜜桃多多 12000 金，三個月內不償還則自動拍賣其公會及公會內設施，折換成現金還債。接著，再刷出 2000 現金付帳之後，一葉知秋終於心情複雜的從雲千千手裡接過了九塊大大小小、用途各異的令牌。

「合作愉快啊！一葉會長真是爽快人，以後有機會的話，咱一定給你畫張 VIP9.9 折！」雲千千大方道。對於這個接連送錢給自己的老顧客，她還是挺感激人家的。

「不用了，我還趕回去刷最後一塊駐地呢……真心希望以後再也不要有從妳手裡買東西的機會！」一葉知秋黯然淚下，哽咽不止。

「你別跟我客氣，咱們打了那麼幾天交道，彼此也挺默契的，我要有好東西一定優先賣你，總比和其他不認識的人磨磯起來強啊！」雲千千嘻嘻一笑，順手把錢錢和借據都收進空間袋裡，揮手告別：「我先走了，有什麼事儘管說話啊，殺人爆寶搶怪賣情報順便再兼賣二手貨……只要價錢合適，我把自己抵給你賣命都成！」說完轉身離開，在一葉知秋的傷心淚眼中走出酒樓，走遠、走遠……

一葉知秋凝望雲千千消失的街道盡頭許久，最後終於嘆息一聲，抹把淚，也準備要離開這個傷心之地了。

「客人，請您付包廂費！加上酒水菜肴一共47銀99銅。」酒樓夥計神出鬼沒的刷出，抓著一張帳單攔下一葉知秋。

「……」一葉知秋無語瞪視酒樓夥計三秒，再看看身後包廂裡一桌子的殘羹剩菜，許久之後才終於明白過來是發生了什麼事——馬的！這爛水果居然還給他跑單!?

「客人，您不會打算跑單吧？」酒樓夥計等了許久不見人付帳，笑著又問了一句。

一滴冷汗刷下，一葉知秋摸摸已經一個銅子不剩的荷包，沉思再三秒，突然轉身冷靜的坐回座位上，一臉沉著道：「我還要再坐會兒！」

「那您慢用。」酒樓夥計收回帳單，點頭哈腰的退出包廂。

房門被帶上後，一葉知秋這才刷下兩行淚來，咬牙悲憤群發消息：「江湖救急！本人現在在南明城酒樓XX號包廂落難，請離得近的朋友速帶50銀來贖人，一葉知秋感激不盡，日後必有重謝……」他的那個心喲，都碎成一片一片的了，冷到極致……

其實雲千千還真不是故意跑單來著，她走出一條街後才想起來自己沒結帳，不過轉頭再想想，一葉知秋畢竟也是一會之長來著，自己為了區區一點飯錢和包廂費跑回去，說不定人家會覺得木有面子呢，說不定人家會覺得自己看不起他呢，說不定……男人的自尊心是多麼的脆弱啊！自己身為一個集溫柔體貼等眾多傳統美德於一身的好女人，一定要好好保護男人的玻璃心，不能讓他們受到一點的傷害！

嗯！沒錯，自己真是個好女人來著……雲千千為自己的善良和細心而感動了，順手摸出一包離開前從酒樓打包帶走的牛肉乾，邊嚼邊踏上了傳送陣。

傳送白光過後，雲千千眼前一亮，本來以為自己將看到一座荒蕪小鎮來著。結果小鎮是看見了，卻並不荒蕪，鎮中心有兩隊人正大眼瞪小眼的對峙呢。

這個小鎮有個名稱，叫做矮人工匠村，名字很直白，直接點出了小鎮的住民和其在遊戲中賴以生存的技能。

說得簡單一點，這個小鎮就是一個專業的打造技能學習鎮。在創世紀中，這樣的村鎮是很常見的，玩家們如果有想往生活職業專心發展的願望，那就可以自行尋找類似的村鎮進行學習研究。

生活職業村鎮裡的NPC們都是強大的生活職業宗師，有著最詳盡的生活職業技能術和生活材料收集管道，絕對不會讓前去求學的玩家們有任何的不便，只要你肯學，也能下得了苦工耐著性子升級，那就一定不會出現諸如缺少材料、缺少晉級宗師等等之類的尷尬情況。

雲千千當然不是來這裡學習生活技能的，她是個純粹的姑娘，知道人如果不專心的話，在任何一方面都不可能取得成就。既然決定往戰鬥職業的道路上走了，那還去學生活技能做啥？就為了省那仨瓜倆棗的藥錢？還是說為了省那幾個銅板的裝備修理費？

千萬別幻想著哪個生活職業大師可以打出類似傳奇品階的裝備武器什麼的，一般玩過幾年遊戲的都知道，最強的裝備武器都是從副本或任務鏈裡刷出來的，BOSS身上掉落的才是極品。想打造逆天神器!?那得有個機率的問題，一般系統給你算個千萬分之零點一的成功率都算是對得起你了，就算給你材料、不算體力消耗的日夜不停鍛造，至少也得一年半載的才有可能出來一件……真有那工夫的話，刷個幾百套系統極品都能刷得出來了。有那種願望還不如去看小說還來得快些……

雲千千之所以會來這個小村鎮，主要還是為了找 NPC 升級自己的法杖。

活動中的大禮盒雖然沒開出幾塊幫派令，但其他的生產材料和裝備武器鑲嵌石頭卻是開出了不少，在這座矮人工匠小鎮裡有個 NPC 可以提供武器升級的服務。只要材料足夠，他就能幫玩家的武器上附著法陣，從而賦予武器一個新的技能或提升其屬性。

工欲善其事，必先利其器……為了自己能在勒索打劫的道路上走得更遠，雲千千認為自己很有必要讓自己的武器再升級一把。再說了，反正現在的材料拿去賣也賣不了幾個錢，市場上都是論斤賣的，既然如此，還不如自己用了舒坦，也免得為了三兩個銅板和人講價還價……

手搭涼棚瞄了一眼前方，雲千千發現自己要去的那個NPC家的方向正在兩隊人對峙的另外一邊，換句話說，也就是人家把她的路給擋了。

在繞道還是直接闖入這兩者之間，雲千千只略微考慮了不到半秒，接著就囂張的選擇了後者——咱可是高手來著，憑毛要為了別人繞道啊!?

大搖大擺的走過去，另外兩隊人也很快的就發現了這姑娘。其中一夥人光鮮亮麗，一看就是財大氣粗的團隊；另外一夥人走的則是平民路線，裝備都很主流大眾。

光鮮團隊中有個姑娘看起來像是帶頭的，雲千千一眼掃過去，樣貌不錯，可以打85分，身材也挺好，完全可以給人家算個90……嗯！但是比起自己還是要差了許多。

眼看著雲千千走過來，那姑娘一皺眉，使了個眼色，身後立馬有個傢伙站了出來，迎著雲千千的方向走去，看似客氣實則囂張的伸手一攔：「這位姑娘，我們公會在這裡有事要辦，能不能請妳……」

「雷咒！」一道霹靂閃下，把攔人的兄弟刷成白光。雲千千哼了一聲，風騷的一甩頭：「姐姐最討厭人裝模作樣……馬的說話還得找個傳聲帶話的，真當自己是金枝玉葉了!?」

這一句話的音量不算大，但兩團隊的人卻都能聽得一清二楚。美女姑娘當場咬牙，一臉憤怒的瞪視雲千千，看樣子想把人殺之而後快。

另外一邊的人愣了愣，接著這才認真的向雲千千看來，他們本來光看人家身上的裝備是紫法杖加龍皮甲，還以為又是光鮮團隊裡趕來幫忙的，誰知道峰迴又路轉，人家比光鮮團隊的人還囂張，直接二話不說劈了去傳話的那哥兒們。

這下兩隊人可都騷動了，悉悉窣窣的在各自的團隊中交流著，想要就雲千千的身分問題展開一場討論——這個高手是同伴!?還是敵人!?是來者不善，還是另有目的!?

美女姑娘氣雖氣，卻也知道能秒殺自己同伴的雲千千肯定是不簡單，權衡了一下目前的局勢後，她還是決定忍氣吞聲，強笑著主動開口朝對方招呼了一聲：「這位姐姐，實在抱歉，我們公會在這裡辦事，有得罪之處還請原諒……請問您是來做什麼的？需要我們幫忙嗎？」最後一句純屬客氣，說白了也就是想問清楚對方的來意而已。

雲千千大方擺手：「知道錯了就好。姐姐我是來升級武器的……嗯！簡單說就是路過而已，你們讓條路給我過去就成！」

「……」原來人家只是來打醬油的！

兩隊人都有點受刺激。刺激之後，美女姑娘也鬆了一口氣，笑容上多了幾分真心：「既然是路過，那就請吧！」說完，向自己身後的人一揮手，那些人連忙退開，讓出一條通道給人家走。

平民團隊的人商量了一下，覺得即使對方不是自己的同伴，起碼也別去得罪人家啊。本來有一幫找碴的就夠頭大了，這要再來個高手和對方同仇敵愾的話，自己這邊還要不要混了!?

於是，平民團隊的玩家們面面相覷了一下之後，也默然讓道。

雲千千從兩隊人中間走過，那叫一個意氣風發啊，前輩子自己哪能有這待遇!?果然力量就是一切，拳頭大的才有發言權，蜜桃不出，誰與爭鋒……正想得高興，平民團隊中突然有人驚「咦」了一聲，脫口而出：「蜜桃多多!?」

「哈!?」雲千千條件反射回頭。

另外一邊的美女姑娘「咯登」一下，開始不安了起來，這別是人家的幫手吧!?一邊這麼想著，美女姑娘一邊暗暗的吩咐了下去，一發現有不對勁的地方，大家立刻動手！

雲千千茫然看那叫自己的哥兒們，皺眉想了半天都沒想起來是哪根蔥，忍不住疑惑了：「你誰啊？」

那玩家本來還不大確定，一看人家應聲，頓時知道自己認得沒錯，連忙興奮擠出人群：「妳不認得我，但是我認得妳來著……」

「Fans!?要簽名!?」雲千千驚訝道，接著慌忙低頭在身上找紙筆——怎麼沒有!?馬的，這可是自己第一個崇拜者來著……

兩隊人一起黑線，說話的那玩家在同伴的鄙視目光中尷尬了許久，眼看雲千千已經打算找人借筆了，連忙乾咳一聲打斷：「不是的，我不是找妳要簽名……呃，雖然我也挺崇拜妳沒錯……但是……那個！總之，我是海哥手下的兄弟，這麼說妳是不是有點明白了!?」

「但我還是不認得你啊！」雲千千攤手，一聽不是自己Fans，她立刻沒啥激情了，轉身就走。

那玩家當場傻眼，不知所措的站在原地，完全呆住了——這姑娘怎麼這樣!?難道她和海哥的交情實際上並沒像他想像中那麼深!?

美女姑娘一看，似乎這高手沒想給對方撐腰來著，她剛鬆了一口氣，正準備譏笑過去，雲千千突然冷不丁的轉身抬手，一片雷光照著美女撒下：「天雷地網！」

所謂明騷易躲，暗賤難防。

如果真是面對面的較量，哪怕雲千千再比現在厲害一倍，美女姑娘其實也不是完全沒有機會贏的。可是她做夢也想不到的是，某卑劣的水果居然會裝模作樣的擺出一副不插手的無興趣姿態，接著等到大家都放鬆了警惕之後，才又措手不及的殺了自己等人一個回馬槍……

「靠之！別以為裝作不認識我就認不出妳來，前天在ＸＸ山搶我BOSS，今天姐姐就好好和妳算算這筆帳！」雷光電鳴中，雲千千做氣憤填膺狀衝美女大聲吼吼道。

美女姑娘被刺激得氣血上湧，怒火直沖腦門，淚流滿面得幾乎昏厥了過去——裝！裝得還挺像！誰踏馬的搶過妳BOSS了!?

海哥手下那人的隊伍也不傻，雖然開始是跟著怔了一下沒錯，但見到雲千千出手之後，大家還是很快的給出了反應。

在眾人的圍攻之下，在雲千千搶先出手，致使自己等人失去了先機之下，不到一分鐘的時間裡，美女領隊帶出來的矮人工匠村特別行動小組很快的被宰了，一點懸念都沒有。

「海哥的面子還是要給的。雖然本蜜桃不認識剛才說話的那哥兒們，但路見不平一聲吼，咱這麼仗義的人怎麼可能真的見死不救!?」大戰告捷之後，面對圍上來紛紛道謝的眾人，雲千千很夠義氣的小手一揮，讓大家不用客氣。

「不是，其實我就是想問問，妳說的那個XX山是在哪裡啊?那娘兒們根本不是妳對手，她怎麼會搶了妳的BOSS?」最開始和雲千千搭訕的那玩家搶先爭得發言權，好奇求分享。

本來七嘴八舌的眾人一聽這麼驚豔的問話，頓時集體沉默，個個皆以古怪的目光鄙視此人，心中萬千感慨、感慨萬千——喵的!自己等人的革命隊伍中居然還有這麼純潔的奇葩!?……地球太危險了，哥兒們您還是回火星去吧!

雲千千也表情古怪，壓低聲音問其他人：「這誰家的無知少年被牽出來了?」

「不認識不認識!路人甲吧!」

「其實他就是路過打醬油的。」

「堅定表示完全無瓜葛!」

「毫無瓜葛+1!」

被大家合力鄙視的哥兒們猶不知道自己哪裡做得不對了，以好奇眼神純潔無辜的看著眾人。

雲千千一臉凝重的上前拍了拍人家的肩膀，認真叮囑：「哥兒們，出門千萬得跟著兄弟走，別一個人行動，小心回頭被人拐了……」

「……哦!」

人群散去後，在傭兵團頻道裡聽到手下報告的海哥在知道了雲千千仗義出手，並拯救自己兄弟於水火之中的事情之後，很快的給出了反應，發來感謝訊息一封，並邀請雲千千碰頭一聚。

雲千千隨手回了個訊息，表示自己並不是貪圖對方的感謝，讓對方大可不必如此客氣。謝禮什麼的就不用了，隨便請她吃個滿漢全席就成。

接著，沒等無語的海哥再次回訊息，雲千千已經切斷了通訊。瞪著自己的個人面板痛並快樂的糾結了起來。

痛，是因為在大規模的殺戮過後，雲千千理所當然的由於PK罪惡值過高而被系統通緝了，而且智腦還曰了，由於雲千千是創世紀開服以來第一個運氣低劣到能夠跌破－50的人物，所以特別給予其通緝開服大酬賓的優惠待遇，實行殺十送一獎勵……簡而言之，就是雲千千的PK罪惡值按實際數值再加成10%來計算。再簡之就是，每殺十個人給她按十一個人頭來登記……

雲千千只覺得自己很委屈，自從遊戲開始運行以來，她積極帶人刷BOSS練級，主動帶領大眾探索副本奧妙，幫助並深入群眾基層一起刷系統活動，甚至還帶領了少部分人先行富裕起來（她自己和燃燒尾狐）……所以雲千千認為，自己為遊戲發展和玩家互動真是做出了不少的貢獻來著，甚至已經偉大到足以當選十大創世紀傑出青年了，因此，她實在不應該受到這樣的待遇……

還好，事情總有兩面性，雖然因為PK罪惡值過高而被通緝了，但雲千千很快就發現了伴隨而來的另一項福利。那就是她的雷咒終於升級了。殺傷力及技能效果大幅度提升，雷心的進化境界也理所當然的進入了第二層，對雷系技能的加成大大提高。

對於這個雷心雷咒的升級現象，智腦又曰了，由於修羅族的天賦屬性在殺戮中得到進化的關係，因此技能熟練度漲幅增加，因此技能就升級了，再因此……

雲千千歸納了一下，似乎因為修羅是殺戮一族，所以所有修羅族的技能在每PK一個人時都能獲得不小的增長……她注意了一下自己的天雷地網，本來剛才是只使用了一次的技能，可是現在熟練度已經瞬間填上了大半格。

難道這就是前世九夜哪怕身為路痴也一定要去當僱傭殺手的原因!?就為了盡可能的提升!?……雲千千吞了口口水，突然發現自己的未來似乎就是一片黑暗來著。

PK，她的懲罰是別人的110%，享受無差別主城通緝待遇。不PK，技能熟練度就漲得慢，眼睜睜看著有變強的捷徑而不能付諸於行動，這就跟色狼看見美女卻不能撲上去一樣……這是多麼不人道的行為啊！

惆悵的雲千千一邊走路一邊走神，當她終於慢慢的踱到了可以升級武器的那個技能師NPC家中後，一聲長嘆也終於幽幽的傳出——難道這就是傳說中的天妒英才!?

「龍哥哥，就是這個女人！剛才就是她殺了我和會裡的弟兄！」

雲千千剛剛把法杖和生產材料遞給一邊的NPC，門口突然就傳出了一個聲音，十分之耳熟。

雲千千回頭看了一眼，頓時大驚，連忙伸爪子從NPC那裡想要搶回法杖——喵的！有沒有這麼狗血啊!?自己剛剛繳械，被自己殺的那幫人就尋仇到這裡來了!?

NPC死死捏住法杖，怒瞪雲千千：「妳想做什麼!?」

雲千千傷心道：「大哥，這法杖是我的，我不升級了想拿回來都不行嗎!?」

「交到我手裡的武器還從來沒有原樣還回去過的！」NPC自負一笑，傲然道：「我絕不能毀了自己的招牌，相信我吧！半小時後我一定會還妳一個更犀利的武器……」

「我不想要更犀利，我就想保命來著！」眼看被她殺過一次，現在站門口的那個美女姑娘正在邊嚷嚷邊向門後招手，似乎是在呼喚援兵過來，雲千千終於忍不住黯然淚下。

「哼！妳不要看不起我……」NPC凜然立於熔爐前，追求完美和成功的職業匠人之魂正在熊熊燃燒。

「……我木有看不起你，我只是看不起我自己來著……好吧，既然你如此堅持，那我能不能說最後一句話？」門外已經有十幾個人影一起結伴走來，雲千千一見，知道今天想要逃走是無望了，只好認命放棄，並向 NPC 期待的提出了最後一個要求。

「只要不是想拿回法杖，妳儘管說！」NPC 點頭。

「代我問候你老母！」雲千千認真道。

「……」

美女姑娘的幫手終於走進了 NPC 的工房小屋，雲千千萬念俱灰的回頭，已經準備迎接一死了。結果沒想到等她看清了走進來的打頭那一人，才發現對方居然是前不久才接觸過的龍騰。

「蜜桃多多!?」龍騰似乎也很意外，驚訝一聲後又打量了一下屋內，似乎是想找找有沒有其他人在。

雲千千鬱悶：「不用看了，只有我在這裡！」

龍騰一皺眉，邁步走了進來，又詢問還在怒目瞪視雲千千的那美女：「妳說殺了你們的人就是蜜桃多多!?」

「是她！那個垃圾團的人也是叫她這個名字！」美女不懂得看臉色，依舊氣憤填膺。

龍騰一聽，終於為難了。

龍騰九霄的宗旨本來就是人不犯我，我亦犯人，走的根本是囂張流路線。對龍騰來說，他不在乎誰對誰錯的問題，就只管自己手下的人是不是吃虧了……

如果今天換作任何一個人的話，龍騰在知道了對方居然出手陰了自己公會裡的幾十人後，肯定是毫不猶豫的要把人給掄到死為止的。可是如果這對像是雲千千，討不討公道的事情就要慎重的考慮一下了。

這當然不是因為龍騰暗戀雲千千什麼的，這麼狗血的理由一般只有青春言情劇裡才有。

關鍵的問題是，龍騰前不久才從落盡繁華那裡出錢打聽到雲千千的情報力，對於對方的能力和消息靈通度，他可以說是十分看重的，如果有雲千千的幫忙，龍騰相信自己公會未來的發展一定會更為迅速；反而言之，如果對方不願意幫助龍騰九霄，而是最後去了別的公會的話，那麼此消彼長之下，可想而知的，未來類似一葉知秋不斷領先龍騰一步的「杯具」還會不斷重演，直到龍騰徹底崩潰為止。

於是，要不要繼續為公會裡的人報仇，這就成了一個難以解決的問題……

龍騰糾結了一把，很鬱悶很鬱悶的瞪著那個還在嚷嚷著要自己為她報仇的美女，十分希望對方能有點眼色，看清目前的情況不適宜動手。

「龍哥哥，殺了她！」

遺憾的是，美女很明顯的並不懂事。

發現來的人居然是對自己表達過合作意願的龍騰，雲千千總算是鬆了口氣，緊張的情緒也沒有了，著急的表情也摘掉了，笑嘻嘻的和龍騰看似熟人般的打招呼：「龍騰老大，原來這姑娘是你的人啊？」

「……嗯！」這種情況下，龍騰實在不知道該給個什麼反應才好，於是只能面無表情的點了點頭，一副不喜不怒的淡然脫俗樣兒。

「既然如此，那剛才真是誤會了！」雲千千認真的轉頭，一臉嗔怪的對美女道：「這位美女還真是見外，妳早說妳認識龍騰老大，那我怎麼也會給你們點面子啊！……這下好了，大水沖了龍王廟，妳這不是沒事找事嗎？要知道，我一直挺忙，預程安排也是向來都排得挺緊的，剛才就為了你們，還害我多耽擱了好幾分鐘……」

美女氣得眼前一片發黑，怒斥道：「妳放屁！」怎麼聽對方那話裡的意思，這一切還變成自己這邊的錯了!?

「說話真沒禮貌！」雲千千生氣：「妳看，妳開始就沒說過自己是龍騰的人對吧!?我本來都要路過了，結果因為你們的關係，又停下來好幾分鐘是吧!?……所以妳說，我哪句話說得不對了？」

「……」哪句都沒有不對，但是用這種說法講出來以後給人的感覺就是大大的不對！

「龍騰老大，你的女人太不像話了！做錯事不承認不說，居然還出口傷人！」雲千千痛苦的捂住自己左胸：「我的心，都被她傷透了……」

「……」

龍騰臉色難看的死死盯住雲千千打量，從進來後到現在，他就一直在心裡盤算著得失，最後，他終於確定雲千千本人的價值比被她殺掉的那幾十個人要大……

明知道對方在睜著眼睛說瞎話，但是無奈之下，龍騰還是只有咬牙放話：「我們走！」

「龍哥哥，你不幫我們報仇了!?」美女小臉上寫滿了失望，不滿的嘟囔了一句，剛想再說些什麼，就已經被身邊的其他人給拉走。

「慢走不送啊——」雲千千倚著門邊，揮舞著手裡不知道從哪撈來的一塊手絹，跟青樓裡的老鴇子一樣膩聲衝龍騰等人離去的背影揚聲高喊：「大爺——有空常聯繫——」

龍騰腳底應聲打滑了一下。

被不甘願拉走的美女則是終於忍無可忍的回頭狠狠啐了一口——「呸！不要臉！」

海哥跟雲千千約好之後，就一直在城內等這姑娘回來。要說兩人其實也並沒有太久不見，只不過是半個月左右的時間而已。

對於網遊中的人來說，朋友之間的聯繫實在是不可能太頻繁，除非是固定隊伍的同伴，或者是彼此間有什麼生意往來。很明顯，海哥和雲千千之間不會有什麼業務聯繫，尤其雲千千又是一職業坑蒙拐騙的，對海哥這樣老實又和她有點交情的人來說，這水果沒有聯繫反而代表著他很安全……

雲千千一踏進約定見面的茶館，海哥連忙就站起身大聲的招呼了起來：「蜜桃，這裡這裡！」這麼大塊頭的人站在這麼小的茶館裡，嗓門還是喇叭級的，要想不注意到對方實在很難。雲千千抓了手裡剛升級的法杖，幾步就走過去坐下：「我要瓜子花生開心果魷魚絲和爆米花……還有上等毛尖茶葉先來兩桶！」

「……妳當我有錢人呢!?」海哥嘴角抽了抽，雖然說早瞭解這水果是個什麼德性，但每次和對方打交道的時候他還是依舊會覺得很刺激。

「我對你們團的人有救命之恩，你連這點錢也捨不得!?」雲千千痛心疾首的搖頭嘆息。

「瓜子一盤，清茶一杯！大恩不言謝，要錢沒有，要命一條，如果妳願意的話，我以身相許沒問題！」海哥痛快放話。

「……算了，那先欠著！」學好三年，學壞三天。海哥墮落的怎麼就那麼快呢!?……雲千千這下是真痛心了。

海哥呵呵一笑，不好意思的抓抓頭：「別這樣啊蜜桃，海哥身上是真沒錢了……等改天我有錢了再請妳吃大餐！」

「人情似紙張張薄……世風日下，人心不古啊……」雲千千雙眼無神，舉杯長嘆。

「……就一點吃的，需要這樣嗎妳!?」

玩笑開過，雲千千也沒真糾結著這點零嘴不放，笑了笑，直接換過話題：「你的團裡怎麼會和龍騰公會的人嗆起來了?那些人可沒一個好玩意兒來著，個個囂張跋扈的，咬上誰就不鬆口的。」

「說起來事情也真是沒多大。」海哥無奈一個道：「就是我們團裡有個小美眉，她在遊戲裡的老公是個渣，一腳踏了兩條船，一條是她，另外一條就是龍騰的乾妹妹……聽說那小美眉和那男的逛街時正好被抓了個正著，姦情當場曝光，龍騰的乾妹妹不依不撓，非要那男的給出個章法來。那男的看似對我們團的美眉還有幾分真心，猶豫一會兒後終於還是沒選龍騰的乾妹妹，於是對方當場暴走，直接殺了我們團的美眉……」

「這就是愛情啊！」雲千千眼冒星星，雙手交握於胸前深情感嘆。

「……妳能不能別在我敘述事情的時候噁心我!?」

雲千千臉色一正，白眼一個後又問：「結果呢？那個龍騰乾妹妹殺了你們的美眉，然後你們的兄弟就要去幫她出這口氣，又去殺了龍騰乾妹妹，接著人家再叫來了龍騰的幫手，最後就鬧成現在這樣了？」

海哥尷尬的乾咳了好幾聲，鬱悶好一會兒後才道：「不是。」

「不是!?」雲千千驚訝了一下，思考一會兒後換了個猜測：「難道是龍騰乾妹妹殺了你們美眉一次之後還不甘心，於是呼叫了人想來掄白她……再於是乎你們忍無可忍，決定拿起武器捍衛自己的尊嚴？」

「也不是……」海哥的眼神左右飄移了一下，似乎有點心虛。

有古怪！雲千千瞇著眼睛，仔細的打量了海哥十秒鐘後，終於再次淡定開口：「海哥，你千萬別告訴我說你口中的你們團美眉就是你以前的老婆小雲，她被殺後就在團裡哭訴說有人要搶她老公，接著如此這般的，請求人幫她去討回個公道，再如此這般的，你們就真去了吧？」

「……」海哥尷尬無語一分鐘，最後臉紅：「妳怎麼猜出來的!?」

「靠之！」雲千千都想暴走了：「第一，如果說是其他美眉的話，沒理由大家都去幫忙了，你這個最厚道的人卻不願意出面，所以我斷定那個美眉的身分應該很尷尬。第二，那個小雲我見過，她的性格就是那樣兒的，這樣的女人基本上都是最擅長天天擺出委屈的樣子挑出事端，然後再做出一副無辜樣兒坐看事情鬧大的……你踏馬的現在知道我是怎麼猜出來的了!?」

「……知道了！」海哥垂頭肅手，被吼得口都不敢還一句，乖巧得就如幼稚園小朋友一般。

雲千千氣啊，恨鐵不成鋼啊，眼前這男人怎麼就這麼不開竅呢!?雖然不知道小雲是什麼時候又回了海天一色裡去窩著，但海哥怎麼就能這麼輕易的原諒並重新接納對方!?

煩躁的抓頭髮，雲千千現在後悔得不行，恨恨罵道：「早知道我踏馬的剛才就應該幫著龍騰把你手下的人都劈了！也讓你手底下的那些笨蛋知道英雄不是那麼好當的……有那時間去幫助美女伸張正義，他們就不能去幹點如偷摸拐騙之類的更有意義的事情!?」

「……」

海哥正在接受教育的時候，茶館外又走進來一個人，正是曾經叫出雲千千的遊戲ID，並且得她幫助順利宰殺了美女一行人的那個玩家。

「蜜桃大姐，我來了！」該玩家一進門就高興的大喊了一聲，根本沒注意雲千千這桌的氣氛有所不對。

「你來做毛啊!?」雲千千正是怒火沖頭的時候，有一個算一個，罵死活該。

「呃……」那哥兒們愣了愣，有些無措的看了海哥一眼——蜜桃大姐生氣了!?老大，有啥情況知會一聲啊，現在他該進啊還是該閃啊!?

海哥尷尬得不行，猶豫一會兒後舉手吶吶回答：「是我叫他來這裡親自跟妳道謝的，畢竟剛才他們可是因為妳才沒被PK……」

「不用！」雲千千咬牙，抬手一道霹靂閃下來把那根本沒能反應過來的哥兒們劈成灰灰，再轉頭對海哥道：「一命還一命，現在他不欠我了！」

海哥欲哭無淚，他現在根本顧不上和雲千千說話了，只手忙腳亂的應付著團裡那哥兒們的驚疑問話，不知道該怎麼解答對方的疑惑才好──他根本沒想到雲千千會氣成這樣啊！再而且，他也料想不到這水果剛才說要殺了自己團裡人的那話居然是真的啊！

「……」

雲千千根本懶得繼續和海哥說話了，看在前世的交情上，她確實是真心把對方當朋友，所以這才答應了對方約見的邀請，想說來問問朋友到底是遇到了什麼麻煩，自己要是能幫就盡量幫一把……但是朋友歸朋友，這麼磨磯噁心的事可不是雲千千願意摻和的。既然是那個小雲的事情，她也就不想管了，只要海哥不吃虧就行，其他人的事關她屁事啊！

被獨自留在茶館裡的海哥則是在雲千千走後狂擦汗，這水果剛才的那一怒還真是挺驚人的，讓海哥有點受刺激，他現在可是不敢去招惹瀕臨暴走的雲千千，有啥事等人家氣消了再說吧……

話分兩頭，龍騰帶著人回到了自己公會剛打下的駐地之後，心情也是挺複雜的，長久以來養成的性格，讓他覺得今天的事實在是無法忍下去。可是另一方面，雲千千表現出來的過人之處，又確實是讓他不想得罪。這倒不是因為怕，而是因為龍騰夠聰明，知道要想發展就必須網羅各種各樣的人才，更知道凡事留一線，日後好相見的道理。

囂張是可以的，但不該囂張的時候還囂張，那就太危險了……如果是前世的雲千千那種水準的話，那才可以不必在乎。反而言之，重生後的雲千千，已經擁有足以讓別人拉攏的資本了。

乾妹子已經被人帶下去了，有其他人安慰著，估計那美女的氣不一會兒就能消下去，實在不行的話，大不了等蜜桃多多離開了以後再去找海天一色也不遲。龍騰不相信蜜桃多多那樣的人會留在海天一色這樣一個傭兵團裡。雖然他也承認海天一色在遊戲界也有些盛名，但那畢竟只是從前，經過天下事件之後，海天一色已經無可避免的衰弱了一些，更別說它現在甚至連前三公會的名頭都沒有爭進去……

「老大，新出的創世時報！」

龍騰還正在思考的時候，公會外跑進來一個人，手裡捏了份報紙要遞給龍騰。龍騰鬱悶的揮揮手：「這種八卦週刊不用給我看，我現在沒心情！」

「老大，這期的創世時報上可是有高手排名譜！你不是說要擴大公會，招些可以用的人才嗎？」來人不放棄的解釋了一下。

龍騰一聽，這才終於有了些興趣：「唸來聽聽！」

「好！」

來人把報紙一展，翻開其中一面內頁唸了起來：「排名譜第一高手，九夜，種族不詳，職業不詳，只能確定是近戰職業，昨天筆者在一葉知秋攻打駐地的戰鬥中，親眼見到該高手以一把匕首單挑駐地三大BOSS四十分鐘而不倒，四十分鐘後一葉知秋的隊伍趕到，在其配合下，輕鬆一舉剿滅三BOSS，拿下駐地……第二名……第三……第四名，一葉知秋……第十九名，蜜桃多多，種族不詳，職業法師，一天前，該高手以犀利之姿大殺四方，獨得南明城奸細活動中大半獎勵，更有……第二十……以上排名不定期更新，敬請各位玩家繼續關注創世時報，爆料及消息提供熱線：OXOXOOXX……」

龍騰足足聽了有十多分鐘之後，對方才把報紙上的高手排名給全部唸完，龍騰越聽越詫異，等人唸完後才開口驚訝道：「蜜桃多多排十九名!?……還有那個九夜，他是什麼人？」

「不知道！」

來人收起報紙，無奈聳肩：「報紙上只列舉了前二十位的高手排名，我估計這其中多少有點水分，畢竟這些高手都是玩家自己根據其他人的表現排的，說不定有些低調的沒有被發掘出來，再或者被列舉出來的那些只是在某些方面有什麼優勢，實際綜合實力並沒有那麼強？」

龍騰沉吟半晌後開口：「有些水分是肯定的，但是既然能被排上，多少也就說明了這些人肯定有什麼獨到之處。蜜桃多多……暫時忽略不計，等海天一色的事情完了之後看看她的立場再說。倒是那個九夜，找人加他好友，或者找機會和他接觸一下看看吧！」

「嗯！我也是這麼想的……老大，除了這些以外，還有另外一件事。」來人憂心忡忡：「一葉知秋現在已經排到第四高手了，我估計這是因為近期以來他的公會風頭大盛的關係。再這樣下去，我們龍騰九霄以後會更難比過他們，要不要想點什麼辦法牽制一下？」

「如果是一葉知秋的問題，那根本不用擔心！」龍騰不在乎的擺手：「他因為修建駐地時流動資金不夠，寫了借據，而且他本身還在系統存檔裡有一筆鉅額欠款……因為欠款額度已經超出了一葉知秋目前所擁有的資產總淨值，所以為了警告他，系統現在已經把他發配到邊關去做苦力了，三天後才能放得出來。」

「不會吧!?這可是大醜聞來著……」來人大驚，完全想不到還有這樣的事……

如果一個公會會長有大筆負債背在身上，甚至可能連傾家蕩產都償還不了的話，那任憑他再怎麼風騷，其他玩家想要加入那公會的時候也得在心裡遲疑一下來著。比如說對方的公會有沒有能力發福利啊，自己加入公會之後，活動時會不會連基本藥錢都領不到啊，再或者……

總之，一葉知秋如果真像龍騰說的那樣被發配去勞動改造的話，那他的落盡繁華就算是走到頭了……

一想到這裡，來人忍不住又確認一遍：「老大，這消息當真？」

「當然！」龍騰得意洋洋：「這是剛剛加入我們公會的一個原落盡繁華成員親口說的，我已經派人去他說的位置確定過了，一葉知秋確實在系統的監督下進行著苦力，就在荒蠻小鎮……」

雲千千心情不爽的時候，就喜歡暴走。

這個暴走當然不是指PK殺人，現在她還沒決定好是要為了技能而去PK，還是為了不被主城通緝而遠離罪惡值……

雲千千的暴走，也就是無頭蒼蠅似的亂竄，到處刷些別人不稀罕做的小任務來打發時間兼賺錢，比如說尋找走失的貓狗，比如說幫某農民種地，再比如說給某個偏僻的荒鎮送信……

可以看得出來，雲千千的暴走路線基本上就是滿世界亂竄。哪裡荒涼她就愛往哪裡跑。

剛接下一個送信任務，雲千千二話不說的扭身就走，一傳送二傳送三傳送……幾次傳送跳躍之後，用90銀的代價順利轉移到了荒蠻小鎮，去尋找小鎮鎮長，幫西華城的某酒館老闆帶話，讓其支付已經欠了半年的3銀酒錢，而雲千千的報酬則是這筆欠款的1/5……

錢是王八蛋，有錢也得會花才行。在雲千千願意花錢的時候，她倒是絕對不會對自己吝嗇的。

根本沒有什麼波折的順利找到鎮長，雲千千把自己身上帶著的書信和借據往人家桌子上一拍，氣勢洶洶大吼：「老頭兒，還錢！不還就殺你全家，再把你兒子賣去當奴隸，把你女兒抓去賣身！」

小鎮鎮長被吼得挺害怕，不知道這是哪裡來的小混混。戰戰兢兢抓起桌上的書信和借據核對了一番後，確認是自己的欠債無誤，鎮長連忙陪笑：「這位小姐，我現在就去裡屋拿錢，請妳稍等一下。」

雲千千從鼻子裡哼了一聲，放鎮長進裡屋去了，而她自己則坐了下來，拿起桌上的水果和茶水，半點沒打算和人客氣的直接往自己嘴裡送。

她正吃著一顆葡萄的時候，鎮長家的房門突然被推開，一個人影走了進來，頭也不抬的鬱悶開口：「鎮長，我已經把鎮子裡的木柵欄都給加固完了，監工讓我來你，還有其他什麼事需要我……去做……呃……」

「呃……」雲千千被葡萄噎到了，瞪著眼睛拚命的捶胸口。一番折騰之後，等好不容易把氣給順了回來，她這才驚訝的看著房門口那個呆若木雞的熟悉男人，愣愣的呆了好久都說不出來話。

門裡門外的一男一女就這麼呆呆的對視了足有一分鐘之後，雲千千才像是終於回過了神來，忍不住失聲尖叫：「一葉會長!?你怎麼了!?被人抓來賣身了!?」

「……」一葉知秋看著鎮長家裡的雲千千，淚流滿面的死死扶著門框，心情那叫一複雜，那叫一波濤澎湃——就是這姑娘啊，這姑娘就是害自己落到現在這步田地的罪魁禍首啊……

知道了一葉知秋來到荒蠻小鎮的前因後果之後，雲千千還真有點小愧疚。

別的不說，人家堂堂一介第一公會會長之所以會落到身背鉅額債務的地步，這其中還真有她不少事。如果要說雲千千這會兒還能置身事外，不對一葉知秋說點什麼的話，那也真是太說不過去了。

於是，雲千千一臉凝重的沉思片刻後，終於站了起來，她認真的開口，終於說出了自聽完一葉知秋講述後的第一句話：「你……不會是真還不起錢了吧!?我不要賣身還的債！」

「……」聽完落盡繁華現在隱藏的危機和自己的慘痛遭遇之後，您心裡居然還只惦記著自己的債務嗎姐姐!?……一葉知秋沉默，狠狠的沉默。

雲千千乾笑兩聲，打著哈哈安慰一葉知秋：「玩笑，玩笑罷了……一葉會長放心。你那危機根本不算什麼，不就是怕人看輕了落盡繁華而不願加入嗎？玩家知道個屁！他們就是喜歡跟風的，一有新鮮事或是看到眼前利益之後，立刻什麼都不記得了……我給你拉幾個高手過去，再舉辦一次大型活動讓你公會風騷一把，保證你收入會申請收到爆機！」

「蜜桃……」一葉知秋的心情如坐雲霄飛車，從谷底瞬間飆升至峰頂，再也不見了失落，改而激動的看著雲千千哽咽了起來。

雲千千的本事一葉知秋見識過，要說對方的實力，那也許不是數一數二的，但是如果說到這姑娘的消息靈通和情報力，那絕對是沒話說的。希望之光的副本任務，還有駐地任務之前的前置任務申請，不就是從對方那裡才開始流傳出來的消息嗎！所以，既然雲千千說了要給一葉知秋的公會舉辦個大型活動，那她就一定舉辦得起來。

「啥都不用說了，你安心在這裡勞動！等三天期滿之後，我馬上幫你去拉人！」雲千千豪邁的拍了拍一葉知秋的肩膀，抓過鎮長遞來的錢錢，一臉堅定的轉身就走。

一葉知秋看著雲千千走出鎮長家門口的背影，感動的唏噓著——也許他真是看錯了，這水果雖然卑劣歸卑劣，其實還是個挺仗義的朋友來著，所謂患難見真情啊……

香蕉的！如果落盡繁華真要就這麼玩完了的話，自己讓對方寫了那麼多錢的借據不就浮雲了!?要垮也得等姐姐要回了錢之後才垮啊……傳送出荒蠻小鎮的雲千千咬牙切齒，堅定握拳——那個一葉知秋，你可千萬給姐姐爭口氣，別這麼容易就嗝屁了啊！

有了理想和目標之後，雲千千終於不再繼續鬱悶於海哥家後院的那點破事，改而認真的篩選起適合落盡繁華目前這種規模的公會的大型活動起來。

所謂公會活動，一般情況下有兩種，一種是私人形式挑起的，以炫耀武力為主的熱血活動，帶有反叛意味和反法規行為。沒有什麼實際利益，而且會給周圍的玩家人群帶來困擾……說白了，也就是群P。通常那些聲名狼籍的公會都會有這麼一項傳統活動，有目標或者是無目標隨機性的占地圖殺人。

而另外一種，則是由公會牽頭布置，選出代表高手或全體願意參加的成員，大家一起挑戰完成某個大型任務。任務目標可以是公會自己選擇的，比如說是某高階BOSS的圍剿活動；也可以是系統指定的，比如說公會專屬的團隊任務中的目標。

後一種任務有名聲、可展現實力，最關鍵的是油水還大。所以，綜合以上考慮之後，雲千千當然是選擇的後者。

三天的時間很快過去了，在這三天裡，龍騰出錢請槍手爆料編撰新聞，創世時報主編只聽了一個大概，當場就拍板定案，把創世第一公會會長居然因欠債而淪落至做苦力的消息編成了頭版，再主動採訪相關知情人，挖掘出了許多不為人知的爆料，接著集中整合，把這些消息在第一時間迅速發布了出來。甚至連一葉知秋為區區不到50銀而落難酒樓，最後硬是靠著朋友趕來借錢付帳才得以離開的消息，都被不知道哪位神狗給挖了出來……

挖掘八卦新聞的叫狗仔，能挖掘出別人挖掘不出來的東西的人則謂之神狗……

創世時報名聲大漲，報紙又一次熱賣，落盡繁華萎靡低落，公會中所有成員莫不人心惶惶，對未來充滿了無助。而這個新聞之後最大的受益者，當然就是龍騰，身為第二公會的會長，雖然說他在建幫和打駐地時都落後於一葉知秋，但人家有錢啊，遊戲裡只要是消息稍微靈通點的，大家誰不知道龍騰是現實富少啊！別看人家前陣子似乎有點不大順遂，但人家底蘊雄厚，家底足，只要假以時日，反超落盡繁華也不是不可能的事情……

於是，在這段時間裡找藉口退出落盡繁華後再反加入龍騰九霄的人一下多了許多。這還算是好的，遇上不仗義的那種，人家根本連藉口都不找，直接揮一揮衣袖，不帶走一片雲彩的瀟灑離開了。

連落盡繁華本幫的人都是如此，外面那些還沒有勢力的玩家們在加入公會的時候會選擇哪一邊就更是可想而知了。

這三天來，落盡繁華的人可不像是集資從雲千千手上買幫派令那會兒一樣只是上街討飯的問題，人家直接就連要飯的情緒都沒有了，那叫一徹底的低潮。

對於這樣的現象，一葉知秋在得知後倒是不很在意，畢竟這時候走的人也不會是高層幹部。如果公會有點動盪就待不住了，火急火燎的就要出去找下家，那麼這樣的人根本沒辦法對公會有什麼幫助。只能同富貴，不能共患難，這算什麼兄弟!?

當然了，事情過後，如果這些人還要回來的話，一葉知秋也不會耍性子不收，要想建起一個大公會的話，就不可能只收那些完全忠心的人，而是需要更多人的支撐。不管是為利益還是為別的什麼，哪怕人家只是暫時性的甘心為落盡繁華賣命，一葉知秋也絕對不會嫌棄的，只是這些人若是想被提升當上管理層的話，那就幾乎是不可能了。

三天的期限很快滿了，一葉知秋刑滿釋放，來接獄的人為數不少，大部分都是他的老兄弟和心腹。雲千千赫然混雜在這些人當中。

「會長啊，咱們公會現在窮得只剩下駐地了。」一葉知秋一從鎮長家交完任務走出，旁邊馬上呼啦一下湧上來一大片人，一玩家越眾而出，抹著眼淚傷心不已——木有錢木有人，除了一個光架子……還有誰比現在的落盡繁華更慘？

「一葉會長，恭喜重獲自由、重新做人、重頭再來、重……」雲千千笑嘻嘻湊熱鬧，還沒等多說幾句，已經被人擠開。

另外一個落盡繁華的成員也衝過來跟著訴苦：「老大，我們會的人員流失先不說了，最近大夥做任務都沒幹勁，說是任務做了也未必能拿到獎勵，大家直接就對刷公會貢獻換獎勵的事情絕望了……現在就咱們這幫兄弟天天不練級的咬牙刷任務，這樣下去不是個辦法啊！」

「會長！……」

「老大……」

「知秋哥哥……」

眾人嘰嘰喳喳嘰嘰喳喳，每個人的臉上都流露出焦慮的神色，爭先恐後的報告著這三天時間裡的事情。雲千千早就被擠到角落吃灰去了。她那小身板兒根本就抵擋不了這麼熱情強大的人潮，如果不是看在大家都是心裡著急才會行為失當的分上，她早就怒起開 PK 殺人了……

當然了，雲千千不動手還有一個更關鍵的原因，她怕殺完以後人家一葉知秋怒而拖帳……

一葉知秋現在沒空聽大家的抱怨，他雖然說是在做苦力，但消息頻道之類的功能卻是沒有被遮罩的，公會頻道中手下們的質疑和討論，還有不斷有人退出幫會的系統提示聲，再加上公會面板上幾日未見大漲的公會繁榮度……這一切都讓一葉知秋明白了目前的狀況，根本不用人再跟他多說一遍。

現在他關心的是，那水果答應自己的事情怎麼樣了？一想到這裡，一葉知秋連忙四下張望，尋找剛剛才瞧見過一眼就被推到不知去哪兒的那張熟臉。搜索了半天之後，才被他發現那水果正鬱悶的蹲在一個角落裡畫著圈。

一葉知秋排開眾人，三步併作兩步的走過去，拉著雲千千焦急問道：「蜜桃，妳說的幫我找高手，找來了嗎？」

雲千千抬頭看是一葉知秋，鬱悶了一下才爽快搖頭：「沒有！」

「……」一葉知秋被噎了下，頭疼得不行：「妳不是說要拉些高手來加入落盡繁華嗎!?怎麼沒去找呢？」這姑娘，該不會是想洗手不幹了吧!?她要是真的不幹了，那自己就真算是玩到頭了。

「老大，我要去找人加你們公會也得有個理由啊！就算沒有理由，至少你也得親自出面啊！就算你不親自出面，起碼也得先造起聲勢啊……」雲千千黑線：「不然人家偷偷摸摸的加了，外面的人根本就不知道這事，該批你繼續批你，該落井下石接著落井下石，那還有個屁用啊！」

一葉知秋也不傻，一聽就明白雲千千的意思了，人家這是想用高手的加入來為自己造第一次勢，也好讓玩家們看看高手的選擇。

要不怎麼電視裡那些大廣告產品都愛用明星代言呢！就有點利用人家人氣的意思，人家普通大眾一看，喲！那個林ＸＸ推薦的是這款衛生紙耶！……哇！這個張ＸＸ原來在家裡喜歡用ＯＯＯ產品拔毛耶！……哇哦！快看快看，趙ＸＸ用的棉棉是ＹＹ牌的……

這就是名人效應。當大眾們看到名人的選擇後，就算不會馬上跟風，起碼潛意識中也會對名人的選擇產生好感，在再次選擇的時候，心裡也就會略微傾向那一方。

一葉知秋沉吟半晌後點頭：「好！我聽妳的，妳怎麼安排？」

雲千千淡定甩出一張名片：「創世時報主編ID，明天我會把給你撐場子的高手都帶來，主編會派人來現場收集新聞材料並照相……你自己也準備下，聯繫這主編，他會分別幫你在事前事後安排專訪，講述你招到高手後的打算和心情等等……說場面話不用我教你吧？該怎麼吹就怎麼吹，創世時報是八卦時刊，喜歡的是噱頭，沒人會去追究你話中的水分，更沒人會設個監督局專門檢測你說過的話有沒有兌現……」

一葉知秋驚，大驚，不敢置信的接過名片，在這一個瞬間，他幾乎把雲千千當成了一個隱藏得很深的幕後高人。在短短的三天時間裡，對方居然就能安排好這一切，並且還弄來了創世時報的主編聯繫方式，這是多麼有力的人脈關係網啊！

「蜜桃，妳怎麼聯繫到這主編的？」忍了又忍，一葉知秋終於還是沒忍住自己的好奇。

雲千千恍若世外高人般的斜睨他一眼，又甩出一張名片，自我介紹道：「本蜜桃目前兼職創世時報的特約記者，曾經提供過海天一色的天下事件爆料，幫派令首次出世爆料，以及……」

「……」這不是個隱藏得很深的高人，這根本只是個隱藏得很深的狗仔……

定了定心神，一葉知秋努力忽略過對方剛剛主動曝光的身分問題，換了個話題：「無論如何，我這次還是要謝謝妳了！不管是從哪一方面來說，妳這次幫我們拉來高手加入，都是幫了落盡繁華的大忙，而且還大大增強了我們的實力！」

從近的目的來說，有高手加入，外人對於加入落盡繁華這個選項自然又恢復了幾分信心。高手都加入了耶！肯定是因為落盡繁華還有其他實力來著，不然人家憑什麼進那公會啊……

而從長遠的角度來說，就算不論這次的事件，每一家公會對於高手的招攬也都是費盡心思的。很多時候，一家公會的實力強不強，主要就是看它有沒有鎮會高手，或者是有多少個鎮會高手……無論是群P、任務、刷BOSS活動，還是高手榜和公會實力榜上的排名占位，公會中高手的實力和影響力都是巨大而不可或缺的。

有了雲千千介紹來的人，就算欠債事件不能完美解決，自己也等於是賺了……

一葉知秋越想越覺得高興，現在他看雲千千真是怎麼看怎麼順眼，連帶前段時間因她而起的怨忿也消散得一乾二淨。興奮的抓著雲千千的小手手，一葉知秋發自肺腑的感激著對方：「蜜桃，一切聽妳的，這回真是謝謝妳……啥也不用說了，以後妳的事就是落盡繁華的事，不管我這次能不能解決欠款帶來的影響事件，妳的幫助我們都是一定會銘記於心的！」

「不客氣！……那個，交情歸交情，生意歸生意，這張借據你也簽了吧！」雲千千拍拍一葉知秋的肩隨口客氣了下，接著又遞過來一張借據。

「……」一葉知秋和旁邊的人一起瞪大眼睛看著那張借據，半天都反應不過來。

「要不還是我跟你解釋一下!?」雲千千看大家這反應不大熱情，抓抓腦袋，忍不住主動建議了一下。「瞅沒人反對，她就抓起借據講解了起來：「為了幫助你們公會度過這次的難關，我和我的朋友們決定義不容辭的來幫忙……我及我帶來的高手們從明日起加入落盡繁華，為期一個月，傭金為每人100金。PS：這主要是我們的名氣費和代言費，不計算其他貢獻。有特殊情況的時候雙方再另行商議，PS完畢。一個月後，不管落盡繁華的事件有無解決，你都必須允許我們無條件退幫，不得為難，如果要續簽協定的話，需要和當事人商量並徵得當事人的同意……」

講解完畢後，雲千千體貼的衝一葉知秋笑了笑：「當然了，為了不讓你又被投入系統懲罰，所以這次的借據不會用你的幫會做抵押……本蜜桃是厚道人，這次的借據用的是保密協定，即使是系統也不能公布，如果你不執行的話，只會被系統抓去一個月幹活抵償我們的損失。」

「……妳幫忙，不是免費的!?」許久許久之後，一葉知秋才終於找回了自己的聲音，兩眼無神呆滯的看著雲千千。

「那個，主要是這樣的，我個人倒是願意免費，但我不能要求我的朋友也像我這樣無私來著……再說一葉會長是大人物啊！我怕您不好意思，所以這才勉為其難的訂了這些條件！」雲千千笑咪咪解釋道。

「……那些高手，一個月後還是要走!?不是真的加入我們公會!?」再次沉默了又一個許久，一葉知秋澀澀的又問道。

「多新鮮啊！咱們都是友情幫忙來著……現在可是法制社會，就算在遊戲裡也不興做人口生意的。」雲千千臉色一正，正義凜然道：「我哪能隨便抓人送您啊！一葉會長真是想多了！」

「……」一葉知秋及其身邊的兄弟們都徹底的沉默了，再也沒有一人說話，這一刻，他再次發自肺腑的問候了雲千千這一代往上數的祖宗十八輩全體成員……

第二天的雲千千很忙，忙著給眾多方方面面的人拉皮條，她不僅要介紹高手給一葉知秋的公會，還要把創世時報的記者介紹給一葉知秋，另外，這水果還把創世紀遊戲中各個城區的報童給召集了起來，發表了談話，要求底下的人務必要做好準備，在新聞出來後的第一時間就把小報傳遍遊戲中的每一個角落，這不僅關係著落盡繁華的輿論戰勝負，更關係著創世時報的銷量和她本次的抽成獎金。

要知道，在一葉知秋邀請各高手加入公會的前後，可都是會有一場專訪的，如果前半期的報紙發售不夠及時迅速的話，就勢必會對後半期的追蹤報導造成影響。將報紙的銷量和利潤最大化，也就是將自己的抽成獎金最大化……

在關於錢的方面，雲千千從不含糊……

雲千千曾經在矮人工匠村殺過的美女坐在龍騰的旁邊，狐疑的看著龍騰抓著一份創世時報一臉鐵青的閱讀，不知道發生了什麼事情才會讓自己這個乾哥哥這麼不痛快。

前幾天落盡繁華遭受重創，龍騰九霄從中得益，規模迅速擴大，招來的人手一下子比往日增加了幾倍，而且從整體實力上來說也有所提升。照理來說，龍騰現在應該正是春風得意的時候才對，為什麼今天一看報紙之後，對方就突然臉色大變？

「龍哥哥，報紙上說了什麼？」猶豫了一下，美女終於忍不住試探性的問道。

「哼！」龍騰怒氣沖沖的把報紙一丟，抬起頭來咬牙切齒道：「我們的人去和九夜接觸了幾次，對方雖然說沒有直接答應加入我們，但看其態度明明是已經鬆動了一些的，結果今天報紙出來，一葉知秋接受專訪說將要招些高手擴大公會實力，這些高手名單中竟然就有九夜的名字……他居然耍我!?」

「九夜!?那個帥哥!?」美女聽到九夜的名字，當即就臉紅了一下，眼含春意的羞澀低呼了一聲。過了一會兒之後，她這才反應過來龍騰話中的含義，瞪大眼睛驚訝道：「一葉知秋居然招攬了九夜!?那個九夜不是性格冷漠，喜歡獨來獨往嗎?他怎麼會突然不聲不響的就被一葉知秋拉進公會裡去了?」

「我怎麼知道！」龍騰煩躁的起身，原地來回走了幾圈，把報紙甩給美女忿忿道：「一葉知秋又有動作了，他這次居然還是領先了我一步……可是我想不通的是，九夜這樣的人怎麼會答應了他的邀請!?」

「也許是一葉知秋故意放出來擾亂人心的假消息呢?」美女拿起創世時報隨意的掃了一眼，對新聞的真實度，或者說對一葉知秋話中消息的真實度，抱有很大的懷疑。

「如果真是假消息的話還好……」龍騰死死的皺眉，低聲喃喃了一句，接著咬了咬牙，一邊打開公會頻道一邊對美女吩咐道：「妳準備一下，我再叫點人，我們現在就去一葉知秋約高手和記者見面的那家酒樓看看究竟。如果是假消息，我們就煽動輿論，讓落盡繁華的名聲徹底掃地，如果是真的……」說到這裡，龍騰突然就停了下來，抿了抿唇，不願意再想下去。

「如果是真的，落盡繁華沒準兒就能翻身了。」美女咬住下唇，憂心忡忡的接下了龍騰口中未盡的話。

「嗯！」龍騰重重的點頭，長嘆了一聲，不再繼續細想，翻出公會頻道開始布置起人手來……

在西華城最大的酒樓裡，雲千千正在忙裡忙外的布置著，安排採訪記者的位置，確定召集高手的到場時間等等等等，她順便還有時間給落盡繁華的人布置了幾句口號下去叫人練著，甚至友情提供了幾個彩帶拉炮，準備等適當的時候放出來炒熱氣氛。

身分為酒樓老闆的 NPC 淚流滿面的瞅空抓住忙活得很投入的雲千千，他傷心的控訴：「這位小姐，您這樣是不對的！包場得付錢，您不能這麼霸道，一個子兒都不給，每桌只點些免費茶水就想包下我們全酒樓的座位!?」

「我哪裡是包場了?」雲千千詫異的看向酒樓老闆：「我有跟你說過要包場嗎!?我有限制別人進入嗎!?」

「……」酒樓老闆鬱悶良久後搖頭：「沒有!」

「既然沒有，你憑什麼指責我!?」雲千千生氣的瞪著酒樓老闆：「你再這麼誣陷我的話，小心我告你誹謗啊大叔!」

酒樓老闆哽咽了個：「雖然您沒有限制人進入，也沒有跟我說過要包場，但您的實際行動已經說明了一切……您帶來的人把所有桌位都坐滿了，別的客人該怎麼辦!?這不就跟包場一樣嗎!?更過分的是，你們坐就坐了吧，居然還連杯最便宜的酒水都不點……」

「喂!別人是客人，難道我們就不是客人了!?你們店裡該不會還規定了一起來的客人必須有人數限制吧!」雲千千怒，大怒，一副遭受了不公平待遇的氣憤填膺狀：「我們不就是人多了點嗎!我們不就是消費低了點嗎!你再這樣搞團體歧視的話，小心我去跟系統投訴你啊大叔!」

「……」

一葉知秋不安的走過來，拉住正準備繼續教訓酒樓老闆的雲千千，緊張的尋找心理支撐：「蜜桃，這樣真的沒問題嗎?來圍觀的玩家越來越多了，妳說一會兒正式開始的時候會不會出現問題啊?」

「我的人都答應了會加入，所以高手方面木有問題。主編已經被我擺平了，新聞要一點一點發才能保證最大利益，現在這個新聞已經夠大了，製造別的新聞只會浪費現有的這個題材，為了自己的錢錢，他就算要給你找麻煩也不會挑現在，所以新聞輿論方面也木有問題!如果還有問題的話，那只能是你自己的表現問題!……」一葉大會長，現在可是關鍵的時刻，你該不會告訴我說你打算在這種萬眾矚目的時候掉鏈子吧!?」

雲千千苦口婆心教育一葉知秋，順便放掉手裡抓著的酒樓老闆，讓這鬱悶而又傷心的 NPC 離開了。

「……我只是不知道一會兒該怎麼做!」一葉知秋鬱悶，很鬱悶。身為遊戲界有名的一個老牌公會會長，他知道如何煽動手下弟兄們的情緒，也知道如何在適當的時候收買人心，更知道該怎樣才能增強公會的凝聚力……可是他即便懂得許多，也是從來沒有經歷過這麼大的類似新聞發布會的陣仗。

這就好比一個草根族，他也許在自己的圈子裡很有聲望，但這不代表了他在面對著鏡頭的時候就不會發怵。

雖然現在也沒有鏡頭，但是有無數陌生的眼睛盯著，還有一圈記者虎視眈眈隨時準備記錄新聞來著。記者可以製造輿論，更可以引導人們的心理導向，所以在媒體之前，每個人都會無可避免的緊張，這是很正常的現象。

雲千千嘆息了一聲，雙手搭上了一葉知秋的肩，看著對方認真道：「你就把外面的人都當成是你的幫眾好了……怎麼風騷怎麼來，該怎麼演就怎麼演，你是會長，這些場面套路你比我熟，這個總不用我教你吧？要是實在不行的話，乾脆你趁早把手裡的資源都讓給龍騰好了，也免得浪費大家的時間！」

「……」一葉知秋臉紅了個，被個姑娘這麼教訓，還真是讓他有些羞愧來著。

旁邊一個小記者者趁著這難得的場面，抓拍下了一葉知秋臉紅的畫面，照片上，雲千千的爪子還依舊搭在人家肩上，兩人對望凝視的感覺，還真有些姦情盡在不言中的味道。

「幹得不錯！」旁邊另外一個老鳥記者探過頭來瞟了一眼，頓時對小記者大加讚賞。

小記者臉紅，謙虛的連連表示自己只是運氣好而已。

老鳥記者親切鼓勵了小記者一番，出於提攜後輩的心理，順手幫對方大筆一揮，在照片上加了個標題：即便全世界都背叛，我也不會離開你——記一葉知秋背後的女人，神秘的第十九高手蜜桃多多……

接著，兩人趁著等待的這段時間裡，圍繞該照片編撰了一篇可歌可泣的愛情故事，成功的把一葉知秋塑造成了一個雖然風光，同時卻也遭遇了生活諸多不幸的男人。而雲千千則搖身一變，赫然成為一個堅貞守護愛情的奇女子，雖然自己本身是排名第十九的高手，但即使在一葉知秋和落盡繁華最風雨飄搖的落魄時候，她也依舊不離不棄的守護在一旁……

討論完畢後，初稿基本上已經定案，老鳥記者拍了拍小記者的肩膀，認真叮囑對方：「發表的時候記得用假名，別被人看到，要知道，那水果也是咱們時報的特約記者，而且還發表了不少重量級新聞，為人又卑劣卑鄙卑……如果被她查到你寫了她的誹聞的話，估計你就沒有再上升的機會了。」

小記者被嚇得臉色蒼白，驚駭的連連點頭，順便趕緊把照片和新聞稿都收進了空間袋最底層，小心的四顧環視了一下，發現並沒有人注意到自己這邊之後，這才終於放心……

酒樓大門口，還不知道自己已經成為了下期主題的雲千千正一邊注意時間一邊踮腳眺望，她心裡還真有點不放心，乾脆連連飛出幾個組隊申請，把人都拉進隊伍之後群催：「你們到底到沒到啊!?都是用傳送陣的，有那麼慢嗎!?別讓本蜜桃鄙視你們啊兄弟！」

「馬上來了！」七曜代表三人團體回話。

「就到！」零零妖乾脆簡潔。

「我也要去嗎!?」燃燒尾狐有點忐忑不安。

雲千千覺得這狐狸屬於特殊型人才，但在以暴力為主題的遊戲世界裡，該狐狸會沒自信也是正常的。

「早傳送過來了，很快就到！」九夜淡定的聲音也出現。

雲千千一聽，頓時大驚，也顧不上給其他人回話了，直接揪出九夜單聊：「九哥，你是一個人來的!?你說自己早傳送過來了!?」香蕉的！傳送陣離酒樓只有三分鐘不到的路程，要是早傳送過來了的話，那爬也該爬到了……現在這狀況只有一個理由可以解釋——這傢伙又迷路了！

「我們今天上線有點晚，到的時候九夜早跑了。所以我們乾脆就不集合了，直接自己走自己的，頭大啊！」燃燒尾狐在頻道裡解釋。

雲千千更頭大：「亡羊補牢你們懂不懂啊!?既然知道九哥跑了，那就應該早追啊！現在還踏馬的找得到個屁啊！都不知道他流浪到哪個天邊去了！」

「喂！」九夜冷冷的不滿出聲，似乎是不高興自己被這麼評價。可惜這會兒根本沒人願意搭理他，都正忙著想補救措施。

「九夜昨天就是在南明城的傳送陣旁邊下的線，上線後直接傳送到西華，再對準南門的方向直走……路途中間連一個拐彎岔道都沒有，走到第一個十字路口左拐就是酒樓了。我們哪知道他連這都會迷路!?」零零妖顯然也意識到情況不妙了，他知道九夜的迷路毛病，但是卻不知道對方居然能強悍到這一步。

「……狐狸，你先別來了，去找九哥！其他人馬上過來！」雲千千頭疼的揉了揉太陽穴，很快做出安排。

「為毛是我!?妳果然嫌棄我，覺得我最不重要嗎!?」燃燒尾狐傷心了。

「屁！你踏馬的會占卜！」

把燃燒尾狐丟出去尋找走失兒童之後，雲千千又等了一會兒，終於等到了七曜等人和零零妖。

當雲千千帶著四個人走進酒樓的時候，附近看熱鬧的玩家們都明顯的感覺到酒樓內的氣氛有了些變化，剛才亂糟糟忙著布置現場的酒樓，現在終於有了幾分正經的氣氛。

一葉知秋也正盯著門口翹首盼望，他對別的人都沒多大興趣，這次造勢的活動裡，只要九夜這個排名第一的高手出現，落盡繁華就可以穩穩的立於不敗之地了。反而言之，若是拉攏九夜沒有成功，再有多少高手加入，也肯定無法達到預期的最佳效果。

「蜜桃，九夜呢!?」眼看雲千千拉了四個人就回來了，身後並沒跟著那個熟悉的囂張身影，一葉知秋腦中立刻警鈴大作，頭上冷汗刷刷的，故作平靜拉了雲千千的手諂媚笑問。

旁邊的記者一看，閃光燈立刻又是刷刷的，雲千千一眼瞪過去，惡狠狠警告那幾個拍照的傢伙：「要是以後我看到市面上出現任何關於我和一葉知秋的誹聞，本蜜桃絕對把你們先X後殺，再扒光了掛城牆上去示眾啊我告訴你們！」

要是換了別人敢這麼囂張，這些人絕對當場就暴走了。記者是什麼人!?在這個言論自由的時代裡，擁有媒體控制能力的這些人可都是無冕之王。他們沒戰鬥力，但是誰要是不長眼的敢開罪了這些狗仔，人家絕對把你一天換幾次內褲都曝光出來。所以，即便是一葉知秋、龍騰或是唯我獨尊這樣的人，在非必要的情況下也都是不敢得罪記者的，不僅不敢得罪，還得好好哄著，以期待對方在公眾面前多誇自己幾句好話……

可是雲千千就完全沒有這樣的顧忌了。她是高手，同時也是狗仔中的狗仔，不管是作為新聞素材提供者的高手身分，還是作為新聞素材製造者的狗仔身分，雲千千在哪一個領域都是如此的風騷。人家也是有言論自由的，尤其人家還是一個皮厚的惡人。

你罵人家一句，人家無動於衷，人家罵你一句，你沒準兒立馬就能含恨羞愧自盡……用句網遊的說法就是，人家攻高防也高，和其他人完全不在同樣的水平線上……

幾個記者顯然是有點資歷的老鳥，都非常熟悉雲千千這個曾經提供了幾次大爆料的猛人。一見人家放話，立刻瞪大了眼睛驚駭的猛點頭，順便把拍下的勁爆照片統統刪除以示清白，一臉的小心謹慎，看得旁邊的人莫不吃驚。

而另外一邊剛剛才偷寫了八卦新聞的菜鳥小記者則抹了把汗，暗自慶幸自己剛才還好是沒動手，同時也感激老鳥對自己的提醒。這樣的人果然是很凶悍，要是被對方記掛上了的話，沒準兒自己就玩完了。

擺平狗仔之後，雲千千這才拉了一葉知秋走到另外一邊，壓低聲音報告情況：「九哥迷路了，我讓狐狸去找他，兩人相遇後馬上用傳送陣回來，可能這中間的過程得再花個幾分鐘、十幾分鐘或者是幾十……具體花費時間的多少視燃燒尾狐找人的能力而定！」

一葉知秋一則以喜，一則以悲。喜的是九夜終究還是會來，並沒有臨時變卦的改變心意；而悲的，則是九夜還要過一會兒才能來，而現在已經快要到約定的時間了……

「再十分鐘就要到和媒體約定的時間了，如果九夜到那時候還不能趕到的話，那我該怎麼說啊!?」一葉知秋皺眉嘆氣，一副憂心忡忡的樣子。

「現在會議一開場就能進入主題的長官都不是好長官。如果時間到了他們還沒回來的話，你可以發表講話，訴說感想，回顧一下過去之後再順便展望一下未來……現在來的記者裡有幾個文稿寫得不錯的，聽說是以前當過網路作家，太能掰扯，要不要我借兩個給你？現在馬上準備個十萬字的長篇演講稿？」雲千千夠義氣的安慰一葉知秋道。

「十萬字!? 妳以為是凌舞水袖開空頭支票騙讀者說要加更呢!? 現在就十分鐘不到了，妳找誰能拚出一分鐘一萬字的風騷速度!?」一葉知秋很生氣，非常不滿雲千千這樣說大話不打草稿的態度。

「那我們安排高手們一個個進場，每人在當眾加入你公會前先來段才藝展示，表演一下他們的特長？演夠十分鐘是基本，拖到半小時的有賞，敢不滿十分鐘就下臺的就扣他們錢錢！」

「……那可是妳朋友，不是這麼欺負自己人的吧!?」

「沒事，姐姐擅長的就是宰熟，要不怎麼說外面那些騙子在騙人前都愛先和人套交情呢？不熟的誰會放下防禦讓你宰啊！」

「……」

嘀咕了一陣之後，雲千千和一葉知秋終於定下了應對一會兒局勢的基本方針，說白了也就是一個「拖」字訣，所有手段有一個算一個，全部都掏出來過一遍，演講發言、開場儀式、公會發展歷程介紹、公會目前駐地詳細發展的未來展望、被招攬高手的個人才藝展示……

初步估計下來，等這些程序全部在臺上走過一次之後，沒有個五、六小時根本不可能弄得下來。有這麼充裕的時間，別說尋找一個迷路的九夜，就算有十個九夜也抓得回來了。

商量完後，一葉知秋滿頭大汗又滿眼欽佩的回去準備了，要不怎麼說這水果有辦法呢！看人家這救場手段一套一套的，你還不能說她有什麼不對，陰謀詭計根本不用想，直接一轉眼就是一個主意，整個兒一狗頭軍師啊！

十分鐘後，九夜和燃燒尾狐果然沒能按時回歸，雲千千發了個訊息分別詢問了兩人，欣慰的得知九夜從剛才就一直沒動彈。乖乖的站在原地等待救援。接著又不欣慰的得知，燃燒尾狐的占卜結果顯示，九夜目前所在的地方是城中城，說得通俗點也就是皇宮……

雖然不知道對方在迷路時究竟是不小心遇到了哪個狗洞鑽進了皇宮，居然還沒有在路上碰到任何NPC，但現在燃燒尾狐要想進去，並且還想要找到九夜的話，那肯定就費勁得多了。畢竟大家也都知道，但凡是和皇族牽扯上了關係的建築都有一最大的特點，那就是繞。前門後門，甬道密道，內室外室混合室……估計沒有幾個小時，燃燒尾狐根本別想找到路繞到九夜身邊去。

對燃燒尾狐給予了精神上的鼓勵安慰和支持之後，雲千千唏噓感慨的切斷了通訊，開始無比的羨慕起某部網遊小說中和男主無意中定下主物契約的某女主來，她覺得吧，如果自己也能有這樣的本事，那肯定是挺實用的，以後等九夜再迷路的時候，只要一個召喚，人就能回她面前了，其他時候把人放出去隨便他亂跑，根本不用再操心……

收人儀式終於開始。伴隨著落盡繁華到場成員們整齊的口號聲和彩帶拉炮的拉響，漫天彩帶中，一葉知秋翩然上場，這麼短短的時間裡，他已經把狀態調整到了最佳，現在臉上正帶著鎮定自若的淡然微笑，一派出塵高手的風範站在用酒桌臨時拼湊出來的演說臺前，而其身邊，還依次坐著創世時報主編、新出爐的第十九位高手蜜桃多多，以及落盡繁華高層幹部的路人甲、乙、丙、丁等人……

雲千千說了，一個人的講話不夠分量，演說臺前的都得依次發言，這樣才能拖下更多的時間。除了受邀請而來的創世時報主編外，其他人都有明確目標，每人至少講十分鐘，沒超過這時間的扣公會貢獻。而主編也得到了雲千千另外單獨的提示，該水果表示他可以趁這段時間為報紙名聲打打廣告，順便來個下期報紙重點新聞預告，也好為時報接下來的販賣提前打好基礎……

主編眼前一亮後，心領神會暗暗點頭同意之。雲千千又拉到幫拖時間的一名幫手，心滿意足捂嘴竊笑之。

「各位來賓，各位觀眾，各位……首先，我一葉知秋謹代表落盡繁華全體成員向大家表示感謝，謝謝你們今天能在百忙之中抽空來到這裡，參加我們的……」一葉知秋清了清嗓子，在萬眾矚目下開始侃侃而談，洋洋灑灑又洋洋灑灑，讓下面等待看熱鬧的玩家們都是一陣傻眼。

大家面面相覷，有點搞不懂現在這是個什麼情況。難不成是有遊戲公司的人派人來現場直播!?這不就是一個收人的過場嗎?大家聚集過來無非也就是做一個見證罷了，誰能想到人家還真把這當成一個大事來辦?落盡繁華的人該不會以為他們是經紀公司正在簽約天王巨星吧!?

「炒熱氣氛!」雲千千在演說臺上看見下面的情況似乎有點不大熱烈，於是縮了縮腦袋，偷摸著飛了個消息出去，聯繫酒樓附近的某負責人。

負責人會意，連忙按照原先的安排，拉了一幫子落盡繁華的成員們排排站，同職業分隊穿著同種裝備，整齊劃一的按公會內發布的指示同時發動各種絢爛的純觀賞性技能。在震天吶喊聲中，方陣後還用四米高的木棍挑起一面臨時趕製的巨大旗幟，旗幟上書曰：落盡繁華，千秋萬代，一葉會長，一統江湖……

正在演說臺上講話的一葉知秋不知道還有這麼一段，在看到巨旗升起時，他的面皮不受控制的抽了抽，有點受刺激。而這會長接下來的感受，就是突然覺得這詞看似有點熟悉……等他再仔細一想，頓時臉色一變，勃然大怒——馬的！這不是《笑傲江湖》裡面東方不敗那死人妖用的口號嗎!?

男人們哪個不愛看點武俠小說或武俠電影的!?一看這旗上的字，頓時下面有一部分人也聯想到了這個口號的出處，於是大家也忍不住「噗嗤」一聲樂了，其他反應不大迅速的人在經過身邊同伴們的提醒之後，也很快知道了原因，沒一會兒工夫，整個酒樓及其附近周邊街道頓時成了一片歡樂的海洋，會場氣氛如雲千千預想的那般迅速被炒熱。

雲千千見此情景，終於欣慰頷首，演說臺上的人想笑又不敢笑，看了看一葉知秋難看的臉色，只能強忍著埋下頭抽搐。一葉知秋這會兒連想死的心都有了，整個兒一萬念俱灰，就想找個風景優美、山清水秀的地方哭去……

好不容易熬過了十分鐘標準，一葉知秋滿臉通紅的連忙坐了下去，再也不敢抬頭，他實在是沒有臉再見人了。

按照安排，下一個發言的重量級人物就是創世時報主編。主編同學整了整衣服站起身來，笑意猶在臉上沒有消退，可就在他剛要開口講話的時候，一個不和諧的聲音卻傳了進來。

「恭喜恭喜，一葉會長今天在這裡招攬第一高手，可真是叫小弟吃驚。不知道九夜兄弟現在在哪裡？」龍騰身後帶著十幾人，一副標準砸場的姿態假笑著走了進來。

一葉知秋愣了愣，馬上想起現在應該是自己出面的時候，於是趕緊又站了起來，同樣虛偽的和人打太極拳：「沒想到龍騰會長也來了，這真是讓鄙人這裡蓬蓽生輝，如果龍騰會長不嫌棄的話，就請在下面稍微坐上一坐？」應付這樣的媒體場合他不擅長，但是和人虛以委蛇、笑裡藏刀的玩手段，這可是自己的老本行來著……遊戲界知名老牌公會的會長，可不是光靠小打小鬧就能混得起來的。

酒樓老闆咬手絹，縮在櫃檯裡含恨垂淚——這是老子的店，老子的房，你蓬華個屁啊……

「不用了，老實說，我這次來就是想見見九夜的，畢竟那可是傳說中的第一高手啊！……說句不怕一葉會長介意的話，我龍騰九霄本來也有意邀請九夜加入公會的，可惜九夜兄弟也許是有什麼別的想法，一直沒能給個准話。今天知道一葉會長居然能請動九夜這樣的人，兄弟我可是真的很佩服來著！」龍騰微笑堵回一葉知秋的邀請，坦言出自己也曾經拉過九夜的事情。反正這些根本不算秘密，有心人稍微打聽一下都能知道，那他還不如自己大方承認了的好。

老子拉的人沒拉到，現在被你小子給拉過去了。既然如此，那麼咱們這邊認栽，現在來這裡就是想見見九夜而已，你總不至於連面都不讓見吧？……龍騰的意思表達得很明顯，給人來了個單刀直入，讓一葉知秋想拒絕拖延都不知道該怎麼開口才好。

「哎呀哎呀！這不是龍騰大會長嗎!?」正在一葉知秋無語間，雲千千已經一臉狗腿的從椅子上站了起來，衝下去熱情的抓著人家的小手手，還羞澀的拋了一個媚眼過去：「龍騰會長真是的，前次特意到麵攤找我，昨天又在矮人工匠村專門來找人家，今天怎麼還來……你、你……哎呀！人家不好意思說了啦！」說到最後，雲千千不依的跺了一下腳，像是鬧小脾氣的女孩子一樣背過了身去。

被那甜得可以膩出水來的嗓音這麼一嗲，頓時讓在場男性的十之八九都忍不住顫抖了一下，刷落一身的雞皮疙瘩。與此同時，大家看龍騰的眼神也變得異樣了起來——好小子，合著你來這裡不是想見九夜而是想見女人的。那見就見吧，你還找什麼藉口啊……

龍騰的臉色忽青忽紅，被雲千千的這一手給殺了個措手不及，她這啥意思!?怎麼自己覺得似乎有點不對勁!?自己確實是去麵攤特意找她談過合作的事情，可是後來因為操作的困難性而放棄了。昨天在矮人工匠村也確實是專門去找她沒錯，但更準確的說，他那時候是去找殺害本會成員的凶手的……今天……

今天怎麼了!?今天咱可不是來找妳的啊姑娘！

龍騰有心解釋，但是當他猶豫的這一段時間裡，周圍的觀眾們已經當他是默認了雲千千說出的那些事情。等到龍騰終於反應過來不對勁，有心反駁的時候，已經是往事已矣……他再怎麼解釋也沒一個人會信了，頂多當成是純情少男不好意思將心事坦誠出來的強辯遮掩。

一葉知秋也在怔愣中時，突然收到雲千千發來的消息，掃了一眼之後，立刻明白是怎麼回事，於是一正臉色，做出恍然大悟狀朗聲大笑：「哈哈……龍騰會長，喜歡咱們蜜桃就老實說嘛！何必找那些藉口來掩飾呢，咱們又不會笑你……」

周圍記者一愣，接著立刻狂閃手中的Demo，從各個角度拍下照片，準備明天發個頭條。

龍騰被人當眾這麼冤枉，頓時羞怒交加：「誰說我喜歡蜜桃多多了!?」

「我明白我明白！龍騰會長不是喜歡蜜桃，只是對她有好感而已。」一葉知秋敷衍著點頭，一臉「天知地知你知我知」的神秘狀眨眨眼睛又道：「什麼都別說了，龍騰會長，我這就叫蜜桃帶你四處參觀一下如何？」這話說得就有點扯淡了，現在大家在的地方是主城酒樓，又不是落盡繁華的駐地。這裡的哪一片沒被玩家踩過，還用得找特意找人帶領參觀!?

於是，當一葉知秋這麼說的時候，下面的人都沒一個當真，反而同樣心領神會的露出會意的微笑，表示自己知道箇中玄機，並且沒有點破……

「吼——我都說我沒有喜歡蜜桃了！」龍騰憤怒、咆哮，可惜卻無法改變大家心中的已知想法。這不是因為一葉知秋和雲千千的信用更高，而是因為大家都更喜歡八卦和聳動的新聞……所以在兩相選擇的情況下，他們都樂意相信能讓自己更開心的那一方說法。

所以說八卦小報會那麼暢銷也就是這個原因，幾乎所有人都知道這些報紙上面登載的報導扯淡，但大家就是愛買、愛看、愛討論……如果沒有這些無聊人的支持，八卦小報想必也是早就沒有生存空間了。

「龍騰，咱們換個地方說話吧，這裡人太多……瞧你臉紅的，真是害羞！」雲千千適時擺出體貼狀上前，一臉關心的開口。

「……」老子這不是羞的，是氣的……龍騰欲哭無淚的無語看著雲千千，左看右看也找不到對方身上能有哪一點讓自己喜歡的，這些人眼睛都瞎了不成!?

瞎了眼的群眾們還不知道自己已被鄙視，熱鬧的嚷嚷著起鬨喝彩起來：「去吧去吧！龍騰會長，咱們在精神上支持你！」

「對啊對啊，說啥來看九夜的，人家是個大老爺兒們有啥好看!?難道你想說自己是背背山!?」

「嘩——好浪漫，千里追美人耶！比得上三顧茅廬了。」

「龍騰威武！拿出點爺兒們的氣質，豪邁的把姑娘泡到手吧！」

「鼓掌！呱唧呱唧……」

看著場下的氣氛已被炒熱，群眾的注意力也被轉移，一葉知秋甚是欣慰的點頭，剛想發個訊息去向雲千千道謝，感激對方仗義解圍，人家已經先行一步飛了個消息過來：「你又欠我一次，姐姐可是犧牲色相幫你來著……酬勞就算了，先記在帳上！」

一葉知秋無語半分鐘，擦汗坐下，感激之情再也不剩半點，他現在對於水果的趁火打劫能力已經有了徹底的認識，唯一慶幸的，就是還好對方沒立刻又讓他寫出一張借據……

龍騰帶來的美女乾妹妹和其他幹部們從剛才開始就沒有說話的機會，等他們終於回神之後，事情已經無法挽回，群眾的熱情很是澎湃，所謂眾怒不可犯，這些人可不敢在這時候冒大不諱的出面闢謠，估計他們只要前腳敢開口，人家後腳就敢把自己等人定義成棒打鴛鴦的惡勢力。

即便是龍騰本人，在面對龐大群眾團體的時候也是毫無反駁之力，他奮力嘶吼，人家當他是辯解，他氣得漲紅了臉，人家當他是害羞，他……在種種的努力均宣告無效之後，龍騰已經再也想不出其他辦法能還自己一個清白，只有神經質的不斷重複：「我真的沒有喜歡蜜桃，真的沒有……真的，你們相信我吧……我沒有……」

身為話題女主角的雲千千瞅準一個機會退出人群，把場地留給了熱情的群眾和絕望的龍騰，自己則站在酒樓牆邊欣慰的看了一下時間——很好！由於龍騰小朋友的幫忙，現在又混過去了半小時，而且群眾熱情不減，退座率更是讓人欣喜的零……現在萬事俱備，只欠九夜了！

中國有句古話，叫：說曹操，曹操到。

這句話的意思就不用多做解釋了，不懂的可以自己去翻字典。在雲千千剛一想到九夜，正準備發訊息詢問對方現在走到哪裡了的時候，突然一聲長嘯由遠及近傳來。雲千千剛一抬頭，就見一片黑色霧氣中挾裹著兩個人影，以一個常人完全意想不到的速度飛速襲來。

這個速度甚至超越了空間和時間，在人們剛剛注意到的時候，彷彿是根本沒有看清那兩個人影的行動軌跡，對方就已經越過了擁擠的人群，落至了酒樓中，從極動到極靜，從被發現到停下，就只不過是一眨眼的事情。

全場頓時一片安靜，黑色霧氣漸漸散去，裡面的兩個人影露出真身來，一個如混血兒般五官深邃，邪魅俊美，全身肌肉線條修長，衣服的襟角還在因為慣性的緣故而沒有完全落下……整個人看上去就如同黑夜中的魅魔，蠱惑而危險。

另外一個眼神靈動狡黠，身上有種野性未馴的叢林氣息、精健挺拔，雖然比起另外一人稍顯遜色了些，卻也同樣吸引別人的目光……

總之，這是兩個無論從哪一方面看都十分出色的男人。

「……裝模作樣！」這是雲千千沉默許久，回過神來之後對兩個出色男人的唯一評價。

「蜜桃啊！說話得憑良心，這麼多人，我們要是不開技能光靠擠的，那得哪年哪月才進得來啊！」燃燒尾狐對雲千千的不公評價很不滿，傷心的控訴：「而且我聽妳的話，好不容易把人給找到了，怎麼也能算是大功一件吧!?妳就這麼寒了咱的心!?」

「其他的先不說，你們那是什麼技能!?不會是魅影吧!?」雲千千對燃燒尾狐的控訴倒是不怎麼在意，反而更在意另外的一件事情。

魅影，說簡單點就是修羅族的一種提速技能，學習魅影之後，每提升一級的境界都可以對學習者的速度屬性產生一定的加成，而除此之外，魅影發動後還能瞬間把所有屬性都轉移到速度屬性上去，帶動使用者身邊的人一起產生類似瞬移的移動效果。移動停止後則屬性自動恢復。

這是前世九夜的招牌技能，可是這一世的雲千千特意問過，起碼在今天之前，對方是根本不知道有這一技能的。

那麼唯一的解釋，只有可能是修羅族族長那個偏心眼兒的混帳又悄悄給九夜開特權了！……雲千千咬牙切齒一盤問，燃燒尾狐果然驚訝點頭，一副不可思議的表情看雲千千：「我們回來的路上剛巧碰到一個被小怪圍困的老頭兒，他讓我們幫他解圍。我們想著反正自己也得從那條路過，於是九夜順手就把小怪殺了，老頭兒因此就誇他運氣好，然後搖身一變成了修羅族族長……呃，接下來就是妳看到的這樣了。」

「……混帳！」雲千千傷心了。這就是運氣嗎!?

原來九夜就是那種傳說中喝涼水長屬性、跳崖撿秘笈、摔跟頭撈神器、被天雷打都能穿越的奇人!?不知道改天她把他丟爐子裡去，人家是不是還能修煉出個火眼金睛出來!?

九夜淡淡的一撇嘴，看著雲千千傷心怨忿的目光，不屑的丟出去一本小冊子甩給這姑娘，順便鄙視一句：「看妳這什麼德性！」

「靠！我怎麼了!?我這是正常人都會有的反應，你這樣兒的人理解不了咱們小人物的痛苦！」雲千千怒視九夜，抓起他丟過來的冊子就想撕，也讓這人見識見識水果一怒、紙片紛飛的場面。

可是剛左右開工抓著冊子兩面，冊子封皮在雲千千眼前晃了一下，上面的字就狠狠的讓這水果當場愣住了，封皮上書：技能——魅影。

「……」雲千千愣愣的抓著手裡的冊子，再愣愣的放下手，愣愣的一拍，系統立馬提示她技能學到手。面無表情的打開自己的技能面板確認了一下，肯定這是自己熟知的那個魅影，而不是其他同名的冒牌水貨之後，雲千千臉色瞬間變得陽光燦爛，笑得跟朵狗尾巴花似的，諂媚的湊到九夜面前討好笑道：「九哥！您真是辛苦了，迷路累不累？渴不渴？要不咱給您來個馬殺雞？」

燃燒尾狐在旁邊馬後炮的小聲補充說明：「族長說了，妳要是看到九夜會了新東西，一定又會唧唧歪歪唧唧歪歪的……他跟妳費不起那個勁，而且主要也怕妳實力不夠在外面丟臉，所以乾脆給妳也準備一份，讓九哥和我幫妳帶過來了……」

九夜無動於衷的搓了搓手臂，不動聲色退開兩步，沒有理會那顆都快笑爛了的水果，左右環視一下仍在怔愣中沒想到該怎麼反應的人群，一皺眉：「不是要加入公會嗎？怎麼還沒開始？」

「呃……開始！」一葉知秋也愣了愣，然後迅速回神，滿面紅光的宣布。

龍騰臉色一凝，看這情景，也知道一葉知秋招攬到九夜的事情十有八九是真的了。想了想，他走上前來，笑著和九夜客套：「九夜兄弟，聽兄弟們彙報說，上次您似乎已經有了加入我們龍騰九霄的意向，不知道這話還作不作數!?」

九夜瞥了龍騰一眼，手臂一抬，轉了個方向直指雲千千，毫不猶豫的推卸責任：「問她，她決定！」

「……」她是您的監護人!?旁邊人聽了九夜這話臉皮都有點抽抽。

龍騰抽抽得更嚴重，差點維持不下表面的笑容。深呼吸了一下，正當他想要轉移目標，去問問雲千千的意向時，後者卻已經做出一副什麼都沒有的樣子，回到演說臺前去和一葉知秋拉扯廢話去了：「一葉會長，你覺得我們一會兒收完人後要不要放煙火慶祝？還是說撒彩紙？要不然來個有獎大競猜吧？……」

「……1000金！」龍騰臉色發黑，沉默許久後突然開口來了莫名其妙的這麼一句話。

會收集情報的可不止重生回來的雲千千一人，雖然龍騰沒辦法像她那樣未卜先知，但打聽打聽個人資料還是沒問題的，尤其是雲千千進入遊戲之後又毫不收斂，根本就是一路囂張的這麼走了過來，稍微和她有點接觸的人都能知道這水果的弱點在哪。

其他人聽到龍騰的話後疑惑，一葉知秋等瞭解雲千千的知情人則是臉色大變，生怕她變節。雲千千果然也滯了滯，一臉痛苦的在尊嚴和利益之間搖擺掙扎。

要不要棄明投暗捏!?那可是1000金來著……可是對方前世掄了自己近一個月，今世合作的似乎也不大愉快……再可是那是1000金啊，面子又不能當飯吃……再再可是自己還是有點討厭他啊……再再再可是……

一葉知秋一臉凝重，眉頭皺得死緊，卻沒有出聲，只是擔心的看著雲千千。現在對方的抉擇，直接關係到自己的落盡繁華究竟能否翻身的問題。

糾結又糾結之後，雲千千終於悲憤的做出抉擇，咬牙對一葉知秋點頭：「一葉會長，還愣什麼!?快點發入會申請給我們啊！」1000金啊1000金，今日本蜜桃與你們無緣，只有期待日後再相見了……做出決定後，雲千千終於忍不住悲傷的淚流滿面。

一葉知秋終於鬆了一口氣，激動的抓著雲千千的手，眼中透出感謝的目光。一切盡在不言中了，姐兒們！您果然厚道！

知道大勢已去，龍騰眼神複雜的看了看雲千千和一葉知秋，終於不發一言，臉色難看的直接轉身離去。而他的身後，從公會中帶來的其他人在愣了一愣之下，也連忙跟上，同樣臉色不大好看。

而在黯然離去的龍騰九霄的眾人身後，酒樓中的記者們則滿面紅光，更加興奮的運筆如飛，尤其是那個最初寫下了雲千千緋聞初稿的記者，更是飛快的擬好了第二天的頭條新聞——龍騰會長千里求美，慘遭拒絕。一葉知秋落難見真情，大喜抱得美人歸……記蜜桃多多，一個……呃！複雜的娘兒們！

超級大牌回歸，一葉知秋和雲千千聯手準備的拖延時間計畫自然也就用不上了。畢竟大家都挺忙的。時間就是金錢，自己的錢能少浪費一點就還是盡量少浪費一點的好。

除了答應主編的發言廣告時間不能減以外，其他人能刪則刪，直接一套過場走下來，不到半小時就把所有事情給搞定。接著一葉知秋再被雲千千打包送給主編安排感想專訪，其他人則三五成群的各自成堆，拉上自己的小圈子各幹各的事情去了。

「就知道妳沒事不會想到要來找我們！」七曜做東，直接把雲千千一行人都給拉上了二樓包廂，倒了一杯茶後才盯著雲千千無奈嘆息。

「我那不是想著你們忙嘛，所以想說沒事就盡量別去打擾你們了。」雲千千笑嘻嘻的耍花槍：「再說了，無常哥哥也不喜歡我來著……」

無常淡淡的瞥了雲千千一眼，推了推鼻梁上架著的眼鏡片，從鼻子裡「哼」了一聲出來，什麼都沒說。

「無常也就是想得多，喜歡刨根問底。他要是不喜歡妳的話，這回根本就不會來給妳撐這個場面。」七曜瞪了這沒良心的水果一眼，恨恨的都不知道該說些什麼了。

「知道知道，別生氣啊！我其實也沒拿無常哥哥當外人，不然這次也不會叫他來了。」雲千千安慰七曜，生怕出錢買單的金主生氣了。要知道，在場就她最有錢。而且也就她和所有人都熟，如果七曜真要怒而跑單的話，她自掏腰包填窟窿是最順理成章的了……這個危險性太大，能不冒險還是不冒險的好。

七曜也沒真生氣，被安撫一下後，頓時心理平衡了不少，再瞪了雲千千一眼，就懶得理她了，直接轉頭去跟另外兩個剛認識沒多久的新兄弟打招呼：「尾狐、小妖！你們儘管點自己喜歡吃的東西，不要跟兄弟客氣啊！」

燃燒尾狐和零零妖連忙擺手道謝，表示自己不需要。雲千千倒是不客氣，自覺的招來了小二，還真沒給七曜客氣的點了一大堆瓜果零食，臨了還很體貼的假意跟七曜討好：「七哥，咱們都不餓，也不用你破費了，飯菜什麼的我沒點，就隨便點了些碎散的東西，將就一下就成，你也好省點錢！」

七曜瞪著菜單上一連串平時根本沒人敢點的高價食物，完全不想說話，他怕自己一開口就忍不住想罵人了。

「上次我才聽九夜說起過，小妖兄弟也是同事!? 你哪個系統的？」無常突然開口，平靜的甩了個問題出來。

零零妖一愣，和九夜對視一眼後才笑答道：「我是九夜上份工作裡那個……公司的。」

「哦……」無常意味深長的一笑，了然的點頭：「上份工作！」

七曜和不滅大概是現在才聽說，一知道零零妖和九夜也曾經是同事。這兩個馬上也熱情了，一起圍過去，幾人有一搭沒一搭的說起話來，交談內容隱晦高深，讓旁聽的雲千千和燃燒尾狐硬是一句都沒弄懂，整個兒是一頭霧水。

「他們到底在說什麼？」聽了半天，燃燒尾狐狸終於忍不住戳了戳雲千千求分享，他覺得自己就是空氣來著。太失敗了，人家在那邊聊得熱火朝天，一副頗有默契或者說臭味相投的德性，自己卻在這裡始終都沒搞懂人家到底在聊什麼，這隱然間似乎有點被排斥了的味道啊。

「噓！小聲點……你想知道他們的職業!?」雲千千鬼祟探頭過來比了個噤聲的手勢，一看燃燒尾狐連連點頭，於是某水果猶豫半晌後，終於一咬牙，決定透露出自己知道的那個驚天秘密：「難道你就沒發現嗎!?」

「發現什麼!?」

「他們都長得很帥！」

「……還有呢？」燃燒尾狐隱隱覺得有些走題來著，不過出於對朋友的尊重，他還是硬忍著繼續接了下去。

「而且他們的遊戲時間還很多，再加上他們又都有錢……難道這些共同特徵就不能讓你有點什麼聯想!?」

雲千千神秘兮兮道。

燃燒尾狐吐血：「妳直接痛快的給我個答案成嗎!?」

「其實他們就是傳說中的……」雲千千又湊近一點，一臉凝重的揭曉答案：「吃軟飯的小白臉……」

「噗——」旁邊響起一片噴茶聲。

雲千千被驚了一跳，之後才想起來回頭。看著不知道什麼時候湊到自己身邊，現在正滿臉通紅嗆咳的兩人，滿頭黑線的大聲批評：「喂！知不知道我們也是有隱私權的啊！你們這樣偷聽別人談話是不是有點不大好!?」

燃燒尾狐也被嚇得小臉蒼白，不過更大的震撼卻是來自於雲千千口中透露出的那個消息——九夜他們居然是吃軟飯的小白臉!?就是被富婆包養的那種!?就是要伺候人XXOO的那種!?難怪他們那麼帥，難怪他們那麼多遊戲時間，難怪他們花錢都挺豪爽，難怪……

「妳還有理了!?」七曜不知道是咳的還是氣的，整張臉都漲了個通紅，悲憤的衝著雲千千吼吼：「居然在背後說我們是吃軟飯的小白臉!?誰這麼告訴妳的!?」

他和不滅剛才看無常和零零妖談得正歡，九夜又坐在一邊沒說什麼話，無聊之下，剛巧注意到了雲千千和燃燒尾狐鬼鬼祟祟交頭接耳的樣子，這才心血來潮想聽聽後者二人究竟說了什麼……結果這麼一聽，頓時讓七曜和不滅兩個很受刺激啊。

「我猜的，怎麼!?不對嗎!?」雲千千茫然抓頭，很無辜的樣子。

「當然不對！」七曜氣得想衝雲千千吐口水。

「自古笑貧不笑娼……七哥，其實你不用刻意隱瞞的，我又不會看不起你。」

「呸！」

聽到對方語氣嚴肅、推心置腹的這麼一句話，七曜終於還是忍無可忍的啐了，不過是衝著地板上。

另外一邊的九夜三人也聽到了七曜這邊吼吼的內容，對視一眼，三人震驚之餘同樣感到無語——吃軟飯的小白臉!?這水果腦子裡究竟都在琢磨什麼呢!?這也太誇張了吧……

燃燒尾狐刺激過後，終於也發現到了七曜的表現有點激憤，似乎事實真相並不是自己想像中的那樣？這麼想過之後，燃燒尾狐鬱悶的看一眼雲千千，首先鄙視了一下對方隨意揣測並且把自己也帶溝裡的事情，再不好意思的向七曜表達了由衷的歉意，最後才好奇問道：「七哥，你和九夜還有其他人究竟是做什麼的啊？聽起來似乎挺神秘……」

七曜沉吟了會兒才開口：「其實也沒什麼可隱瞞的……準確來說，我們幾個都是半官方半民間的邊緣玩家，平常的時候自己玩自己的遊戲，並沒有什麼限制，也不會有什麼福利，畢竟遊戲都由智腦運行，人為資料是不能強行插入的。除了不能自己組建勢力以外，我們在遊戲中並不會受到來自任何勢力的限制。」

「在現代遊戲中，遊戲與現實的分界線已經日漸模糊，為了節省資源，官方甚至鼓勵部分產業如娛樂業、服務業等行業的從業人員進入遊戲發展，以達到假性『冬眠』，從地面上減少活動人口的效果。而這麼發展下來之後，遊戲也就漸漸成為了現實的一個分支延展，成為真實的第二世界……這也就是遊戲經濟為什麼可以和現實經濟在官方見證下實現互通互換的原因，因為它們已經無法清晰分辨彼此了。」

無常推了推眼鏡片，接著七曜的話頭說了下去，在這種解釋的方面，人家絕對是更專業的。

「而既然這已經成為了一個小型社會，自然也就會有社會的職能機構！比如說你們平常在遊戲兌換金幣到現實的時候，就是有真人在網路上專門負責檢查核對資料流程是否有無異常的……同理，在這個世界上也有犯罪行為，雖然這裡對部分犯罪是允許的，但如果是危害到平衡性的問題，政府還是不能不管……」

「我知道了！」聽到這裡，雲千千終於恍然大悟的打了個響指，想起了前世曾經聽說過的事情。她興致勃勃的看著無常，嘖嘖驚嘆：「原來兄弟幾個都是網路警察啊！」

眼鏡片後的清冷眸子中閃過一絲驚訝，接著又很快恢復成平靜無波，無常大為改觀的仔細打量雲千千，讚賞的微微頷首：「蜜桃居然還是一個聰明人！」

「……喂！你什麼意思!?」什麼叫「居然」是聰明人!?雲千千黑線，不高興的鬱悶了一下。

網路警察，其實是二十世紀網路時代剛剛開始發展的時候就已經興起的一個職業，那時候的網路警察多半是IT資訊方面的人才，因為在網路上的犯罪多半是傾向於智慧型的。

但是，當擬真網路開始出現之後，由於人們可以把自己的腦電波也代入網路中，創造一個虛擬人物自行控制發展，於是網路警察的分類也跟著進化，從純智慧型、全能型，到武力專長型，都有了不同的職司分工，漸漸成長為與現實警方系統中類似的存在，分文職和武職，分別擔當起不同的作用。

就像創世紀這樣和現實經濟接軌的遊戲，如果說裡面某公會的會長做了什麼事情而危害到了遊戲的平衡性，那也就等於是危害到了現實經濟的平衡。而遊戲又是由智腦全面託管，遊戲公司的人根本無法介入插手，那麼在這種時候，就需要網路警察的力量來制止。

所以，網路警察在很多時候需要比普通的玩家更強，好比說外面有人搶劫了銀行，趕到現場的警察卻個個不會打架，抄起擴音器喊完話就只能乾瞪眼了，那還能玩個屁啊！這又不是拍香港警匪片……三兩下就被人砍瓜切菜的GameOver了，想要制服歹徒只能是個笑話！

同理，遊戲裡的玩家危害到遊戲平衡，你光憑幾個IT人才去跟人家講事實說道理也是不可能的，除非你打算用那些IT人才去侵入人家的私人電腦，找個什麼照片出來威脅人家要給他曝光……

「九哥不必說了，那絕對是武力鎮壓的人才來著！」雲千千首先對九夜的屬性給了個定位，接著轉頭看無常：「無常哥哥應該是文職吧!?」

無常淡然頷首，表示對方猜得沒錯。

雲千千大喜，自我陶醉了一下，最後又看七曜：「七哥……呃，很難分類來著，你是見習的!?」很為難耶！七曜雖然說也算不錯，但只能在普通玩家裡排個中上層而已，目前還沒到頂尖一流，要說智慧的話，似乎人家也沒那麼犀利……這到底是文是武啊!?

「老子是正牌警察!武職的！」七曜黑線怒吼。

「哦！」雲千千敷衍的點頭，也沒發表意見，直接就轉過頭去了。

不滅剛整好衣服等人來跟自己玩「我猜，我猜，我猜猜猜」，結果人家一回頭，根本沒搭理他，頓時這人很失望，鬱悶的主動湊過去：「蜜桃，怎麼不猜我？」

「啊!?」雲千千愣了一愣，接著才反應過來漏了一人，連忙道歉：「不好意思，我徹底的把你給忘記了！」

「……」不滅無語。

無常唇角一勾，淡定微笑道：「沒事，不滅是特種職業，擅長暗殺追蹤……也許是職業訓練要求隱蔽性的關係，他的存在感一向很低，就算坐在最顯眼的位置也經常被人遺忘。」

「……」這真是個杯具……雲千千同情了個，也無語了。

燃燒尾狐還是第一次聽說網路警察來玩遊戲的概念，理所當然有點小震驚。倒是零零妖也是業內人士，根本沒啥感覺的聽完，笑呵呵的就開口了：「九夜以前在我們整個特……部隊都算是高手來著。後來聽說他被網路部門的人要去了，大家都遺憾得不行。」

「網路警察不僅要身手好，還要有微操（注）、遊戲瞭解、網路分析能力等等……現實意識和遊戲意識可是完全不同的，這就跟現實參軍也要體檢一樣，我們倒不是故意挖你們的種子高手，主要是測試下來之後的結果，九夜剛好符合條件。」無常又推了推眼鏡片，半解釋半閒聊的娓娓而談。

「可以理解！」零零妖並不是真的介意，反正事情已經過去那麼久，他點了點頭也就沒繼續糾結了。

他和無常你來我往的又換了個話題聊了起來，主題是介紹遊戲中的玩法。無常負責主講——這人是網路警察中的文職，對資料的研究分析都是專長，如果沒有雲千千的話，人家絕對是最風騷的情報提供者。

「網路體檢……包括九夜路痴這一項也算是合格嗎!?」雲千千伸脖子湊進來，在旁邊好奇了一個。

無常臉上微微一僵，三秒鐘後恢復正常，裝出一副什麼也沒聽到的樣子，更熱情更大聲的拉著零零妖說話：「就像我剛說的，XX技能有四個優點和兩個致命缺點，分別是優點一……二……三……四……還有缺點一……二……一般這技能適合使用的情況環境只有一……二……三……」

「喂！不要裝沒聽到啊我告訴你！」雲千千生氣。

不理妳就是不理妳……無常拉著零零妖，只給雲千千留了個後腦勺，心裡已經是欲哭無淚——死爛水果！做朋友有今生沒來世的，妳何必這麼犀利的打擊我!?

「九哥，跟我說說你當初體檢的情況唄？」糾纏無常無果，雲千千又去拉九夜。

九夜平靜的端茶、喝茶、吃水果，連個眼角都不賞給人家。

說人壞話還要人自己坦白不堪往事，有沒有這麼缺德啊!?……燃燒尾狐感慨的看著雲千千，深深的領會了人至X則無敵是個什麼樣的境界……

落盡繁華的危機終於告一段落，到了第二天，鋪天蓋地的宣傳就灑滿了整個遊戲，頓時全遊戲人民都知道第一高手和第十九高手加入落盡繁華助陣了，終於把前段時間一葉知秋負債被抓苦力的惡劣影響消去了不少，至於七曜等人!?雖然創世時報上也對人家大加讚揚貼金，但玩家們畢竟以前沒聽說過這幾號人物，於是選擇性忽略。

廣告宣傳裡的XX專家、XX叫獸多了去了，現在是個人都知道這些頭銜有多大的水分。翻牆進某大學偷了個內衣的，回來就敢說自己受邀去考察了；在某大企業掃過廁所的，回來就敢說自己任內勤重要職位了……全世界人民都會吹牛，就看你敢跟誰吹，跟朋友吹的那只是低階的，跟媒體吹的那才叫強者。這就跟竊鉤者誅，竊國者諸侯一個道理，壞事不怕你幹，只怕你壞得還不夠……

玩家們學聰明了，所以看過七曜幾個的名字之後，隨意討論幾句也就丟下，讓記憶浮雲，清空腦中記憶體，轉而專心致志、興味盎然的去研究報導中最聳動的另外一個話題——一葉知秋和蜜桃多多有姦情耶！

收到一葉知秋邀請的消息之後，雲千千滿頭黑線的抓著一張報紙就衝去了對方的駐地，把最新一期創世時報往上一拍，憤怒質問：「這怎麼回事!?」

一葉知秋往桌上一瞄，看見報紙立刻就知道人家生氣是什麼原因了，頓時也感覺很無奈：「蜜桃大姐，這個問題妳該去問你們那個主編來著……我也是受害者好不好！」

雲千千皺眉：「主編不肯告訴我！」

「所以妳就來拿我出氣了!?」一葉知秋覺得自己真是委屈得不行了，看看對面的水果臉色不大好，他還只能強忍下自己的鬱悶，改而先安撫人家：「算了算了，等新的八卦一出來，妳這點事立刻就沒人記得了，沒有誹聞的名人根本不能算名人……適應一下就好！」

「我沒什麼不適應！」雲千千鄙視了一個：「主要是我找不到負責人！」找不到負責人，也就意味著她不知道該跟誰去索要名譽賠償費，相對比被編排上報的事情來說，要不來原本可以到手的賠償金才更是一個噩耗。

「先不說這個了……妳上次說還要給我們公會找個大型活動，現在有眉目了沒？」一葉知秋根本不能理解雲千千悲憤的真正原因，莫名其妙了一下，索性直接轉移話題。

雲千千想了想，嘆了一口氣，也不繼續糾結了，點點頭報告：「有了幾個備案選項，我現在想知道你能夠出動多少人手？還有就是你希望能獲得值多少分量的任務獎勵？我只有考慮了你的想法和能力之後才能確定哪個任務適合你。」

「如果可以的話，我希望那任務的收穫是可以供整個公會分享的重量級獎勵，但是最好不要太難，如果一隊人就可以完成是最好……我這想法是不是有點過分？」一葉知秋只考慮了半秒鐘就毫不猶豫給出答案。

「……豈止是過分，你那是相當的過分啊！」雲千千黑線了個，沒想到在當今的社會中還能碰到像一葉知秋這樣有夢想、愛幻想的一會之長。

一葉知秋臉紅：「高回報當然好，但是萬一拿不下來的話，我們落盡繁華不就又要再丟一次臉了嗎？但如果難度太低的話，拿下任務倒是簡單了，恐怕就會沒有造勢效果……低投入高回報的任務真的沒有嗎!?要不妳再想想!?」

「其實我覺得像你這樣的煩惱可以去向智腦傾訴一下來著，我已經有點力不從心了。」雲千千真誠建議。

「蜜桃……妳不能不管我啊！」一葉知秋悲傷抹淚，哽咽著拉住雲千千的小手手，生怕這姑娘下一個動作就是告辭走人。他也知道自己過分來著，但是人總得有點夢想吧！

「放手！」雲千千黑線，這人怎麼還上手了!?不知道最近誹聞傳得厲害，正是需要謹言慎行的時候!?

「放也可以！只要妳別走……」

一葉知秋話才說一半，爪子還沒放，外面已經風風火火闖進一人，身後還跟著個看似挺眼熟的人物。闖進那人一進門就大喊：「會長，這位記者說要來和你商……呃，我什麼也沒看到！」

還沒等雲千千和一葉知秋回神，喊話的人已經又如來時那般風風火火而去，手上還不忘拖著身後那個一臉興奮並且狂按快門的記者。

「……」

「……」

「咳！蜜桃，這回是真對不起了！」一葉知秋終於認識到了自己的錯誤，連忙放手認錯。

「記得你又欠老娘一次！」雲千千咬牙切齒，一葉知秋理虧，話都不敢回就小雞啄米似的點頭。雲千千一看欣慰，這才有心情聯繫主編。

得知自家手下又抓拍到經典照片，主編頓時大喜，不管雲千千好說歹說，人家硬是堅持要把新聞發出去，並表示自己是一個有職業操守的新聞人，不可能因為雲千千一句話就讓真相沉埋。

雲千千對此主編的態度表達了真誠的鄙視，換了個條件，願意用落盡繁華幫會馬上就要進行的大型公會任務現場採訪權來換自己的名聲。並且暗示主編，現在姦情已經不夠狗血了，要有波折的姦情才夠分量，比如說他不應該老是糾結於她和一葉知秋的「相戀」，而可以適當考慮把故事宣傳成為一葉知秋單方面的單相思。這樣事情一轉折之後，不僅更能吸引讀者，最重要的是還可以讓她從這件事件中脫身而出……

主編掙扎猶豫了一會兒，雲千千再加最後一個籌碼，表示自己還有原海天一色事件女主角的後續報導，海哥前妻小雲與龍騰公會之間不可不說的故事，如果主編答應的話，她願意親自編撰文稿並配照片。

於是主編終於爽快拍板，聯繫剛才的小記者，親自提筆寫了一個純情會長單戀某女的淒美愛情故事……

收線之後，雲千千心滿意足的轉身，一葉知秋這才敢湊過來，小心翼翼的詢問：「怎麼樣!?剛才的照片壓下來了!?」

「怎麼可能！」雲千千詫異看一葉知秋，接著安慰對方：「不過你放心，主編答應我，會盡量將事件控制在可控制的範圍，減輕影響。」

「那就好！」一葉知秋也知道狗仔的凶悍，明白要憑雲千千一人之力壓下所有事件是不大可能的。能得到這麼個回答，已經是聊勝於無了。

把一葉知秋獨自放到了公眾面前承受水深火熱之後，雲千千也小小的愧疚了一把，她個人覺得吧，自己怎麼說也是個善良人士來著，雖然說剛才的作為是因為保全女性寶貴名譽的不得已行為，但對人家終究是有些傷害的。

於是慚愧之下，雲千千終於沒繼續鄙視一葉知秋的幻想行為，精挑細選之下，還真被她找出了一個適合對方公會的任務……

「空中之城!?」九夜皺眉，對這個第一次聽說的名詞表示疑惑。

「對！」雲千千點了點頭，開始給坐在自己對面的九夜一行講解：「公會任務一般是要求團體力量的。但是這個任務卻是更考驗團體中的精英，不需要太多人手，只要隊伍配置夠強悍，完全可以輕鬆拿下……按照我剛才在駐地和一葉知秋商量的結果，這個任務是目前最適合落盡繁華的，既有高回報，又不用需要很多的參與玩家。即使只有一隊人也可以完成！」

「妳打算讓誰去？」無常沉吟片刻，問出關鍵問題。

「我、九哥、狐狸、小妖……嗯，一葉知秋是會長，所以他肯定也要去。這樣剛好一隊人！」雲千千毫不猶豫的給出答案，顯然是在心裡早就定好隊員人選了。

「被鄙視了！」七曜傷心。

「被無視了！」不滅也傷心。

「……」無常用沉默來表達自己的不滿。

這水果，自從遇到九夜之後，就經常把他單獨從自己等人的小隊中拖出去，這簡直是赤裸裸的破壞團結性的行為啊！要不是有紀律的話，自己還真想給她扣上個挑撥警察內部和諧的帽子再拉去關小黑屋不可！

隊伍成員拍板定案，雲千千預定好幾人未來幾天的時間後，就放人家自由活動去了，還特意叮囑了燃燒尾狐一定不能離開九夜，隨時防備對方走失，以避免到了準備去任務的時候卻找不到隊員的情況出現。

燃燒尾狐一尋思，乾脆就拉了零零妖和九夜一起去刷經驗，也免得人家找不到事做的漫無目的亂逛。而雲千千則跑到了海哥那裡，去尋找小雲，好照下已經答應過主編的照片。

海哥最近幾天真是挺忙的，但是忙的倒不是小雲的事情。龍騰現在已經沒心情找海天一色的麻煩了，主要是龍騰九霄的那個乾妹妹已經移情別戀看上了九夜，不再計較自己前老公的紅杏出牆，在沒有了事主的情況下，龍騰自然也懶得繼續和海天一色掰扯，再說他自己也被新聞報導裡的「失戀」事件弄得有點煩躁，於是更是消沉。

與此相對的，海哥也就輕鬆了不少，沒有人找碴的日子那可不是一般的輕鬆，趁著這難得的和平時期，海哥致力於傭兵團和自身的發展，天天組人刷經驗並刷傭兵任務，忙得腳不沾地。

雲千千事先打了個招呼，跟海哥把時間預約了下來，接著火速趕去時，就見人拉了一支四缺一的隊伍等在城門口。

「海……」

雲千千抬起爪子，剛打了半聲招呼，立刻被海哥拉進隊伍，直接一拉人就往城外衝，路上才得到海哥的說明：「邊刷怪邊說，咱們都等妳十分鐘了，妳再不來我們都有心直接走人了！」

「……需要急成這樣嗎!?」雲千千有點鬱悶，想不明白海哥怎麼就突然成了這麼個勤奮的人，這從懶散到積極的轉變也太快了，還連點過程都沒有。

「妳這次來找我又是幹嘛？」海哥也不囉嗦，直接切入主題。

雲千千一聽，連忙舉起Demo：「我不找你，就想找你牽個線，好讓我給小雲照個相……嗯，如果有她老公一起就更好了！」

「妳找小雲!?」海哥詫異：「小雲離開傭兵團了啊！妳找她做啥!?」

「離開傭兵團了!?什麼時候離開的!?」雲千千尖叫。

「就昨天!不知道是怎麼回事，感覺似乎受了刺激，但看樣子又不是和她老公的問題，費解啊……呃，到了!」海哥邊說邊停了下來，一拉雲千千，幫她選了個站位，認真叮囑：「怪聚到一起了就群啊!妳應該和隊伍配合過吧!?」

「啊……嗯!」雲千千怔愣點頭。

海哥滿意一笑，回頭招呼隊伍裡的其他人：「兄弟們!開刷了!」

「嗷——」隊伍裡另外三人一起興奮回應，接著四人就四散開來，一溜煙跑出去拉怪了。

雲千千孤零零的站在原地愣了半天的神，恍惚之間突然覺得空虛寂寞冷。等她反應過來之後，看著附近拉怪拉得正歡的四人，終於忍不住抓狂了：「老娘不是來這裡專程陪你們刷怪的啊混蛋!」

整整陪海哥的隊伍刷了兩個小時，終於等到這隊人心滿意足的散去，雲千千看了看自己又跳升幾級的經驗，雖然鬱悶，但總算也感到了一些安慰。

「說說吧，妳要找小雲做什麼?」海哥單獨留了下來，沒再繼續招呼隊伍，陪著雲千千一邊慢慢往回走，一邊才又重提舊話。

「剛才不是說了嗎?就是給她照個相!那個，女孩子在年輕的時候就該多照相留念，這樣等以後老成菊花臉的時候才有資格炫耀，不然人家一看那滿臉摺子，她再怎麼說自己曾經是個美女也沒人敢信啊!」雲千千抓抓腦袋，隨口胡扯。

海哥「切」了一個，不屑的斜眼看著雲千千：「少跟我來這套，咱們又不是外人，直接說實話不行嗎!?」

不是外人難道是內人!?咱是清清白白的一個姑娘，雖然最近陸續和創世紀裡的知名人士發生了一些小誹聞，但還是無損咱的高潔，您能不能別把話說得那麼讓人遐思啊哥兒們……

雲千千恍惚了下，回神之後才尷尬的乾笑兩聲：「海哥果然是明白人，既然你把話說得那麼直接，那我也就不拐彎抹角的了！我的目的就是幫小雲照相，順便幫她編寫些短篇傳記好提高身價和知名度……再具體的您就不必問了，直接告訴我你願不願意幫忙吧！」

「……」海哥無語半分鐘，然後才一抹臉無奈道：「幫妳聯繫小雲也不是不行，但是妳真的確定要見她!?」

「確定、一定以及肯定！」那可關係到咱的新聞抽成啊哥哥！

「好吧！」

注：「微操」，微操作的簡稱，英文縮寫「MC」（Micro Control、Micromanagement）。電子競技常用術語。微操作是一種練習得來，並且帶有一定天賦因素的遊戲輔助能力。良好的微操可以左右遊戲中局部的戰局，從而左右整個戰局的勝利。（轉載於百度百科）

57．小雲

海哥也有答應了辦事卻不爽快的時候。不知道他是因為怕見到小雲而想起不開心的事，心裡討厭了不願意去聯絡人家？還是怕把雲千千這麼一個禍害放到人家身邊，讓人家一個純潔無辜的小羔羊就此墮落!?

雖然海哥心裡也清楚小雲不是什麼純善之輩，甚至很多時候做的事情都很自私自利，完全以自我為中心，假裝柔弱來達到自己的目的，還……但不管怎麼說，這人就怕對比。在沒有對比的情況下，現在的海哥是很看不起小雲這樣的女人，但是有了雲千千這麼顆人品黑爛的水果在身邊之後，他才突然覺得其實小雲還是挺善良的。

更讓海哥抓狂的是，這麼對比完後，他竟然還是不喜歡相對善良的小雲，反而覺得人品更為卑劣那顆爛水果很對自己的脾氣……當然了，海哥的喜惡在這裡並不是討論的重點！

重點就是，海哥失約了！他答應完後，不僅沒有幫雲千千牽線介紹小雲，反而還在一回城後就找了個藉口離去，告訴雲千千說聯繫到人之後自己會來找她，讓人家先逛著，有事可以找海天一色的人或者密自己……然後叮囑完畢，海哥就此閃人。

雲千千恍若未覺，依舊笑咪咪的揮小手帕和人告別，等人消失在街道另外一頭之後才悠然自得的背手離開。

「怎麼樣，她沒什麼不對吧!?」海哥躲在另外一條街上悄悄和人通訊。

「這個……要看你問的不對是指哪方面了，海哥，你是怕她違法亂紀還是怕她紅杏出牆？」通訊器另外那邊人為難道。

「……再重申一遍，我和蜜桃就是朋友，我問的是，她有沒有什麼異常舉動!?」

「沒有，就看她逛街和隨便揪人閒聊了。」

「那就好！你繼續盯著，小心別被人發現了！」

「嗯……順便再好奇一下，您為啥不乾脆把答應了蜜桃大姐的事給辦了!?聽團裡的兄弟說這大姐可記仇，而且還卑……呃，足智多謀。萬一你或咱們老是拖著答應人家的事，回頭被記恨上了怎麼辦!?反正就是給小雲照張相而已，又沒什麼別的……」

「不是我不想辦啊！」海哥苦笑：「我要跟她說小雲現在一邊和老公親親熱熱，一邊還天天纏著我拋媚眼訴衷情……蜜桃非直接暴走不可，你沒聽到團裡的小A上次哭訴說他被這水果宰得有多順手嗎!?這姑娘根本不知道啥叫客氣的！我個人覺得還是躲個十天半個月的，等她忘記這件事的時候再出現好了……」

「那你就不能不說小雲在追你的事!?」

「……你覺得她是瞎子還是智商低下!?」不說!?他倒也沒想說，可是小雲現在追他的舉動表現得這麼明顯，就算換個一般人都能看出不對勁了，更別說那還是精得跟猴兒似的蜜桃多多!?到時候不說又有個屁用啊，人家眼角一掃，立刻把其中的彎彎繞繞都給猜出來了。

「……海哥我錯了！我乖乖幹活！」通訊器的那邊沉默半分鐘後，終於鬱悶。

雲千千倒真沒催海哥，自己逕自逛得興起，這個攤位看看，那個攤位摸摸。看到別著海天一色團徽的人就樂呵呵的上前去亮ID，套交情，閒聊閒扯一番後閃人。

跟在雲千千後面的人和海哥時不時還能聽到頻道裡傳出團員問上一句「蜜桃多多是誰？」的問題，這些基本上都是在街上被雲千千拉到的卻又不認識人家的人，這時候海天一色裡其他的老前輩就會冒泡，把海哥和蜜桃多多的交情以及疑似姦情都透露一遍，最後結果——蜜桃多多是未來大嫂。括弧，待定，括弧完畢……

海哥沉默，眾口鑠金，他現在已經學會淡定的對某些言論無視而過了。而在團裡人的疑惑解開之後，跟在雲千千身後的哥兒們總能看到街面上那個自己團的兄弟頓時變得熱情起來，接著雲千千也會十分熱情，嘻笑著和人談天說笑……

「海哥，蜜桃大姐光跟人逛街聊天，我怎麼越看越覺得有些毛毛的呢!?似乎有點暴風雨前的平靜!?」一個多小時後，一路跟著雲千千幾乎逛完了半邊主城交易區的哥兒們終於忍不住報告了。

海哥也疑惑，照理來說這水果不該是那麼安分的人哪！這回怎麼那麼沉得住氣，自己這都離開半天沒回音了，人家硬是一個詢問訊息都沒發過來，這也太不同尋常了吧!?越想越覺得不對勁。海哥連忙下令：「你再離近點，把團徽取下，裝作路人的樣子去聽聽他們到底在聊什麼！」這姑娘別是在跟自己手下打聽他的情報吧!?

負責跟蹤的那哥兒們聽話的取下團徽，一副打醬油的模樣慢慢走近了正在交談的雲千千和自家兄弟二人，還沒走到兩人附近的時候，就聽到了他們的對話，基本如下：「謝謝你了，你真是好人……回頭我會叫海哥馬上把錢還你的！」

「蜜桃大姐真客氣，妳和海哥這麼親……呃，這麼鐵的交情，我哪能信不過妳啊！回頭看海哥什麼時候方便再還都沒關係，反正我不急著用錢！」

「嗯！海哥現在挺忙，等他閒下來了來找我，我肯定讓他把錢還你們！」

「真不用這麼急，瞧妳說的……」

「呵呵，交情歸交情，債務歸債務，要不要我寫張借據？」

「不不不！就10來金還寫什麼借據啊……」

掰扯幾句後，兩人分手各走各路。不一會兒，雲千千又迎上一個海天一色的成員，熱情的上前亮ID，閒聊，順便看似不好意思的熟練開口：「實在對不起，雖然有些難以啟齒，但是你能不能借我點錢？回頭我讓海哥還你……」

「沒問題！妳要多少？……」

打醬油的哥兒們感覺太受刺激了，他終於明白了雲千千一路上拉海天一色的人到底是在「聊」些什麼。看人家這名頭一擺出來，憑著和海哥的交情，憑著人家在海天一色內部的聲望……這麼一宣傳下來，誰會信不過她這個救了海天一色的大恩人啊！一般不是特別摳門的團員都不會說不肯借錢的。

這麼一小時下來，這水果少說也和三、四十來個人接上了頭，積少成多，人家現在身上最起碼揣了4、500金左右的海天一色眾團員的血汗錢來著……

想到這裡，打醬油的哥兒們終於吐血，連忙聯絡海哥：「老大，大事不好了……」

十分鐘不到，得知某水果正利用自己作幌子在自己團內大肆行騙斂財的海哥就已經火速趕到現場，氣喘吁吁拉住仍在和人借錢的那顆爛水果，哭喪著臉認輸：「大姐，我錯了！」

「哎呀海哥！您的事情忙完了!?」雲千千驚訝看海哥。

「忙完了忙完了！現在我太有空，真的，上刀山下火海在所不辭，有事您說話，我要是皺一下眉頭就不是男人了！」海哥哽咽著先哄走了那個依然不知道內幕真相並一臉八卦之色的團員，這才轉回頭來拖著哭腔非常真誠的認錯。

開玩笑，不認錯不行啊！人家瀟瀟灑灑借了幾百金走人，自己要是敢不出面聯繫，回頭團裡人的那些債可就全得自己出面去還了。他非常相信這水果做得出來捲款私逃的事情，這根本沒得商量的，人家的人品就擺在那兒呢……

「呵呵，沒關係。我其實也不是非急著要見那娘兒們不可……您可以慢慢忙的，千萬別勉強！」雲千千非常體貼的柔聲安慰海哥。

海哥頓時更是感覺心裡冷得很……早知道瞞不了這水果，也早知道自己不是人家對手，何必自取其辱來著！

雲千千笑咪咪看海哥，心裡別提有多痛快了。

好傢伙，前世相交那麼久，你肚子裡有幾根腸子老娘都知道得一清二楚，一遇事就只會這一招藉故遁走，你還敢不敢有點新的花樣!?

當然了，在痛快之餘，雲千千多少還是有些遺憾的，畢竟剛才她可是足足在海天一色的圈子裡詐騙了536金來著，夠抵上三個月吃飽喝足的了，要是人家最後咬緊牙關沒來，自己帶著這些錢直接閃人其實也不是不能考慮的……

被訓十分鐘後，海哥戰戰兢兢從滿臉遺憾的雲千千手裡搶回她死捏在手裡的錢袋子，這才總算是鬆下了一口氣來，連忙聯繫團裡的人，問問剛才到底有誰借了這水果錢了。

團裡的實誠孩子們還很驚訝，完全不知道自己的錢已經在桃門關走了一圈，險些來個奔流到海不復回……這些團員們甚至紛紛責怪海哥太見外，蜜桃大姐缺錢，自己剛好又有些錢，借人家周轉一下怎麼了!?非得哥兒們間把帳算得這麼明白!?

雖然大家在出聲的時候均奇怪為什麼還有那麼多跟自己一樣借出錢了的兄弟，但這個疑惑也只不過在大家腦子裡閃了一圈就丟掉，根本沒人在意……

海哥幫人奪回財產還枉做了小人，心裡實在憋悶得不行，偏偏他還不能說什麼，越想越鬱悶之下，這個五大三粗的漢子幾乎沒委屈得當街淚流。

費盡千辛萬苦，終於把所有錢錢歸還原主，再感謝一番把兄弟們打發走之後，海哥這才垂頭喪氣重新面對雲千千，吞吞吐吐了半天，不知道話該從何說起。

雲千千嘿嘿一笑，哥兒倆好的拍了拍海哥的肩：「海哥，你是不是不想帶我見小雲啊？」

「……嗯，有點……」海哥猶豫了一會兒，最後還是在慘痛教訓下選擇了不繼續隱瞞。

「讓我想想，你不想讓我見她，是不是因為她和你之間又出現了什麼狗屁倒灶、會惹我發火的事情，所以你才不敢幫我聯繫啊？」

「嘿嘿……有點……」海哥尷尬乾笑。

「那麼我假設一下，不會是這娘兒們重新纏上了你，天天含情脈脈的纏著你，鑑於上次我發火的經驗，所以你這才有所顧忌吧？」

「……」汗，大汗。

海哥汗顏沒敢吭聲，旁邊打醬油的哥兒們卻已經驚呼出聲：「蜜桃大姐，夠犀利！」

「……」雲千千無語望天，她在反省，雖然這世的海哥沒有像前世那樣受挫敗落，最後只能淪落成三流傭兵團團長。但也正因為如此，他的遊戲軌跡也相應的發生了變化。本來早就該退出海哥人生舞臺的小雲居然到現在還在，並且有些和人家重修舊好的意思，這樣的變化，肯定是因為海哥仍舊是海天一色的團長，所以才會出現的。

一個是鬱鬱不得志，卻有一幫義氣相投的夥伴，活得瀟灑肆意的前世老大。

一個是遊戲界有名老牌公會老大，但卻受限諸多，還惹來一些跳梁小丑在身邊亂七八糟搗亂的今世海哥……

這兩者之間，雲千千無法肯定說哪一種方式會活得更好一些，單看人家自己的想法和選擇了。

沉思良久之後，雲千千終於深深的嘆息，望天遠目，一臉的滄桑沉聲緩緩開口：「罷了……我也不怪你了，你自己想怎麼樣就怎麼樣吧！只要自己覺得過得開心就好，畢竟兒大不由娘……呃，不是，我的意思是兒孫自有兒孫福……看閣下二位這表情，似乎我形容得還是有些不夠準確!?」

「……」屁話！當然不準確！

雲千千終於還是沒能見到小雲，這倒不是海哥又出了什麼問題，主要是雲千千自己這邊來訊息了，是一葉知秋的緊急聯絡訊息，表示事情有變，現在暫時無法進行任務，通訊器中不方便說，請對方速回落盡繁華的西郊駐地共同商議。

關老娘屁事啊！老娘就是進公會打醬油的，又不是你的專用狗頭軍師……

雲千千不爽歸不爽，心裡怒罵著的同時，卻還是第一時間傳送了回去，一路衝進落盡繁華的駐地，在議事廳找到一葉知秋時，裡面除了一葉知秋本人外，還已經圍桌坐下了一圈人，一看就是正在開會的樣子。

「……要不我等會兒再來!?」雲千千一闖進去，頓時大家的視線都一起聚焦了過來，一副被打擾到的不滿表情。雲千千頓時鬱悶了一個，抓抓頭冒出這麼一句。

一葉知秋一看人到了，連忙在主座招手示意：「蜜桃，這邊這邊！我等妳半天了！」

一聽這話，頓時滿場視線改而向一葉知秋刷去，與會眾玩家的心裡都有些疑惑和不滿的情緒。

現在有資格進議事廳的都是公會中有職務的高層幹部，如今把這顆蜜桃叫進來又算怎麼回事!?雖然咱大夥都承認人家前幾天幫了個大忙，可嚴格說起來，落盡繁華當初那名譽危機也完全是由她引起的好不好……

雲千千也不傻，一看議事廳裡大夥這眼神，頓時知道自己不受歡迎了，乾脆摸摸鼻子縮一邊去：「你講你的，我在這順便聽一耳朵就行。」

一葉知秋看看自己公會裡的其他人，也知道大家這意見有點大，自己如果一意孤行的話，沒準兒要引起反彈，於是笑了一笑之後也就不再堅持，招呼人另外搬了個凳子進來給那水果，就繼續的討論起會議主題來：「所以，事情就像我剛才跟大家說的那樣，這次我們……」

也許是為了照顧後到的雲千千，一葉知秋在總結的時候，實際上是把整個事件又從頭到尾的敘述了一遍，就為了讓人家弄明白到底是發生了什麼事情。

雲千千粗略的把聽到的資訊過濾了一遍，頓時就明白了，事情的起因很簡單，說白了其實也就是因為一隻寵物……

創世紀中是有寵物系統的，關於這一點早就不是秘密，在創建人物登錄遊戲的時候，引導員美眉就會為玩家介紹神魔大戰中曾經出現過的各種寵物分類以及它們的主要特性。

一般而言，和玩家的主要職業系統一樣，寵物也可以分為戰、法、封、詛、牧五大類，具體哪一類更強悍說不上來，關鍵是看職業的配合和現場的運用以及寵物本身所擁有技能的強悍度。

一葉知秋剛剛收到拍賣行例行給各公會免費送來的拍賣手冊，裡頭列的拍賣品中，有一個稀有的詛牧雙重屬性寵物蛋就引起了他的注意，下場拍賣會將在半個月後舉行，而那顆寵物蛋的販售也在其中。

以目前一葉知秋的情況，不管是從競爭準備時間還是從該寵物蛋可能達到的高昂價格來說，寄希望於半個月後的拍賣會都不大現實。而剛巧的，拍賣行那邊傳來消息，是寄售寵物蛋的主人放話，說明了寵物蛋其實不是售賣的，只是作為樣品給大家看看，如果大家有興趣的話，可以去某處自行尋找該寵物……放出消息後，此人又翩然離去，順便又取消拍賣收回了蛋蛋，說明自己會在自己說的那個地方等人光臨。

從拍賣行那裡打聽消息之後，玩家們得知了此神秘人其實是NPC一名，頓時群起譁然，紛紛摩拳擦掌的想去探險，一來是生活太枯燥，實在沒有什麼刺激的事情，二來也是想看看自己能不能踩中巨大狗屎，從各路英雄中勇奪蛋蛋歸……

雲千千腦子一轉，立刻想起了這個知名的事件——撒彌勒斯的欺騙！

NPC也分很多種，就跟現實中的人一樣，他們也有各自的性格，有誠實的，有狡詐的，有精明的，有憨厚的……撒彌勒斯就是一個NPC中的大騙子。

想前世的時候，這個叫撒彌勒斯的老騙子也是玩了這麼一手，把眾多玩家騙去一個荒山野嶺裡開荒探險，因為寵物蛋的誘惑，前世的探險活動幾乎是全創世總動員，只要有點實力的人都去摻和了一腳，幾大公會更是不例外。

可是大家苦苦尋找，按照心目中以為是任務NPC的吩咐做了無數苦工，經過了一個多月卻也沒有任何人發現什麼有用線索，NPC更是突然神秘失蹤，於是尋蛋熱潮這才慢慢減退，探險的人群從熙熙攘攘漸漸變得寥寥無幾，直到又一個多月之後，所有人才全部放棄，寵物蛋事件不了了之。

本來這件事情到這裡已經告一段落了，大家也幾乎快遺忘了這個曾經引起轟動的寵物蛋。可是在最後一個人宣布放棄任務之後，系統突然不厚道的揭露真相，說是有名叫撒彌勒斯的強人物利用寵物蛋行騙，在荒山中開拓了一座新城，名曰罪惡之城，新地圖已經全面開放傳送陣，歡迎大家前去探險遊玩。

對於「寵物蛋」這三個字正是敏感的眾玩家們一聽，連忙申請傳送，到了地頭一看，才發現這裡正是幾個月前大家共同開荒的那片土地。NPC叫他們砍下的樹木已經做成了城內建築，NPC吩咐他們挖開的土地已經被連成了護城河，NPC叫他們……而新城的中心建築裡，端坐著的新城主正是那個放出寵物蛋消息的撒彌勒斯。大家看到他的時候，人家正好在吃午餐，菜品是荷包蛋，身邊還有兩半邊劈開的蛋殼，看花紋，正是那個詛牧雙重屬性的神奇蛋蛋……

頓時所有人都抓狂，大家當然知道NPC不會真拿可以孵出來的寵物蛋當食材，所以唯一的解釋就是，他們被人家用某種不知名的手法給騙了……

雲千千望著主座上熱血激昂的一葉知秋，忍不住深深的嘆息。這真是一個杯具，她已經完全可以預想到未來幾月落盡繁華的淒慘命運了。而這個機會龍騰九霄也一定不會放過，可以想見，對方為了這個莫虛有的蛋蛋，肯定得灑下一大筆鉅款。

說，不說!?雲千千的良心在掙扎。

「……所以!我們這回一定要搶在龍騰之前得到這個寵物蛋!」一葉知秋終於講話完畢，紅光滿面、鏗鏘有力的做下了最後的總結陳詞，下面頓時響起了一片同樣興奮的應和聲。

嗯!還是不說！一看這情景，雲千千立刻知道自己再說什麼也是沒用了，於是乾脆放棄，反正人家也不知道她能預先知道結果來著，就算他們出去之後再空手而歸，也怪不到自己頭上來，就當是吃一塹長一智了。要知道，遊戲的世界也不是那麼好混滴……

「蜜桃！」雲千千剛剛打定主意，一葉知秋突然就點名了：「九夜他們那邊就麻煩妳集結隊伍了，我希望你們能幫我這一次，我和他們不熟，希望妳能說服那幾個人，讓他們盡力幫我找到寵物蛋！」

「呃……」不是吧!?咱剛剛才打定主意想撇清關係耶！雲千千傻眼。

「有問題!?」一葉知秋眼看雲千千那表情似乎有點不大情願，連忙又問了一句，他是知道這水果消息靈通的，沒準兒人家真知道什麼自己不知道的線索內幕!?

雲千千認真猶豫了一下，終於搖頭：「木有問題，但我們隊伍要求單獨行動，你們不能限制或要求我們！」組隊就組隊，反正她到時候把隊伍一拉，隨便找個副本閉關個十天半月的，誰也查不到她是帶人偷懶去了。

一葉知秋大感欣慰，難得看到這水果這麼痛快就把事情答應下來，而且還沒有馬上跟自己談什麼報酬的事情，這真是一大進步來著！就是這份痛快勁，怎麼越想越透著詭異呢!?似乎有哪裡不對勁……不行，自己是會長，要有善於發現玩家優點的眼睛，不能老以小人之心度蜜桃之腹……

會議結束，雲千千不顧一葉知秋的詳談挽留，也不顧小雲的採訪照相還沒結束，直接一下刷回城裡，火速聯繫九夜及其相關人員，生怕這幾個傻蛋會隨波逐流已經先行跟著人潮進山去了。

「開完會了?這回又有什麼事?」無常一見雲千千就先來了這麼一句。

「咦!?你們都知道我剛才在開會!?」

雲千千的疑惑換來其他人的鄙視白眼，燃燒尾狐無力撫額：「大姐，難道妳都不看公會頻道的嗎!?剛才一葉知秋在頻道裡通知妳和公會高層開會，已經喊了半小時了，現在全落盡繁華估計沒有不知道妳去開會的！大家還在猜測說妳是不是故意耍大牌，就跟現實上臺領獎的非要等主持人多喊幾遍名字，生怕別人聽不清楚一樣……」

「難怪議事廳裡的那些人看我的時候眼神都不大友好，合著是在嫉妒！」雲千千摸摸鼻子，恍然大悟。

「……其實我個人覺得那叫憤怒應該更貼切一些！」燃燒尾狐沉默數秒後開口。

「有事？」九夜淡淡插話，簡單兩個字就拉回了歪樓的主題。

「當然有事……」雲千千揮手：「走！咱們難得聚一起，刷副本去！」

「不是要去做寵物蛋任務嗎!?一葉知秋剛才不是讓妳找我們組隊!?」零零妖詫異驚問道。

「……」

所以說比光速傳播還快的東西就是小道消息，這句話還真是一點都沒錯，一葉知秋那邊的會還沒開完，這幾個人就早已經知道雲千千被叫去是什麼事情了，雖然不知道人家的情報來源是哪裡，但還真是挺靈通的。

雲千千抬頭望天，一會兒後才嚴肅看幾人：「這個任務不要做，別問我為什麼，反正你們相信我一次，絕對沒錯的！」

「可是這樣不大好吧……我們倒不是為了那個寵物蛋，但妳已經答應了一葉知秋，現在又背著他偷溜走，這樣是不是有點不大好？」零零妖猶豫了下，雖然有些為難，但還是堅持把自己心中想說的話給說了出來。

「答應他是因為拒絕不了，我也沒辦法勸動其他人。反正你們聽我的，這任務就是浪費時間而已！」雲千千再揮手：「別說了，我現在就帶你們去副本！」

「可是……」零零妖還想說話。

「都說了別說了！你有完沒完！」雲千千終於耐心用盡的跳腳，這人還沒完沒了了，姐姐難得這麼好心情的跟你講道理，給點面子行不行!?

「……」零零妖眨著無辜的眼睛，一臉純潔的看雲千千：「我只是想提醒妳，我們加上妳一共有七個人，而隊伍是五人編制，妳說帶大家下副本……」

「……」隊伍超編制了。

無所事事的人帶著無所事事的夥伴，一起去逛街打發無所事事的時光，這就是人生……

雲千千沒辦法了，她其實也是被一葉知秋誤導，後者叫她組上九夜「等人」去做寵物蛋任務，她也就沒想過隊伍編制的問題，哪還記得自己和這幾個朋友湊一起總共竟然有七個人。

這下可好，要踢出兩個人去，感覺踢誰都不行，這不像隨便組個隊伍刷怪什麼的，三兩個小時就能回程。她找的副本，肯定是需要很長時間解的那種大任務，把另外兩個杯具甩開十天半個月的，這是多麼破壞內部和諧和團隊感情的一件事啊。

於是，無奈的雲千千只好帶著一串人到處亂竄，在可憐的記憶中拚命的摳線索，看能不能想起哪個值得做又不用組隊的小任務，好給大家找點集體活動……最起碼也要熬到一葉知秋順利抵達荒山的時候啊！等其他人在裡面熱情澎湃的為寵物蛋任務開始揮灑青春之後，自然就沒人再有空惦記她這支小隊的人死到哪去了。

其他人不比雲千千這麼有耐心，他們知道姑娘都有愛逛街的天性，但是他們卻從來沒遇到過一個姑娘逛街能逛得這麼風風火火還持久不衰。九夜等人當然不知道雲千千是在滿城找任務，所以半小時之後，毫無目標的大家就非常理所當然的都疲憊了。

「你們猜蜜桃還能逛多久？」燃燒尾狐第一個忍不住的開口。

無常沉吟數秒之後，第一個給出估算：「看這勢頭，看這速度，看這……再對比她的性格、耐心和……我估計少說還得兩小時！」

大家為這個答案而感到深深的絕望。零零妖甚至開始有偷溜走的想法：「要不咱們偷偷撤吧，回頭就說我們都迷路了!?」

九夜聞言，狠狠回頭瞪了零零妖一眼，零零妖莫名其妙的想了半天，這才終於後知後覺的想起來迷路是人家的招牌屬性，自己這話好像說得有點針對性了。想通之後，他連忙搖手辯解：「我不是在說你啊九夜！」說完又覺得這話加得有點刻意，於是再搖頭解釋：「不是，我的意思是迷路的人不止你一個！」再想，還是不對：「那個，我其實只是隨便說說……不對，我本來想說的是……你還是殺了我吧！」

說到最後，越說越亂的零零妖在九夜越來越冷的眼刀下終於淚流滿面，悲憤求死。

「別說了兄弟，大家知道你是啥意思！」七曜厚道的拍了拍零零妖的肩膀安慰他，轉頭再看其他人：「不過說真的，這樣瞎轉下去真不是個事啊！要不我們還是選出四個人來陪蜜桃去副本吧！還剩兩人就剩兩人吧，總比全部人都被拖在這裡陪小女生逛街的好……」

「贊成！」

「贊成＋1！」

「贊成＋2！」

幾句話下來，六個大男人連忙一致表示贊同。可就在他們正把腦袋湊在一起商量得正開心的時候，走在最前面的雲千千突然冷不丁的停了下來，驚「咦」了一聲。

六人還以為自己剛才說的話被人家聽到了，臉上一慌，正想要解釋些什麼的時候，突然雲千千詫異的回頭，隨手揪了一個人的領子拎在手裡，另一隻手指著街道前方不遠處正在一個攤位前蹲著的一對情侶，壓低聲音鬼祟神秘道：「你看，那不是小雲嗎!?」

「……」小雲是誰啊？六人一起茫然無語。

雲千千也不管其他人被她弄得一頭霧水，逕自取出Demo，瞅準人家笑晏如花的時候連按了幾下快門，接著摸摸下巴想了想，這才笑咪咪的走上前去。

「我突然有種不大好的預感！」神棍燃燒尾狐眼睛發直，喃喃的低聲道。

「……不是預感，這應該叫經驗！按照我和蜜桃接觸那麼長時間的經驗判斷下來，她看著人都笑成了這副德性，這表示那女的肯定得栽了！」七曜搖頭，為不知名的女性受害者默哀了三秒。

雲千千不知道自己身後收到的評價，依舊一臉笑呵呵的繼續向自己的目標方向走去，一邊走還一邊奇怪。她本來還以為小雲和龍騰九霄的乾妹妹一起爭的那個老公應該是天下來著，可是現在在人家身邊的這個男的卻不像，那麼是誰？而且對方還別著海天一色的團徽？

前世沒有碰到這個女人，看來自己真是錯過了很多娛樂來著……

「小雲妳知道嗎？每次來到這裡的時候，都能讓我想起妳笑的時候，那種感覺，就彷彿是全世界都一下子變亮了起來，好像是春天第一朵花開的聲音，又好像是冬雪初融的氣息……我相信，冥冥之中，妳和我之間一定是該有些什麼故事發生的……」

走近的時候，雲千千還隱約能聽到男人深情款款的抒發著自己的情懷。

雲千千莫名其妙的看一眼兩人手裡正共同拿著的一件戰士大主流的小綠階裝備，再看了看這對狗男女面前一臉古怪的擺攤玩家，抓抓腦袋，實在想不通這男人到底是怎麼在這種時候聯想到女人的笑來的……好像環境有些不大對勁吧？這些話放到一個環境優美的山野間去說倒是不錯，說不定還能促成一場美妙的野戰。可是在路邊攤上……

這就好比一個人拿著菜籃子去買菜，蹲在人家攤位前，不問價也不挑選的拿起一顆白菜，放在手上一邊輕撫菜葉一邊飽含感情的感嘆：「哦……看到這顆白菜，我的整個人生彷彿也變得充實起來，這是生命的凝結果實，這是春意的深情召喚，這是……」

……這是絕對要被當成神經病抓起來的！

而且雲千千最討厭的就是那些不好好學習小學語文修辭，故意炫耀自己有深度的人，沒事就來什麼花開的「聲音」……人家花開了都是用看，就你還能聽，這年頭的文青也整得太有玄幻小說的風格了吧！

不過認真說起來，這男人的手法倒是讓她有點小熟悉，依稀彷彿是曾經見識過的……

「天王蓋地虎！」雲千千沒有理會那有點莫名熟悉感的男人，而是依舊徑直走到了正聽得陶醉的小雲身邊去，笑咪咪的壓低聲音給人來了這麼一句。

小雲和男人本來相對著正淺笑晏晏，眉目傳情得正是姦熱情深的時候。聽聞此言一愣，接著不約而同的一起從地攤前抬起頭……再接著，前者在看清雲千千之後瞬間變色，後者則是瞬間迷茫。

「小雲，妳朋友？」男人打量雲千千一會兒後轉頭疑惑問。

「……」小雲無語，她不知道這問題該怎麼回答。

「你好你好，聽說你是小雲老公!?」雲千千倒是自來熟，上前抓著熟悉男人的爪子上下一搖，再熱情的拍拍對方的肩，一臉欽佩的嘖嘖讚道：「小白臉混得不錯啊，還聽說龍騰的乾妹子和你也有一腿來著!?正好我和龍騰也有點交情，要不要我幫忙在其中周旋一下，讓你兩頭開花!?」

嗯……感覺聲音聽起來也有點熟，就是一下子想不起來是誰……到底是誰呢？費解啊……

雲千千在這邊費解著，那邊的男人卻在聽到她的話後跟著色變了，這是個什麼女人啊!?你說她有敵意吧，人家看似態度挺真誠；可你要說她沒敵意吧，人家這話聽起來就屬於是剽悍級的，怎麼品著都覺得像是諷刺來著……

「呃……多謝費心，還是不用了……」左思右想的憋了半天，男人終於還是只憋出這麼一句出來。他實在是無能為力了，雖然也算是走南闖北過，但眼前這對話的層級顯然不是他現在的水準應付得來的。

「妳又想來做什麼!?」小雲本來只想做沉默的羔羊，但一聽雲千千這話，顯然她是沉默不下去了，於是生氣又著急的「蹭」一下站起身來，質問雲千千攪局的用意。

雲千千暫時放棄繼續思考男人身分的事情，倒是好聲好氣的安撫小雲：「沒啥，別緊張別緊張！瞧妳急的……我就是路過聽到了花開的聲音，想著從來沒聽過，所以好奇之下特意來見習那麼一下下而已，妳要是不樂意的話，那就當我不存在，你們接著說，我在旁邊不吭聲。再如果妳要是實在看我不順眼，拍個百八十金的出來，我當場拿錢走人也不是不能考慮的……」

「妳……」小雲的段數終究是低了點，被雲千千這回答憋得滿臉漲紅，卻怎麼也找不出合適的話來反駁。

男人終究不是只會聽花開的草包，一見兩個女人劍拔弩張的這架式，多少也猜出了兩人並不是他想像中的閨中密友。想到這裡，男人笑了笑，上前客氣的接話：「這位姑娘，我和小雲還有事，就先走一步了。」

「對對！我們還有事！」小雲氣呼呼的接話，一把挽住男人的胳膊，瞪了雲千千一眼。

男人抱歉的笑了笑，也不想多話，直接轉身就走。

雲千千嘿嘿一笑，跟鬆了一口氣的九夜等人示意一下並道了個別，接著很快拋棄了這幫沒有娛樂性的男人，追上了前面小雲二人的步伐。

「妳幹嘛跟著我們!?」小雲走著走著就發現了自己身後的拖油瓶，終於有些抓狂，「呼」的一下轉過身來，怒氣沖沖的質問。

「大路朝天，各走一邊！這條路你們能走我就不能走了!?」雲千千生氣反駁。

「妳……」小雲氣結。

男人拉了拉小雲，低聲安撫：「小雲別氣，我們當她不存在就好了！」

小雲為難了一下，想想也只能這樣，她是淑女，不能生氣，更不能當街撒潑，還不能……吼！這女人真是太讓人生氣了！

「哼！愛跟就跟，妳這女人真不要臉！」

小雲狠狠的瞪了雲千千一眼，拉上男人背過身去，打定主意再也不要理後面這個人了。她愛跟就讓她跟吧！反正自己就不搭理她，看她還能玩出什麼花樣來。

雲千千樂呵呵的看著小雲和男人轉身就走，一點都沒有被人無視的尷尬和失落感。小樣兒，妳這點小抱怨對姐姐的殺傷力實在是太低了，今天就讓妳見識見識什麼叫厚臉皮……呃！不對，自己怎麼會是厚臉皮呢？自己只是涵養好，所以寵辱不驚，所以雲淡風輕，所以……

小雲是個純粹的女人，所謂純粹的女人，意思也就是說有一般小女人都有的情懷，容易感性感動感……她這時候出來，本來是打算和身邊男人約會的，這幾天以來事情太多了，再加上二女奪夫事件才剛剛落幕沒多久，為了不讓自己二人恩愛的畫面被人看到並傳出去刺激龍騰的那個乾妹妹，這對小情侶很是低調了一陣子，已經許久沒有一起攜手露面了。

而這麼久沒見之後，今天終於有時間相約，兩人自然像是久旱逢甘霖，乾柴遇烈火……氣氛越來越曖昧，空氣越來越升溫，積蓄已久的姦情眼看著就要一觸即發了。結果，雲千千的出現就像是一盆冷水當頭澆下，直把兩個可憐的小男女給潑了個透心涼。

小雲覺得，沒有什麼事情是比這個更糟糕的了。記得當初她和天下在一起的時候，雖然說心裡也是覺得有點對不起海哥，但是兩人的感情進展卻也算順順利利，天下懂得疼惜自己，光這點就比海哥強。接著，那個男人甚至還有了不錯的發展，眼看著就要成為新任團長了……

可是就在一切進行良好的時候，巨大杯具突然降臨。這個叫蜜桃多多的不知來歷的女人突然出現，不要臉的在自己和天下的人生道路前，強勢擺上了一張茶几……

「妳猜那女人是想做什麼？」

走了一段路，男人臉上保持著如沐春風的淺笑，眼中還蘊涵著寵溺的情緒，卻是壓低聲音做耳語狀俯到小雲臉旁，說了一句和他臉上表情完全合不上的話來。其他人如果光看這動作姿勢的話，頂多只以為兩人是在調情，根本不會猜到談話內容。

「我不知道。」小雲咬牙切齒，在這種時候她才深深感覺到自己的無力，以一個正常人的思維想代入水果的人品並猜出後者的目的，這實在是一個不可能完成的任務。

「要不然我們還是傳送去別的地方吧？只要從傳送陣轉出去，想必她也不可能猜到我們選擇的目的地是哪裡。」男人想了想，無奈嘆息。

小雲咬著下唇想了想，為難一會兒後還是嘆了口氣搖頭：「可是行哥哥，現在外面都在準備做寵物蛋任務，野外到處是一片混亂來著……這主城是在落盡繁華的駐地，所以龍騰的人要少很多，若是我們去了別的地圖，說不定什麼時候就被龍騰的人發現了也說不定……」

男人一聽果然為難，天地良心，他不過就是想泡個妞調劑一下生活而已，可是卻沒想要為此付出什麼血的代價啊！雖然龍騰的乾妹妹最近確實很安靜，聽說對方也找到了新的目標，但誰知道這是不是障眼法!?再退一步說，就算對方真的被別的男人轉移去了視線，可這是兩碼子的事，自己甩過人家還是事實來著，萬一人家本來已經忘得差不多了，結果自己一湊到眼前去，讓人家想起了那段不好的記憶，一怒之下，下令把自己掄白什麼的，那自己得多冤枉啊……

想到這裡，男人終於鬱悶了，不過臉上的溫和笑意依舊不變，攬過小雲的肩又問：「那麼那個女人到底是誰啊?」這種剽悍而風騷的性格，自己依稀彷彿似乎好像大概……在團裡聽到過!?

小雲哼了哼，不怎麼高興的賭氣道：「這女人是蜜桃多多。」

「呃……」男人震驚震撼震動，久久之後才回神，等反應過來之後，差點沒學女人失聲尖叫：「她就是蜜桃多多!?」

男人這才知道死皮賴臉跟在自己和小雲身後的人是誰。要說好事不出門，壞事傳千里。在遊戲裡也一樣，講述奉獻的新聞一般沒人樂意宣傳，而誰誰誰又在哪裡摔跟頭了，再或者什麼人和什麼人嗆起聲來了，這樣的新聞卻是大家都喜歡的。

別說什麼世風日下之類的，給你兩本書隨便選，一本《馬克思列寧主義哲學史》，一本《一代女豔星背後的辛酸》，會選哪本不是明擺在眼前的事嗎!當然了，如果你選的書就是為了放在書架上炫耀自己的層次和內涵的話，那就當是什麼也沒說過……

最近一段日子以來，創世紀中最流行的那些新聞中，十有八九都出現了這個蜜桃的影子，或主或配，但無論從哪一條上的表現來說，該蜜桃都是創世紀中公認的無恥小人之代表，這一點已經是絕對肯定了的。

常言道，唯女子與小人難養也……

這顆水果很風騷的直接集兩者於一身，更是卑鄙中的卑鄙、難養中的難養，其聲名赫赫，已經超越了地域的限制，直達到……呃，大家明白就好!

所以在聽到居然是蜜桃多多這麼個如雷貫耳的名字之後，男人真是不知道該給個什麼樣的反應了。

「是啊!就是那個蜜桃多多，以前我和天下哥……呃，一起在海天一色的時候，就是這個女人跟其他人說我們的壞話，後來才弄得天下不得不退團!」小雲恨恨的悶聲說道，忍不住的緬懷起和天下在一起的那段歲月來。雖然眼前這個也不錯，但可惜就是沒勢力來著，以前天下那可是差點就能成為海天一色新一屆團長了呢。

「這位帥哥，什麼時候加入海天一色的？」正在討論間，雲千千不知道什麼時候湊上前來，笑嘻嘻的跟小雲身邊的男人打招呼。

「妳到底是來做什麼!?」小雲想暴走了，忿然大吼。

「我調戲個帥哥都不行嗎!?又關妳屁事了!?這男人是妳家的!?」雲千千反吼回去，理直氣壯。

「……」

因為海哥的關係，雲千千那是分外的不喜歡小雲。對方舒坦了，她就覺得不舒坦；對方不舒坦了，她就覺得分外的舒坦……典型的就是把自己的快樂建築於別人的痛苦之上。

就這樣，雲千千跟在小雲二人的身後，快快樂樂的和人家一起玩起了三人行。而被這麼一攪和，小雲和男人也是徹底的沒有了約會的心思，無奈了一把之後，男人和小雲商量，還是就地分手各走各路，改天再見吧。

男人目送小雲離開之後，頓時鬆了一口氣，不用看也知道，小雲這麼一離開，那個水果肯定也跟在她後面走了，自己和人家初次見面，人家應該不會是衝著自己來的……

總算放鬆下來的男人想畢之後一回頭，心情不錯的正要離開，結果眼前卻突然出現一張和善的笑臉，頓時把這男人嚇了好大一跳——怎麼了!?自己哪招惹她了!?幹嘛盯著自己不放，這不對勁啊……

難道是她看著自己兩人分手了，所以哪邊都不打算繼續跟著了!?

男人狐疑沉思，邊想邊試探性走出百米，一回頭，某水果依舊寸步不離，就跟在他身後。

「……」男人無語。

「嘿嘿……」雲千千甜美微笑。

「這位姑娘，小雲都已經走了，妳現在還跟著我是想幹嘛？」男人抹了把臉，無奈開口。反正他不會認為對方這是突然看上自己了，肯定有什麼原因在裡面。

雲千千笑咪咪道：「沒啥，我現在對小雲沒興趣，就想觀察觀察你，你別介意，當我是空氣就行了！」

「……明人不說暗話，姑娘是不是找我有事要談？」男人沉默數秒後小心問道。

「沒有沒有，我這純粹是出於對一個帥哥的熱愛和欣賞……你真不必介意來著！」雲千千越笑越燦爛，那表情，真誠得讓人都不忍不相信她。

男人狐疑又狐疑，眉毛都快皺得打成結了，遲疑一會兒後才小心和人打商量：「事情是這樣的，首先呢，我和妳不熟；其次呢，我接下來還要去做個任務，所以……」

「那我幫你去做任務！我很厲害的，而且工錢低，保證你僱了我之後絕對不會吃虧！」

「……」

其實在一般情況下，雲千千的這個要求很容易讓人尷尬。並不是所有人都願意讓其他人知道或參與自己的任務，畢竟知人知面不知心，就算是認識的朋友之間，如果只是關係一般的話，大家該防備還得照樣防備，不然萬一出現什麼見財起意更甚至人為財死的事情也不是不可能的。

一般玩遊戲時間只要是稍微久點的，大家都知道有時候彼此之間該互相留點空間，別膩膩歪歪的什麼事都想黏在一起，若是弄得好點的話，人家知道你是個缺心眼的；要是遇上疑心重點的，直接就懷疑你另有所圖了。

就比如說現實裡拿提款卡在提款機上取錢的，一般懂事的人結伴去的話，都知道要站在一米外等待，不然以後人家卡裡少點錢什麼的自己說不清，只有缺心眼兒的才會三五成群成堆一起輸密碼。

男人瞪著雲千千看了足有三分鐘，愣沒瞧出來人家到底是缺心眼兒還是另有所圖的那種，這麼一開口就大大剌剌說要跟自己一起做任務，她能不能考慮一下她自己的立場先!?……男人被刺激得很銷魂。

「……我這任務不能帶外人去！」男人索性有話直說了。

「是真不能還是假不能啊……」雲千千一看對方乾脆了，自己也索性有話直說了：「老實說，我一直覺得你的行為舉止有些熟悉的感覺，就是一下子想不起來了……但有一點本蜜桃倒是可以確定的，你追小雲並不是真心的吧!?」

「怎麼會!?」男人瞪大眼睛一臉震驚，猛的捂住了胸口，一副很受傷的表情看著雲千千：「妳怎麼能懷疑我對小雲的感情!?她是我的女神，自從見到她的那一天開始，我的生命才開始充滿了色彩，我……」

「是你智商有問題還是你覺得我智商有問題!?」雲千千鄙視看男人。

「……」死爛水果，果然真人和傳聞中一樣討厭！男人磨牙，臉上青白交錯的變換了一下，最後終於還是悻悻的停下了表演，乾咳一聲：「妳到底想怎麼樣!?」

「爽快！」雲千千讚了一聲，突然猛的招出一道閃電劈下來，把身邊的一塊大石頭劈成兩半，臉色瞬間沉下，嚴肅道：「現在是刑訊時間。你若說錯一句話那都將成為你的遺言！……名字！」

「……天堂行走。」

「職業！」

「盜賊。」

「性別！」

「……」

「對不起，一時順口，重新來……種族！」

……

三分鐘的盤問結束，天堂行走無奈看著雲千千：「現在我可以走了嗎？」

「最後一個問題……你對海天一色到底有什麼企圖!?」

「我用我的人格發誓，我對海天一色絕對沒有任何企圖！」天堂行走臉色一正，正氣凜然道。

「行了吧，現在人格全在批發市場3分錢一斤大賤賣，你要是真有點誠意的話，乾脆拿500金出來定個系統契約，如果你做了任何有損海天一色整體及名譽的事情的話，那500金就歸我，如何!?」雲千千鄙視一個後真誠建議道。

天堂行走深深的為難了，想想還真是不能定這個契約，於是嘿嘿傻笑，試圖蒙混過關。

雲千千看了冷哼一聲：「就你這點水準還想使美男計離間海天一色呢……不是我說你，你泡小雲的那些臺詞都過時了，我聽了都不好意思吐。」

兩人已經把話說到這個分上了，男人也不好意思繼續裝下去，主要是在明知對方已經看穿的情況下，自己再裝也沒什麼意義。於是他又是嘿嘿一笑之後不好意思的抓頭道歉：「蜜桃大姐，您以前的那些事蹟我加入海天一色後都聽說過，既然您心裡已經明白了，那我也就不含糊了……天下出了100金，讓我把海天一色弄垮，我這剛和小雲牽上頭沒多久呢，就只來得及弄出上次那個龍騰敵對的事件，沒想到後面也被您給壓下來了，現在還沒來得及做出其他什麼事呢，您看……」

「海天一色垮不垮的我不管，但是關係到海哥的話，我就不能不問上兩句。」雲千千被對方這坦率給弄得樂了下：「我說，你不會是露了相，所以打算自己撤退，這才跟我老實坦白的吧!?」

「不都是出來混兩口飯吃的嗎?咱又不像殺手那麼風騷，還把命都拚上去不惜一切完成任務什麼的……說白了，咱就是個小騙子，騙得到就騙，騙不到就撤，見機行事，見風使舵，見……反正這套路咱都熟，不值當跟人鬧得僵住。」

天堂行走坦然承認，絲毫不以自己的職業為恥，看他那表情、那神態，隱隱似乎還有點小驕傲的感覺，很有種眾人皆痴我獨醒……翻譯過來也就是「大家都傻蛋，只有我清醒」這樣的感覺在裡面。

不過天堂行走的態度倒也代表了大多數人玩遊戲的心態，遊戲就是放鬆的，一般沒誰會想特意給自己找不自在，把個遊戲也玩得跟現實生活一樣累。所以這裡玩家們的考慮就比現實簡單得多了，不管是什麼事情，高興就做，不高興就不做。哪怕是殺人放火、野戰群P也無所謂。

如果這是現實裡有個騙子，天堂行走要想退出撤身哪是那麼簡單的，要洗白，要了結未完的任務和後事，要……在遊戲裡多輕鬆啊，小爺想幹不想幹的，全看自己心情。

「行，你不繼續折騰的話，我也就不會沒事去為難你，自己看著辦吧！」雲千千誇獎了天堂行走一個：「還好你這傢伙撤得快，要是你非堅持己見的話，其實我都可以找網路警察來抓你的……」真能找，反正好友名單裡現成的就有四個，眼前這天堂行走的性質定罪是不大可能了，追殺個幾級下來倒是師出有名……

「……」天堂行走汗，大汗，第一次明白了官匪勾結是個什麼意思……就憑眼前這水果的聲名狼籍，虧她也好意思找網路警察來主持正義!?

一件大事解決，雲千千這才重新聯繫了九夜等人，還沒轉身走開幾步，海哥的訊息已經飛來：「蜜桃，團裡有個叫天堂行走的突然退團了，還刪了團裡人的好友，現在大家都聯繫不上他，小雲哭著喊著說肯定是妳搞的鬼……」

聽這無奈的聲音，海哥現在肯定正頭疼著，估計是被纏得不行了，這才來問問究竟。

「嗯……天堂行走退不退團的關我屁事啊！」

「小雲說在她和天堂行走分開前，是妳一直跟在他們後面……」海哥心虛抹汗，實在是不敢惹這水果生氣。

「我走個路都得罪人了!?」雲千千生氣。

「……其實我也不是要幫小雲，只是聽著挺好奇的，天堂行走其實也沒做什麼錯事來著，他就是不小心招惹的桃花多了點……」海哥吞吞吐吐：「呃……蜜桃，他們說妳趕走天堂是為了我!?」

「……」誰踏馬的亂放粉紅泡泡!?

雲千千幾句話安撫或者說打擊完羞怯怯的海哥，很直截了當的告訴對方自己並沒有暗戀、單戀以及用各種方法戀他，自己甚至沒有把他當成男人看之後，海哥那邊沉默，不知道是不是因為前後的心理落差太大而正處在憂鬱中。

切斷通訊，雲千千再次聯繫九夜等人，催促這幫不知道在哪裡玩野了的傢伙回來，大家一起刷怪去。七曜等人自己在外面玩得挺高興的，根本不願意回去繼續陪這女人瞎轉，本來在雲千千因天堂行走的出現而甩下他們的時候，這群人心裡還挺欣慰的，紛紛希望天堂行走能在雲千千手裡撐久點，別那麼快就被人家玩爛了，好歹也讓他們多自由幾分鐘啊。

沒想到許願只過了二十分鐘左右，這水果一連兩道消息就殺了過來，直接把所有人轟得眼淚花花，很想裝個掉線什麼的，看能不能商量下，別讓他們回去繼續受折騰了。

去，還是不去!?

就這個問題，其他人立刻進行了臨時的討論，商議只一分鐘後就得出統一結論。大家一致認為隨便找個理由跑掉就好，比如說他們寧願去幫落盡繁華做任務，怎麼說那也是個任務，好歹也有個固定目標性，總比在街頭遊蕩的好。

接下來大家再次就隊伍成員進行了研究探討，即便去掉蜜桃多多，他們現在總共也有六個人來著，隊伍只能組五人，還有一人，誰去負責犧牲!?

又討論一分鐘後，問題被自行解決——九夜又走丟了！

「九哥，還是你仗義，那些禽獸都關訊息了，只有你肯過來！」雲千千激動看著神秘出現在自己面前的九夜，眼淚汪汪拉住對方的小手手。

「……」九夜沒有吭聲，只是沉默的抬起頭望天，心中一片蒼涼——你大爺的！

準備好藥品，雲千千拉著九夜一路飆速，十分鐘就跑到了寵物蛋任務附近的刷怪區。現在全遊戲人民都做任務去了，練級區大片大片的空出，正適合雲千千這樣的人撿便宜，而且回頭一葉知秋問起來，自己也可以理直氣壯說自己是在任務區。合著人家總不可能再派個人專門過來看下雲千千是在做任務還是在刷怪吧！

到了練級區時，還能時不時看到有去做任務的玩家從這片地圖路過，畢竟不是所有人都能像雲千千那樣第一時間就找到準確的位置，大家只知道一片模糊的大範圍，要遇上那個所謂的任務NPC，顯然還有得折騰……

林中野地上，一群群的小怪被身形快如閃電並手拽匕首的九夜給驅趕到了一處，密密麻麻的聚成了一片。

「天雷地網！」見到小怪聚得差不多了，雲千千手一抬，引雷網劈下，道道閃電頓時從撕裂的空中落下，銀蛇紫電亂舞，小怪群在雷網中最多堅持五秒，無一不被劈成灰灰。一片片經驗刷屏從雲千千的個人面板上顯示了出來，但太過強大的技能是雙刃劍，一片片PK值的刷屏雖然不如經驗刷屏那麼風騷，卻也時不時間斷出現。

「……」小怪清光，雲千千收手之後捧著面板淚流滿面——香蕉的！怎麼老有路過的玩家!?

九夜一看雲千千又是這副痛並快樂著的糾結德性，心中也是了悟，收回匕首平靜的走了回來，淡淡開口詢問：「又不小心殺到玩家了？」

「嗯……」雲千千哽咽，聲音在顫抖，內心在滴血。

「……這回殺了幾個？」

雲千千心痛的小心數了數新增的罪惡值，沉默三秒後淚奔：「27個……」

「……不錯，技能升級肯定很快！」想了想，九夜現在也只能這麼安慰對方了。

雲千千一聽，終於再也忍不住的傷心悲憤：「是升得挺快，現在天雷地網的殺傷力又升級了不少沒錯，可關鍵的是攻擊範圍也升級了啊……踏馬的原來覆蓋的範圍還算小點，頂多誤殺個兩位數的玩家，接下來是不是每一輪都會直接破百位啊!?」

「有捨才有得嘛！」九夜不甚有誠意的安慰，想了想，乾脆拉出自己的個人面板，試圖讓對方心理平衡點：「妳看看，我現在已經是473點罪惡了，這還是不停刷怪後清掉一部分罪惡值的結果。」

雲千千白了一眼九夜：「我這樣的善良人士和你這樣嗜殺成性的人是有本質區別的！」

「……」九夜終於沉默，不知道該怎麼接這句話了——善良人士!?靠……

要說這些玩家也是自己犯賤，明明看到有一大片小怪被聚起來了，用頭髮想都該知道這裡有人在群怪，這樣的情景不說馬上退避三舍吧，起碼你也別自己往上湊啊！

結果就因為雲千千和九夜兩人的人數太單薄，在小怪群中顯得異常不顯眼，有些沒發現這兩人的玩家就開始好奇了，心想著小怪也有聚會?怎麼光見怪不見人啊……事有反常即為妖，這裡出現這麼詭異的情景，難不成是和寵物蛋任務有些關係!?

於是，好奇心大盛之下，這些人就紛紛喊著隊伍裡的人一起往前湊，想著即便出現個什麼情況，隊伍裡互相支援扶持一把也應該不會出大問題，富貴險中求嘛！不入怪群，焉得蛋蛋……呃，怪子!?

結果杯具就此降臨，當這類玩家們前進前進再前進，終於看到了密密麻麻一片怪群中有一個雲千千。知道這確實只是玩家在群怪而不是其他什麼反自然現象的時候，人家的天雷地網也已經出手了，鋪天蓋地的一片雷網撒下，玩家們連鬱悶都來不及就被劈成了白光……

傷心了一會兒後，雲千千痛定思痛，開始積極尋求解決問題的方案：「這樣下去不是辦法，必須儘快找到那個『任務NPC』，好讓玩家們直奔目標，不要再來這一片閒逛探險了！」

「去哪找!?」妳以為任務NPC是蘿蔔白菜，滿地都是，隨便一拔就是一個!?

「跟我來吧！」雲千千收法杖招手，仔細看了一下目前自己所在的位置之後，這才選定一個方向，堅定的向NPC所在的位置處跑去。

因為現在不用群怪的關係，所以兩人都盡量不和路上遇到的小怪糾纏，一般憑著高速度就可以直接甩掉，實在甩不掉的也不過是一刀兩刀的問題，根本不成氣候。趁著趕路的時間，雲千千順便跟九夜先講解了一下那個NPC的性質，給對方打了個預防針。

她倒不可能直接說任務NPC其實就是個騙子，但卻也盡量委婉的向九夜說明了NPC發放的任務即便做完也是不會有什麼好處的，頂多拿一點微薄的經驗，傳說中的寵物蛋根本想都不用想……雲千千只希望九夜這個超級勞動力不要被NPC糊弄走就好，不然她身邊就真是一個苦力都沒有了！

畢竟前世她也曾經參與過寵物蛋的任務，所以深深明白那個NPC是多麼的狡猾和口舌如簧，雲千千甚至覺得，哪天對方如果不做NPC，也完全可以在現實中勝任推銷員這麼個前途光明的角色……前提是只要這個 NPC 能出現在現實的話。

帶著九夜在林中左衝右殺了一陣之後，雲千千終於順利摸到了前世那個詐騙 NPC 出現的偏僻山壁前，現在暫時還沒有其他玩家找到這裡，於是這個 NPC 也很閒，正在抽空調戲身邊另外一個 NPC 妹妹：「小花妳知道嗎？每次和妳在一起的時候，我總能想起妳笑的時候，那種感覺。就彷彿是全世界都在一瞬間亮了起來，就好像是聽到了春天第一朵花開的聲音……」

雲千千聽到這個耳熟的聲音先是愣了愣，接著眼珠子轉了幾圈就頓時反應了過來，憤怒的衝過去一把揪住該 NPC 的領子，左右打量了一下，不是天堂行走，但是對方看到自己時那震驚的表情，以及他那心虛的小眼神，都一再說明了此人確實是有問題。

「……香蕉的！」憋了半天，雲千千終於是咬牙切齒的憋出這麼一句話來。她總算知道自己在當初看到天堂行走的時候為什麼會有熟悉感了，原來前世的整個創世紀都是被這騙子給騙了啊！如果這個成就可以公布的話，對方還真是當之無愧的騙術界第一人了。

許久之後，偽裝成 NPC 的天堂行走終於率先的反應了過來，他認為雲千千應該是不知道什麼，只是聽到熟悉的臺詞才會有所懷疑罷了……憑著自己現在這張臉，他就不相信對方會不上當，正好也可以順便一雪自己上個任務失手的前恥……

想到這裡，天堂行走乾咳了一聲，迅速恢復鎮定，裝模作樣的開口：「這位勇者，妳是來尋找寵物蛋的嗎？」說完頓了頓，對著臉色鐵青憤怒的雲千千又點了點頭才繼續說道：「能第一個找到這裡，說明了妳也確實是有些實力的，看在妳這麼努力的分上，我可以考慮把寵物蛋的訊息……」

「蛋個屁！再敢裝蒜老娘就捏爆你的蛋蛋！」雲千千空著的那隻手抬起，召下一道雷電把身邊的地面打出一個大坑，再一拽另隻手裡揪著的領子，把人拖到自己面前，臉對臉忿忿然質問：「現在是刑訊時間。你若說錯一句話那都將成為你的遺言！說！你和撒彌勒斯那個老騙子是什麼關係!?」

「……」天堂行走大驚，繼而大汗，徹底反應過來之後，他幾乎無法抑制悲傷的淚流滿面——他大爺的！這女人為什麼會知道撒彌勒斯這個名字!?

明白雲千千是已經知道騙局內幕真相的知情人士之後，天堂行走再不敢掙扎，迅如閃電的伸出手去一把反抱住雲千千的胳膊放聲大哭，非常識相的當場倒戈：「英雄啊！您放過我吧！我也只不過是年幼無知才會受人指使，為虎作倀啊……撒彌勒斯和我沒關係。真的！他只是發了個任務給我，讓我偽裝成NPC在這裡騙人罷了！現在我知道錯了，只要您一句話，我立刻帶您去找那個真正的罪魁禍首……」

雲千千被對方這痛快勁兒給弄得有點哭笑不得，噎了好一會兒才順下一口氣來：「算了！我來這裡也不是要揭穿你的……對了，你這任務有什麼獎勵？」

「這個怎麼辦？殺了？」

九夜這時候也平靜的從後邊慢慢走上前來，手裡還拎著剛才天堂行走才調戲完的小花同學，人家非常無害，就是聽自己老母吩咐來林子裡摘野果回去的，沒招誰沒惹誰的在林子裡逛了一圈，遇上個色狼，被調戲了一把也不敢說話。

好不容易捱到果子摘完了，色狼也被人揪走了，自己這邊剛收拾好，結果正要準備回家就被人給拎住了，頓時這小花同學的心情就有點不大美好，再一聽拎著自己的那男人似乎有點殺人滅口的意思，她更是憂鬱了，抹著眼淚傷心道：「我怎麼了我!? 長得漂亮又不是我的錯，人家要調戲我，我也沒辦法啊……你們怎麼可以隨便殺人!?」

「……」雲千千和天堂行走皆汗了一把。

回過神來之後，天堂行走有點不忍心，雖說人家只是個 NPC，但卻也是個漂亮的 NPC，護花的天性熱血還在天堂行走的身體中沸騰，於是他試探性的跟雲千千開口商量：「蜜桃大姐，這個 NPC 和我真不是一夥的，妳看……」

「我知道！她就是出門打醬油的！」雲千千不耐煩的揮手，打斷天堂行走想要出口的解釋，再回頭跟九夜說道：「放了吧，人家也挺無辜的！」

這 NPC 包括對方所在的村落她都去過，就是附近的一個小補給村，裡面的 NPC 在遊戲中的作用除了負責補給以外，時不時還出來打獵摘果子什麼的，如果有玩家在林中迷路碰到這類出村的 NPC 的話，人家順便還擔任一個指路的指責，屬於輔助型的功能 NPC。

「九哥，你記住剛那姑娘穿的衣服沒?要是在這一片林子迷路的話，碰上穿類似衣服的NPC就可以過去問路，他們在系統手底下就是專吃這碗飯的！」小花美眉離開後，雲千千順便跟九夜叮囑了一句，算是防患於未然。

九夜不屑的冷哼了一聲，顯然是不高興自己那點毛病老被人給拎出來唸叨。

雲千千叮囑完了，自我感覺也算仁至義盡了，於是懶得理他，繼續和天堂行走掰扯：「喂!你還沒回答我呢，你那任務什麼獎勵!?」

天堂行走苦笑，從臉上扒拉下一個面具來，頓時五官又從 NPC 臉變回了雲千千曾經看過的那張玩家臉：「獎勵除了經驗外，就只有這麼個面具……現在這面具還不歸我，是撒彌勒斯借我假扮 NPC 用的，等任務結束後，自己拿著面具就可以隨意變身成一個面具記憶格中儲存過的目標，可以是玩家也可以是 NPC。記憶格有五塊，也就是說一次可以儲存五張臉，要儲存新臉的話就得把原來的刪了……」

「好東西！」雲千千眼前一亮，盯著天堂行走手上的面具，嘖嘖有聲的讚嘆：「這真是坑蒙拐騙、嫁禍殺人的必備道具……多少錢!?賣我吧！」

「大姐，我就是吃這碗飯的，妳把我討生活的傢伙買去了，那我怎麼混啊!?」天堂行走一聽，頓時迅速的收回面具貼回到臉上去，再小心翼翼的提防著雲千千，生怕她會直接衝上來用搶的。

「你就是個靠臉吃飯的小白臉，要這面具變成另外一個人的話反而不方便騙美眉……這東西的主要作用就是隱蔽身分，給你還不如給我，也免得這麼好的一個道具會明珠蒙塵，你說捏!?」

「……」我說!?我說妳能不能不要無恥得這麼自然！

天堂行走深深的糾結，這反駁吧，自己還真反駁不出來，雖然人家話說得不好聽，但她說自己靠臉吃飯……這是不是代表這水果有點誇他長得帥的意思在裡面!?可是這聽起來也確實讓人有點不是滋味，如果不反駁的話，自己心裡怎麼就覺得那麼的不舒坦呢!?

妳說妳好歹也表現得委婉點啊，哪有張口就要從別人手裡摳東西的！現在的女孩子不就該溫柔才對嗎!?只要看似遺憾又不捨的問句「這東西真好，我也想要個，就是不知道哪裡可以弄到」，然後咱再表現出男人的大度，帶妳去找撒彌勒斯接個任務，弄出第二個騙具也不是不可能的事情……現在自己這麼主動說出來的話，是不是有點犯賤討好的嫌疑!?

天堂行走正頭大的時候，那邊等了半天都沒等到人回話的雲千千已經一瞪眼，怒了：「不給!?不給好歹也說句話啊！磨磨磯磯的你什麼意思，跟個老娘兒們似的！」說完呼啦一下又閃下一道霹靂來，忿忿的劈在地面洩憤。

天堂行走被嚇得心驚肉跳，終於認識到眼前的女人根本不可能屬於溫柔委婉那一款的了，看眼地上又新出現一個的窟窿，天堂行走默了默才抹汗開口：「其實妳可以去找撒彌勒斯再接個任務，也可以得到這面具獎勵的！」

「還有這獎勵!?」雲千千先是驚訝，接著生氣：「那你怎麼不早說啊！非要看人發火才肯說實話，是不是皮子癢癢!?」

「……」天堂行走默默無語兩行眼淚。姐姐，妳不是男人，不明白男人的心理，咱只是想著讓妳溫柔點再客氣點罷了，並不是有心要隱瞞了不說的……

「撒彌勒斯在哪兒？」雲千千根本不管人心裡怎麼鬱悶，直接拉了人繼續追問。

「從這條小路出去，見到密林後左轉，走上大概三百米左右能看到一塊大石，接著再左轉，再一直走到一片石林的位置後左轉，再……」

「左轉左轉左轉……你繞圈遛狗呢!?」雲千千皺眉，拉出個人小地圖，在顯示出的地形上順著天堂行走口中描述的左右一劃拉，最後點中了一個座標範圍，就在前方直走三百米左右……

天堂行走愣了愣，接著琢磨了一下，也發現了不對勁的地方，於是大汗：「撒彌勒斯就是這麼告訴我的，說這是找他的辦法，我還從來沒走過，根本沒發現這是個圈。」

換句話說，這跟他沒關係。

「嗯！先這樣吧，我去找找看，你沒事就走動走動，快點多給幾個玩家發布任務，好讓人早點開始幹活修城……別讓他們沒事老跑人家練級點去送死，缺不缺德啊！」

「撒彌勒斯叫我一定要待在原地等，越偏僻難找的地方才會讓人越覺得有神秘感。」

這就好比石頭丟在山裡就只叫石頭，小孩子貪玩摸了一把回家，回頭還得被自家老母痛打，嫌他揣著破爛弄髒了新做的衣服兜，還重……但是如果石頭擺在高級珍寶店裡，那就是論尺寸賣的精品奇石了，小孩子的老母做一輩子衣服都不一定買得起一小塊來。

所以說人性本賤，越是難得的東西越覺得稀罕，就是這麼個道理。

雲千千一聽也有道理，遂有些為難，沉思許久後才想出個法子，抓過天堂行走來小聲面授玄機：「你不會換你自己那張臉出去給玩家報個信!?把自己偽裝成的NPC所在的位置洩露出去，不用老是傻站著調戲NPC妹妹，可以早點進行任務不說，如果操作得好的話，你沒準兒還可以透過販賣這個情報小賺一筆……」

「咦!?這彷彿可行耶！」雲千千的形象在天堂行走的眼中陡然變得高大起來，看著這姑娘，天堂行走肅然起敬——這位高人該不會是騙術界的前輩吧!?

「雕蟲小技而已，不足掛齒！」雲千千高深莫測的一笑，做足了高人的架式。

九夜做不屑狀，遠目眺望遠處山谷出口，盡量不讓自己的視線偏移到那兩個正相對奸笑的男女身上去——哼！一丘之貉……

在山谷口分手，雲千千和天堂行走分頭行動，一個去找撒彌勒斯要面具，另外一個則去做販賣情報的買賣。

帶著九夜在山林中奔跑走了三百米，到了自己標記好的座標位置附近之後，左右找了一圈不見人，雲千千乾脆撈出一個擴音器來喊話：「撒彌勒斯！你現在已經被我們包圍了，識相的話最好出來乖乖投降，這樣政府還會給你一個改過自新的機會。千萬不要試圖反抗或逃走，桃網恢恢、疏而不漏，你如果再掙扎反抗的話，本蜜桃可能會考慮將你做過的醜事公諸於眾再就地擊殺。再重複一遍，撒彌勒斯，你現在已經被我們……」

旁邊路過幾個打醬油的玩家，一姐兒們驚訝拉扯隊友：「你們看，那邊有個美眉在學警匪片裡的臺詞喊話耶！」

「別看！那是神經病！低頭快走，別被對方發現了！」隊友連忙拉下姐兒們，扯著人就走——只有兩人就敢在深山密林、空曠無人的地方喊著自己把人給包圍了，這不是神經病是什麼！

據小道消息說，創世紀似乎因為環境優美，又可以使用腦電波刺激的關係，所以也允許了部分精神病院的醫生和病人一起進遊戲治療，雖然聽說人家一登錄遊戲都是在單獨副本裡，但保不准系統萬一錯誤，逃出來了一個兩個呢……

喊話喊了十分鐘，密林裡一點動靜都沒有，別說是撒彌勒斯，就連本來還有幾個經過的玩家都閃不見了，雲千千大受打擊，鬱悶的放下擴音器捅了捅九夜：「九哥，要不你去轉一圈，查看一下周圍？」

「妳讓我去!?」九夜微有些驚愕，第一次接到這麼有挑戰性的任務。

「呃……」雲千千一愣，繼而想起對方的路痴屬性，連忙收回要求並真誠道歉：「對不起九哥，我一時心急說錯話了，您千萬別動彈！就站在這裡，實在是站得不耐煩了就原地踏步也行啊。」

「……」

又磨蹭了十分鐘，九夜淡定等在原地，眼看著雲千千從東跑向南，再從南衝到北，滿林子四處亂竄，到處尋找傳說中那個撒彌勒斯的蹤跡，直到最後才無果而歸。

「那個撒彌勒斯在哪裡啊！附近只有幾個補給村子裡出來的打獵NPC，根本沒有撒彌勒斯這個人啊！難道是天堂行走晃點我們!?」雲千千心理陰暗了一把，皺眉忿忿道。

九夜瞥她一眼：「不是那幾個NPC？」

「絕對不是！撒彌勒斯本人我見過，長得絕對不是那些NPC的樣子！」雲千千堅定搖頭。

「……他手上不是有易容面具？」

「那又怎麼樣，易……」

「真是太不像話了！那老傢伙居然用易容面具來耍老娘!?」

雲千千不耐煩的回答戛然而止，和九夜一起相對默然許久後，水果終於暴走生氣：

「……」

「……」那還不是妳自己沒想到這一點嗎……九夜淡定輕嗤了一聲，斜睨抓狂的姑娘一眼，不再說話。

小花妹妹所在的那個補給村就在這附近，一開始的時候雲千千並沒有把村內也考慮進去，畢竟在她的心目中，這麼一個老騙子實在是不適合和人群生活在一起。坑蒙拐騙是很容易上癮的一種行為，一旦嘗過這種甜頭之後，再想改正就難了。比如說現在的雲千千，就經常會有類似往事不堪回首的滄桑感慨……

於是，雲千千也相信，在這樣淳樸的村子裡，如果真出現了像撒彌勒斯那麼風騷的一個大騙子的話，對方應該是早就被發現並驅逐出村了的！但是在九夜的提醒之後，她才突然想到了另外一個自己前世並沒有聽說過的資訊——撒彌勒斯手上有易容面具！

所謂大騙隱於世，小騙隱於林……有了這麼個類似騙術界逆天級神器的存在之後，雲千千知道，撒彌勒斯已經有了足夠他隱匿於村中的資格和條件了。既然周圍都沒有發現其他NPC的存在痕跡，那麼撒彌勒斯肯定在村子裡就已經是一個非常接近事實的判斷。

「其實我們剛才應該問一下天堂行走，看易容面具戴上之後有沒有什麼辨別方法的……實在不行的話，最起碼也要瞭解一下他當初是怎麼遇上撒彌勒斯的啊！……最可恨的是，我們居然都忘記加他好友了！」雲千千蹲在村口懊悔，看著村子裡來來往往的NPC傷心不已。

這個補給點只是個小型村落的規模，所以NPC當然不會很多，整個村子滿打滿算也不過只有二、三十個人而已。

這個數目放在平常的話不值一提，但是放到現在卻是足夠讓人頭大的了。要從二、三十個人裡揪出撒彌勒斯這麼一個人來，這概率簡直不是一般的小，再加上對方又是個善於偽裝和作戲的騙子……雲千千恍惚之間連咬舌自盡的心思都有了。

「需要我去附近找找嗎？」九夜依舊波瀾不驚，平靜的問道。

「你!?」雲千千瞥他一眼：「你出去了的話就是肉包子打狗……呃，我這比喻是不是有些不大恰當!?」

九夜懶得理她了，直接在村子裡自己轉了起來，雲千千知道這村落小雖小，建得卻挺正規，繞村一圈都有木柵欄圍著，於是也不擔心，只在後面趕緊跟著叮囑了句：「看到木柵欄千萬別出去啊！出去就出村了！……」接著就放人自生自滅去了。

雲千千在村落裡逛了一圈，中途再次巧遇驚惶的小花妹妹，雲千千熱情的想跟這地頭蛇打個招呼，結果人家驚怕的細碎哽咽一聲，包著兩泡眼淚掉頭就跑，比兔子慢不了多少，頓時把雲千千的熱情打擊得支離破碎，內心受到嚴重創傷。

除了小花外，雲千千見過的NPC分別還有村長、各功能店職業師兼老闆如鐵匠、藥師、裁縫等等，除職能NPC外，村子裡就只剩下寥寥可數的幾個普通NPC了，用玩家們的理解和說法來定義的話，這類NPC就屬於布景，也就是根本沒啥用，只負責在固定範圍內充人頭的。

小花也就是屬於這些普通NPC的一員，簡單無奇的身世、簡單無奇的生活背景、簡單無奇的……除了長得還不錯以外，小花妹妹整個就是一路人甲。

到了中午的時候，實在找不出線索的雲千千只好又轉回自己曾經進過的小飯棚，坐在裡面唉聲嘆氣。

神奇的九夜居然也轉了回來，估計是到了飯點也餓了。雲千千驚訝了一把，剛要為對方竟然能找得到路而感慨一把的時候，九夜身後轉出來一個 NPC，笑笑跟九夜告辭：「這位客人，既然您已經到飯棚了，那我也就要先回家了，祝您在我們村落裡玩得愉快！」

「嗯！」九夜應聲，逕自走到雲千千桌前。

雲千千終於淡定，明白了是怎麼回事——她就說嘛！九夜自己怎麼可能找得到路!? 差點都忘記這個村子裡所有成員都是兼職指路的了。

「找到了？」九夜坐下後，頭也不抬的給自己倒茶，順口問了這麼一句。

「沒有，看著誰都覺得挺沒嫌疑的……人家都說看人如對鏡，你眼中的世界和人是美好的，就代表了你的心也是純淨美好的……難道是我太善良!?」雲千千疑惑抓頭，真誠的向九夜求解惑。

九夜一臉古怪，提壺倒茶的手都僵了下，好半天後才恢復正常：「妳想太多了。」

「……」

吃完飯後，辨別行動還得繼續。

這是遊戲，所以雲千千別想指望村落的村長那裡會放個人口統計簿去給她翻看排查，就算真有那東西，肯定也不是她這個許可權的人翻閱得了的。所以，想找出撒彌勒斯，還是只有靠自己的判斷。

NPC 中有功能職責的可以排除了，如擔任引導任務的村長，再比如負責賣藥的藥師、負責賣武器和修理武器的鐵匠、負責……這一類 NPC 沒法偽裝，撒彌勒斯只是個騙子，擅長的是空手套白狼的勾當，對於其他技能基本就是一個百會而不精的水準。糊弄伔人可以，真讓他上手就是廢柴……

不過話又說回來了，如果撒彌勒斯真是能精通一樣其他什麼技能的話，他也犯不著繼續做這見不得人的勾當啊，早早金盆洗腳，回家開個小店去安享晚年不是更好!?

因此，撒彌勒斯根本不可能勝任這些職能NPC的工作，要是讓他去偽裝這一類NPC的話，用不了一小時就得穿幫，直接被扭送到村長辦公室接受民兵武裝隊的懲罰。

這樣篩選下來之後，雲千千就將要找的人定在了普通NPC的身上。

村落中的普通NPC經常去林子裡郊遊，沒事就做一些非法狩獵的活動來破壞一下自然生態環境，如果遇到迷路的人，幫人指認道路就是他們的兼職。

因為這麼一個特殊的功能性，所以村落中的人家很少有所有成員都一直在家的，如小花那樣被自己家老母轟出去摘野果的未成年小工也不在少數，更別說是其他成年NPC了。

撒彌勒斯如果真要在這裡扮誰的話，那他不僅有合法的身分，更能和那位真正的NPC互相錯開待在村落裡的時間段，又或者是隨便選中某個村民偽裝起來，以對方的身分去林中溜達，這樣讓人根本就分辨不出真假來。

雲千千做了個統計，目前留在村子裡的的非職能NPC共有四名，小花算一個，小花家的老母也算一個，另外還有鐵匠的老婆和藥師的兒子。

藥師的兒子可以馬上排除嫌疑，雖然撒彌勒斯的易容面具很剽悍，甚至可以在一定程度上改變使用者的身形，變粗壯猛男或是纖弱美女都完全不在話下。可是雲千千相信，再怎麼剽悍的道具也是有極限的，比如說撒彌勒斯已經成年了，以他的身高而言，如果想要讓他去扮演一個五歲幼童，那就是根本不可能完成的任務……你可以把別人當弱智，當你不能囂張到認為人家連基礎智商都木有……

除此之外，鐵匠的老婆也可以排除，撒彌勒斯畢竟是個男人，如果真扮演人家老婆的話，萬一人家正主的老公晚上回家了，心情一激動，情緒一興奮，要跟自己老婆親熱親熱……騙子也是有尊嚴的，撒彌勒斯好歹也是未來要當城主的 NPC，雲千千覺得他應該不會有喜歡被人爆菊的嗜好才對。

於是，把另外兩個嫌疑人排除之後，雲千千理所當然的就把疑惑的目光對準了小花家的孤女寡母。木有錢，不會引起親戚的窺探；木有正當工作，不會有太過惹眼的同事和朋友交際圈；木有老公……咳！總之，如果是自己的話，肯定也會優先選擇這對母女的其中之一來做角色扮演。

至於說還有種可能性，也許撒彌勒斯是扮演了其他人出村去了？

雲千千相信自己的運氣很堅強，也許大概應該可能……不會碰到這種悲催的目標不在家的事情發生吧!?

「小花妹妹，姐姐來看妳了，快來開門啊～」

雲千千甜甜的膩聲站在小花家門前敲門，喊了幾嗓子之後，她自己都有種自己是大灰狼正在騙小紅帽的錯覺。

屋子裡響起了悉悉窣窣的聲音，不一會兒後，破爛的木門「吱呀」一聲被推開，小花美眉怯怯的探了半個腦袋出來，小心翼翼的看了看笑得一臉虛偽的雲千千，哆嗦著嘴唇害怕道：「妳想來想去，還是覺得應該要殺了我嗎!?」她本來還以為這些人真打算放過自己了呢，沒想到人家那麼執著，呼啦一下跟到自己的村子裡來了……小花美眉心裡的危機感頓時前所未有的濃重。

雲千千黑線了個：「我沒事殺妳有錢拿啊!?」自己放技能也是要耗 MP 的好不好，而且最關鍵的是還得染上罪惡值，故意殺 NPC 和 PK 玩家的罪惡值可不是同一個概念，後者如果是記大過的話，前者就算是要退學的程度了。

「那妳來找我做什麼？」小花的戒心還是沒有完全消除，人家雖然小，但人家不傻，非親非故的，見面八竿子都打不到一起，對方要是沒事找自己的話，怎麼可能會直接上門來!?

「是這樣的，我的同伴剛才在林子裡對妳做了很過分的事情，雖然說並沒有造成什麼不良的後果，但純潔善良的我左思右想了一下之後，覺得還是應該要來慎重的道歉一次，這樣才能顯示出我們悔過的誠意……」雲千千抓抓腦袋，痛苦的開始編詞。

「不用了！」小花打斷雲千千的話，緊緊抓著門框，根本沒有任何開門的意思，依舊謹慎道：「我不怪妳，妳走吧！」

「呃……不要這樣子嘛！人家真的是很有誠意來認錯的說，妳好歹也請我進去喝杯ＸＯ先？」

「……我們家沒有ＸＯ！」

「那茅臺？」

「沒有！」

「啤酒？」

「沒有！」

「好吧！其實我只喝果汁也不是不可以的……靠！妳搖頭是什麼意思!?妳家連果汁都木有!?」雲千千抓狂，最後終於妥協：「算了算了！反正我也不是為了喝妳杯飲料才好的，清水也行……呃，總之妳讓我進去先？」

「妳走吧！我是不會讓妳進來的！」無事獻殷勤，非奸即盜……小花同學現在的意志很堅定，堅持占據門口寸步不讓，打定主意不讓雲千千進門，說完甚至還想把門關上。

雲千千眼明腦快身體棒，飛快從空間袋裡抓出一根白板法杖插進門縫裡，阻止了小花關門的企圖。在對方驚慌的目光和顫抖的動作下，雲千千終於鬱悶的承認了自己果然是沒有扮演良民的天賦……好吧！

本蜜桃本來也想做好人來著，是暫逼咱當一個壞人的！

無奈的抹一把臉，雲千千眼一瞪，眉一挑，陰森森的開口威脅：「小妞！姐姐今天還就非要進妳家不可了！識相的就乖乖讓路，姐姐心情一好的話，沒準兒還給妳和妳老母留一條生路，否則……哼哼！」

小花一聽，頓時被嚇得又包起兩泡眼淚，「哇」的一聲哭了出來，邊傷心邊啜泣的把木門給打開了。

「……」果然是人善被人欺啊，自己好好說話人家不聽，一上威脅馬上毛就順了……雲千千感慨了一把，也沒跟人客氣，一邁步，就這麼直接的跨進了小花家的大門。

「小花，有客人嗎？」剛一進屋，從裡屋中就傳來了一個老太婆的聲音。

雲千千探頭張望了一下，發現那就是一片漆黑，根本看不清裡面的是人是鬼。小花抽噎了一下，一副想回話又不敢回的樣子，欲言又止的淚眼看蜜桃。

「大嬸！我是抄水表的！」雲千千笑呵呵揚聲回了一句。

「……」老太婆無語了，似乎是被這個回答刺激得有點當機。在這麼一個落後的村落裡，尤其這還是遊戲中，想要讓人家 NPC 理解自來水和自來水費這麼個概念，確實是比較困難的。

過了許久許久，久到雲千千甚至忍不住懷疑裡面的老太婆是不是不小心嗝屁了，裡面才終於再次傳出聲音來，還夾雜著抑制不住的咳嗽聲：「小花……既然是客人來了，那還不趕緊招呼一下。」

「……哦。」小花哽咽著、委委屈屈的應了一聲，鬱悶的瞅了雲千千一眼，這才乖乖拐進廚房去準備茶水和待客的野果了。

一時間，整個屋子裡就只剩下裡屋的咳嗽聲和廚房的燒水聲，再也沒有人說話。雲千千趁著這麼個機會，順便在屋子裡轉了轉，打量起周圍的擺設來。反正閒著也是閒著，說不定真要是撒彌勒斯的話，或許有留下點什麼蛛絲馬跡。

過了好一會兒，小花才從廚房裡端著托盤出來，估計進去之後她也順便調整了一下情緒，這會兒看著已經沒剛才那麼無助了。

雲千千道了聲謝，接過茶杯，低頭看了眼黑漆漆的茶水，不動聲色的又放到一旁，拉著小花的手關心起人家的生活情況來：「花兒呀……最近有沒有啥生活上的困難？如果有什麼需要的話儘管跟姐姐說，姐姐一定盡量幫妳……當然了，如果是缺吃缺喝缺穿缺藥啥的就算了，那太費錢！……除了這些以外，姐姐什麼都能幫妳！」

「……」除了缺吃缺喝缺穿缺藥以外，咱還真沒缺其他的了……

小花無語，過了好半天才緩過勁來，氣呼呼的鬱悶道：「不必了！衣服舊了縫補一下還可以穿，喝的可以直接去井裡打，藥……呃，媽媽最近還找了不少鳥蛋回來，現在家連吃的也不缺。」

「鳥蛋!?」雲千千眼睛一瞇，笑得越發燦爛：「花兒呀……姐姐最近就愛吃荷包蛋，妳會做嗎？」

嘿嘿，果然露出馬腳了。

裡屋裡的咳嗽聲突然也停了下來，不知道是人睡著了還是心虛了，雲千千心裡嘿嘿暗笑，瞅著小花想看看她會怎麼回答。

「哼！有也不給……」小花剛回答到一半，突然感覺自己被人捏著的手一緊，頓時讓她止住了後面的話，後知後覺的想起了眼前的這位不是好人。

剛才還氣呼呼的小臉瞬間又變得惶恐。雲千千笑咪咪的拍了拍爪子裡抓著的小手手，一副長官安慰屬下的關心體貼狀安撫道：「別怕別怕，小花最乖了，去給姐姐煎個荷包蛋吧……嗯！最好煎上個把小時啥的，我就愛吃煎老的那種。」

「……」

把小花再一次轟進廚房，雲千千直接刷進裡屋，看著床上躺著的老太婆，笑得那叫一熱情：「撒彌勒斯大叔？」

「……」老太婆眼中精光一閃，嘴角抽了抽，半晌後才壓低聲音，已經不是蒼老的女聲，而是變成了沉穩的男性嗓音。那個沉穩的男性嗓音咬牙切齒糾正：「如果可以的話，麻煩妳叫我撒彌勒斯哥哥！」

「那我還是直接叫你撒彌勒斯吧！」雲千千笑咪咪點頭，心裡破口大罵──四十多歲了還讓人叫哥哥，這人真比自己還不要臉……

「把門關上！」老太婆撒彌勒斯恨恨咬牙，順手使喚雲千千。

「好咧！」看在易容面具的分上，雲千千也十分配合，樂顛顛的把門關上之後才狗腿的又跑回來，諂媚笑看撒彌勒斯：「您還有其他吩咐嗎？」

撒彌勒斯伸手在臉上一抹，撥下一張面具拿在手裡，臉上的五官頓時恢復成了雲千千前世曾經看到過的罪惡之城城主模樣，四十來歲，一臉精明。一對小眼睛在雲千千臉上轉了一圈，撒彌勒斯瞬間判斷出對方是有事要求自己，於是放心了下來，裝模作樣的摸了摸唇邊的小鬍子，拖長聲調打著官腔：「小姑娘，妳來找我，是有事嗎？」

「是這樣的，我不小心知道了您利用寵物蛋想要欺騙大家做苦力幫您建設罪惡之城的消息……雖然我個人很不願意曝光您的這項罪行，但是眼睜睜的看著大家受騙，我的良心實在是受不了這種譴責……於是乎如此這般的，我就想來向您討個主意，您說我到底是該說還是不該說啊？」

「……」撒彌勒斯汗，大汗。本來還以為人家是有事要求自己，結果人家確實是有事，卻不是來求自己的，這位根本就是來威脅勒索的啊！

臉色一變，撒彌勒斯眼珠子轉了一轉，接著瞬間笑開：「哎喲！這位小姑娘，我一看妳就覺得和妳投緣得很，妳看看妳看看，像妳這麼漂亮的小姑娘來見我，我怎麼也得給點見面禮才是啊……說吧！妳想要什麼!?」

「那是！咱可是江湖上人稱玉面美人的蜜桃多多，別的不說，您單看咱這長相，這身段……不給個萬八千的紅包也說不過去是吧！」雲千千同樣眉花眼笑，熱情接話。

「呃……」撒彌勒斯臉上一僵，這下是真受刺激了。這NPC噎了又噎，終於覺得自己修煉那麼多年的臉皮還是不夠厚，跟面前這姑娘講客氣、奉承她，那真是太有挑戰性的一項工作，臉色一正，撒彌勒斯無奈的直切主題：「小姑娘！我們還是有話直說吧，妳來找我到底是為了什麼!?」

「想必您也看得出來，我的花容月貌實在是太過耀眼了，這甚至已經嚴重影響了我的日常……喂！您那表情什麼意思!? 直說了吧，我就是想要您那易容面具的！」

60．公會開除

撒彌勒斯很憂鬱。

這個易容面具可是稀罕貨，可就算它只是一個一般貨色，那也是受到系統管制的，哪能容得自己說給誰就給誰!?

智腦有規定，不管是BOSS還是非BOSS，身上的東西都不能隨意送給玩家，這也是為了公平起見，以免出現腦殘小說中某主角深得NPC歡心，踩狗屎收到無數逆天神器做禮物的橋段。

換句話說，NPC們就等於是遊戲世界中的公務人員，全部受智腦管理，而他們身上的東西嚴格說來也不屬於他們，必須是玩家完成某任務劇情或者是觸發某任務劇情的時候才能作為獎勵品發放出去，這是死規定，根本沒得商量……

如果隨便把易容面具送給雲千千了，這基本上就等同於現實中的挪用公款，身為一個合格的盡職的NPC，撒彌勒斯暫時還沒有被智腦叫去小黑屋喝茶談心的打算。

「對不起，這個不能給妳！」撒彌勒斯嚴肅搖頭。

「那你的意思是說，你希望我去告訴大家，說你發放寵物蛋任務是騙人做苦力的事情了!?」

「大姐！」撒彌勒斯嚴肅的表情頓時變得悲憤不已：「大家都是出來混的，妳有沒有必要做得這麼絕啊!?」

「那你說怎麼辦吧！」雲千千也生氣了——這也不行，那也不要，這撒彌勒斯怎麼磨磨磯磯的跟個老娘兒們似的！

撒彌勒斯也挺為難，想了想，小心的試探著和人商量：「要不這樣吧！妳接個任務，做完了任務之後我再把這個當成是獎勵發給妳就名正言順了，怎麼樣？」

「大叔，看來你沒認清自己的處境。現在是你有把柄在我手裡來著，我隨時可以把你曝光出去，讓玩家先X後殺，再X再殺來著……你覺得自己有和我講條件的餘地嗎!?」雲千千真誠提醒撒彌勒斯。

「大姐，如果我把東西就這麼簡單的給妳了的話，不用玩家來找我算帳，智腦直接就會把我九雷轟頂廢掉先的……」撒彌勒斯一把鼻涕一把眼淚，委屈得不行。一個是早死，一個是晚死；一個是沒得商量的系統鐵則，一個是輿論暴力引發的潛在危機……撒彌勒斯其實哪個都不想選，但如果真是非得讓他選其一的話，傻子都知道選了後面那條路還有一線生機。

雲千千一瞧這狀況，看來還真是不能這麼威脅人家，小心狗急跳牆，更要小心人家反咬自己一口，畢竟一個聲名狼籍的玩家和一個神秘NPC比起來，明顯是後者要更得玩家信任，萬一這老騙子狠狠心，隨便給誰發個任務要追殺自己，再或者人家放話說自己是想獨吞寵物蛋所以才想造謠騙其他玩家不去做這任務……

想到這裡，雲千千終於不寒而慄，無奈妥協：「好吧好吧！你發個任務給我，我去做了回來再拿面具……這樣總可以了吧!?」

「這位姑娘真是通情達理！」撒彌勒斯鬆了一口氣：「那這樣吧，我發放屠龍任務給妳……」

「要是本蜜桃現在就有屠龍的風騷實力，那我還要你這面具幹屁啊！老娘還巴不得全世界都認識我呢！」

雲千千鄙視道。

「呃……那麼剿滅魔王……」

雲千千耐心很好的提示：「剿滅你比剿滅魔王簡單，你猜你自己死後會不會暴出易容面具!?」

「……」

看來自己出的任務確實是有點誇張了些，人家現在擺明了就是要隨便走走過場，然後就可以拿著易容面具閃人，自己一再發布些超難的任務出來，搞不好人家會惱羞成怒，當場翻臉……撒彌勒斯頭上冷汗刷刷的，擦一把，再擦一把，猶豫良久後才小心翼翼的主動詢問：「那妳覺得自己能做什麼任務!?」

「掃地！」自己在修羅族裡做的雜活任務是最熟練的，這根本不用說，無風險又省時。

「……大姐，事情主要是這樣的，我吧，目前在NPC中的等階比較低，不像魔王、族長、首領那些高階的BOSS薪資那麼高，所以暫時還供不起房貸，再所以也就根本沒有自己的房子和地盤……不然我也不能想到讓玩家幫我開荒建城啊，您說是不是!?」撒彌勒斯沉默三秒，好聲好氣的和人解釋。妳想掃地!?那也得老子有地盤讓妳掃啊！這人說話真是太不負責任了，完全不考慮別人的實際情況。

「關我屁事！反正我就會掃地、洗衣服、做飯之類的，比照這難度，你自己想想能讓我做什麼吧！」雲千千斬釘截鐵，擺明了根本不想和人商量。

「那妳還是現在就殺了我吧！」撒彌勒斯悲憤。

接著，雙方共同開發智慧，就發放何種任務這一問題積極展開討論，力求尋找到一個雙方都滿意的解決途徑。

而經過半個多小時的商量討論之後，等到小花姑娘的荷包蛋終於在煎鍋中蒸發完畢，不得不手足無措的回來報告荷包蛋神秘失蹤案件的時候，雲千千和撒彌勒斯這才終於討論出來了一個結果。

「就是這個任務，不能再簡單了，再簡單了我根本不敢發妳易容面具！」撒彌勒斯意志堅定，滿目滄桑的小聲道。當著小花的面，他也不敢太大聲，不然被人聽出什麼蛛絲馬跡來，自己不就露餡了嘛！

「行！不就是給你的新城找一個契約駐紮公會嘛，這個簡單！」雲千千爽快點頭。

撒彌勒斯的身分在整個創世紀算是比較尷尬的，在 NPC 中他是個騙子，在玩家群中他也是個騙子，典型的眾矢之的，過街老鼠。這樣的人不管走到什麼地方，那都是很輕易就能掀起一場腥風血雨，幾乎所有人都願意把他除之而後快。不說有多大的仇，非要不死不休，但見到一次打一次是肯定的了。

比如說雲千千要是現在和對方沒這份交易在其中橫著的話，她也很願意把人家暴揍一頓，好出了前世自己也曾經被糊弄過的那口鳥氣。

可想而知，這麼一號人物要是有了據點之後，那得招來多少為民除害的報仇隊伍啊！反正雲千千前世聽說過的報仇人數就是以三位數來計算，這還是不算其他零散攻擊的情況下。

再可想而知，撒彌勒斯的罪惡之城若想保持得長久一點，不在第一時間變成廢墟的話，那最好的選擇就是找一個實力強勁的勢力為他保駕護航……系統的軍隊是不用指望了，人家不能隨意離開自己被限定的地盤，要是能離開，來了也肯定不是幫撒彌勒斯守城來的，人家不轟他個滿天菊花殘就不錯了。

所以，這個腦筋還只能動到玩家的身上去，那性質屬於私軍，愛保誰保誰、愛打誰打誰，系統根本管不著。

而玩家中最大的勢力單位是公會，這一點又是毋庸置疑的，公會可以申請駐地作為自己的地盤活動……撒彌勒斯發放的任務，就是想要讓雲千千去糊弄一個公會過來，作為罪惡之城的駐軍守衛他將要建起的這座城市；而從玩家的角度來說，就是讓公會申請罪惡之城為駐地……

「把契約給我。一天之內給你搞定！」

眼看來報告煎蛋失蹤的小花姑娘站在門口，一臉怯怯的彷彿有話要說，雲千千也不囉嗦了，直接手一伸，跟撒彌勒斯要駐地契約。

撒彌勒斯早在剛才就重新戴好了小花老母的面具，這會兒又假裝衰弱的弓腰駝背兼咳嗽了起來。顫顫巍巍的從懷裡掏摸出一紙契約，撒彌勒斯劇烈的咳嗽了幾聲：「這位小姑娘，一切就拜託妳了……」

「媽媽……」

小花看著自己老母遞給自己眼中的壞女人一張紙，頓時很著急，那格式看起來挺像契約的。某卑劣的水果該不會是設計把自己家的房契地契啥的騙走了吧!?然後自己和自己老母從此就要被趕出去，只能漂泊流浪。再不小心遇到個紈褲子弟啥的，把自己老母揍到半死，再把自己搶回去做第XX房小妾!?

小花姑娘憂心忡忡，傷心的看著雲千千極自然的接過契約，一折再折又折……最後把那張紙折成了個紙飛機，隨手塞進她的空間袋裡：「撒……老太婆，你等著吧！我今天之內一定把人帶到你家來！」

果然是要帶搶房子搶地的人來了！小花心裡「咯登」一下，終於忍不住內心悲傷的啜泣起來。

「煎壞個蛋需要傷心成這樣嗎!?」雲千千莫名其妙的看一眼小花，小聲和撒彌勒斯說話：「你這『女兒』是不是太感性了點？」

「不知道，也許小姑娘心理承受能力太差……要不就是被契約嚇的!?」撒彌勒斯邊咳嗽邊壓低聲音，同樣小小聲的回答道。

雲千千「噘」了一聲，白了撒彌勒斯一眼之後就站起身來，好心的走過去安慰小花：「蛋死不能復生，節哀順便……」

「……」

從撒彌勒斯和小花共同居住的破屋子裡走出來之後，雲千千逕自拐去先找回了正在逛街中的九夜，接著把任務的事情如此這般的一說，就宣布要做任務去了。

「妳打算找誰!?」九夜聽完微皺了皺眉，很想知道到底是哪個上輩子缺了大德的人被這水果盯成目標了。如果可以的話，自己也許可以在中間適當提醒一下那個無辜的受害者，免得人家真被糊弄去給騙子當打手，最後落個死無葬身之地。

「我打算把這等白拿駐地的好事，讓給那個曾經照顧過我第一筆大生意的，財貌雙全的龍騰哥哥！」雲千千害羞。

「……嗯！龍騰很不錯！」既然是龍騰，那自己還是當不知道吧！九夜點頭後望天，心中暗下決定。

要離開補給小村落的時候，九夜還真是有點捨不得的，他第一次遇到所有居民都是導遊的村落，自己隨便走到哪都不會迷路，想去哪就去哪，隨便拉個人過來，人家包准給解釋得詳詳細細的，遇到暫時手頭上閒著的，甚至還會很熱情的主動帶人過去。

於是，九夜就因為這個而感慨萬分，這是多麼適合他生活的村子啊……

因為寵物蛋任務的現世，現在全創世紀的玩家們都陷入了瘋狂之中。就和雲千千經歷過的前世那樣，幾乎有點實力又有點抱負的玩家，都義無反顧的踏入傳說中寵物蛋任務出現的那片地圖中去了。

創世紀中的寵物不是沒有，但是卻極少有任務發放的。玩家們一般只能自己抓，實力比自己弱的那種，抓來了也沒多大用處，而實力比自己強的那種，想抓也抓不到。

於是，玩家們頓時覺得自己處在一個很尷尬的境地。尤其是創世紀中的寵物格是只有唯一一個，一簽定契約就是本命獸，可以按寵物本身的體型和能力，分別培養出騎乘能力或協助打怪。

正因為如此，所以玩家們對於寵物的挑選也就異常謹慎，一般腦子沒被撞過的人，都不會輕易到外面隨便抓個動物回來當自己寵物，而是謹慎又謹慎的小心挑選……截至到雲千千前世被掛重生回來為止，全創世紀擁有寵物的人還不到1%，就是因為更多的人沒有遇到讓自己滿意心動的寵物。

而撒彌勒斯放出的那個誘餌無疑就正好戳中了玩家的軟肋——雙屬性，任務發放……這樣的寵物蛋，無疑是難得一遇的極品啊！就算不是極品，也肯定比自己抓到的那些好。

於是，大家會為這麼一個蛋蛋而瘋狂也就是理所當然的事情了。

龍騰自然也是不能免俗的普通玩家一名，他甚至比其他一般的玩家還要迫切。別人都是抱著能拿就拿，拿不到也撈點其他好處的可有可無心態，而龍騰卻是在全公會下了死命令的，此行不成功，也得成功……自己的公會已經落後一葉知秋的落盡繁華不少了，如果老是被一壓再壓的話，龍騰九霄的公會凝聚力勢必要降得很低，到時候別說自己發放獎金，怕是發放房子都沒人願意加他的公會了！

所以，這已經不僅僅是一個蛋蛋的歸屬之爭了，而是更高的精神層次的較量！

於是，抱著和一葉知秋一分高下的心態，龍騰就這麼帶著公會裡精心挑選出來的兩支隊伍，鬥志昂揚的加入到了尋找任務的尋蛋人潮中去……

龍騰一隻手上拄了個鏟子，死死的皺眉站在一片空地上，沉吟良久後道：「我覺得不對！」

「老大，哪裡不對了!?」旁邊有個累的要死不活的的玩家鬱悶的起身，隨口接了句，順便哀怨的看一眼還有心情瞎琢磨事的龍騰——馬的大家都接了挖地三尺的任務，其他九人都忙得跟土撥鼠似的，就您閒……還「不對」!?哪裡不對了！您不幹活就是最大的不對！

「我就是覺得不對！」龍騰眉頭依舊皺得死緊：「這是直覺……雖然不知道是哪一環節出了問題，但我感覺我們現在正在做的事情應該和寵物蛋扯不上什麼關係才是！」

「……那大家就先別挖了!?」直覺?那種只有娘兒們才會用的理由不該是您這麼個大男人該說的吧!?

「不,繼續!」龍騰無視那哥兒們一臉欲哭無淚的表情,一邊吩咐人繼續幹活,一邊繼續糾結著自己想不明白的問題。

挖坑,砍樹,建屋……這些類似開荒辟土、建造居地的事情,實在和寵物蛋掛不上一點鉤,雖然那個NPC口口聲聲說是尋找寵物蛋的提示,但這如果是真的,那提示也太偏門了點吧!?

而如果是假的……難不成NPC也會說謊!?

龍騰心中福靈突至,一點靈光閃過,就在他剛要抓住什麼關鍵的時候,不遠處一個讓他一聽就心神大亂的女聲就這麼響了起來:「喲!這不是龍騰大會長嘛……您也挖著啊!」

「……」龍騰黑線轉頭,果然就見到一顆自己十分眼熟的蜜桃正在朝這邊的方向滾來。

龍騰九霄兩支小隊的全體人員瞬間在各自腦中拉響一級警報,謹慎警惕的盯著不速之客,表面平靜,隊伍裡卻沸騰著紛紛詢問龍騰要不要把人就地格殺。

此人太危險,不僅實力高強,而且更擅長糊弄絕學……無論如何一定要搶得先機,不能讓對方有任何出手或出口的機會,不然自己這邊死了都死得不明不白。

龍騰臉色古怪的變幻了一下,先安撫手底下的人別衝動,接著這才似乎平靜的看著走來的女人,沒理會對方剛才的問候,直接不客氣的發問:「妳來做什麼?」

「我是來跟龍騰會長做買賣的!」雲千千笑嘻嘻的舉起一張契約。

「……」

這就是傳說中的秒殺啊……跟在雲千千身後的九夜看著龍騰由防備轉瞬間變得掙扎、疑惑、茫然、渴望……心裡忍不住為對方深深的嘆息——你從一開始就不應該給這水果說話的機會!

雲千千知道，一般越是做大事的人，就越不會相信天上掉餡餅的好事，便宜都不是白占的，要想有收穫，必須就得有付出。白撿的東西一般都不是好東西……再而且，她也深深的明白自己在其他玩家心裡的定位，如果自己上趕著給人做好事或送好處的話，只能讓人聯想到「無事獻殷勤」這五個大字。

因此，雲千千從一開始就沒打算把手裡的罪惡之城駐軍契約白送給人家，她想到的是賣……不僅要開價狠，還得要求苛刻，這樣人家才會把「她送我東西，是不是有陰謀？」這個疑惑轉而變到「她賣的這東西，是不是有假？」這個方向上去。

而契約顯然是真材實料的，雲千千不怕人驗對，只要龍騰信了，接下來的主動權就到了自己手上。

運用自己的三寸不爛之舌，雲千千成功的把自己塑造成一個智勇雙全的人物，她編造了一個子虛烏有的任務，說明自己是歷經重重險阻之後，才憑著強大的武力、超人的智慧、高潔的品格以及……完成這個任務的。而主城駐軍契約就是這個任務的獎勵。

「……所以情況就是這麼個情況，這是遊戲中出現的第一份主城駐軍契約，換句話說，誰能在上面簽字的話，也就代表了誰能成為全遊戲第一個擁有主城作為駐地的公會……不知道龍騰會長有沒有興趣？」雲千千得意的抓著手裡的契約炫耀，一副標準的生意人嘴臉。

「……妳怎麼保證這契約是真貨!?」果然，龍騰的注意力順理成章的被轉移了方向，根本沒有懷疑雲千千的真實目的。

雲千千狡黠一笑：「我願意做公證……龍騰會長如果出的價錢讓我滿意的話，咱們就當場交易並公證。如果您開的價不怎麼讓人滿意的話，那我就把這份契約書掛去拍賣……畢竟您也知道，女人的花費是很大的，我這麼品行高尚的人真不是想貪那兩個錢，主要是因為不得不自力更生來著……」

龍騰懶得聽這人吹牛，直接轉頭問自己心目中信用度比較高的九夜同學：「九夜兄弟，我信你，你就告訴我一句話，這契約是真是假!?」

「真！」九夜毫不猶豫點頭。

「那就好！」龍騰也是爽快人，最擔心的問題解決之後，直接轉頭讓雲千千開價：「多少錢？」自己最不缺的就是錢，自己現在只缺名氣，第一個擁有主城的公會，這絕對是了不得的名氣……龍騰覺得，自己實在是沒有不簽這份契約的理由。

「痛快人！一口價，10萬金幣！」

「好！」

接過主城駐軍契約，順便讓雲千千發了一個保證該契約書真實性的系統誓言之後，龍騰滿意了。10萬金又進袋，不僅順利完成任務，還順便又發一筆橫財，雲千千也滿意了。

九夜再一次沉默，眼睜睜的看著眼前發生的一切，他真是覺得挺悲哀的……

「你是說，你親耳聽到蜜桃多多和龍騰在談交易，也親眼看見她把一份主城駐地的契約書賣給了對方!?而且九夜也在旁邊做見證!?」

就在龍騰和雲千千都自以為得計而滿意的時候，在任務區的另外一個方向，一葉知秋卻並不怎麼滿意。他正在接聽私聊，而且是自己公會裡一個探路玩家的私聊。

對於雲千千此人，一葉知秋雖然一直在和她打交道，兩人看上去也應該是朋友關係。但是交情歸交情，規矩歸規矩，一葉知秋畢竟還是個公會會長，他最不能容忍的，就是公會裡出現內奸。

遊戲裡每個公會都有內奸，玩家們根本不可能審查每個人的身家是否清白，有無前科及不良記錄等等，所以，一般公會的會長都不會很糾結於自己手下每個成員的忠誠性。

但是，這指的只是在無傷大雅的情況下。

如果只是洩露個公會內資訊，或者公會成員私下和其他公會的人私交良好，這樣的情況一葉知秋睜隻眼閉隻眼也就過去了，但如果是嚴重損害到公會利益，吃裡扒外，甚至是故意混進公會伺機挑起紛爭什麼的，那就是每個公會會長都不能容忍的大問題了。

雲千千販賣契約這件事可大可小，往小了說，這也就是手下人貪點小便宜，想把自己手上的商品賣出個高價，當然是無可厚非的。

可是往大了說，龍騰九霄現在和落盡繁華已經是心照不宣的敵對狀態，且數次為敵，再加上主城駐地這件事情意義非凡，很容易引導玩家在選擇公會時的取向……於是，雲千千的行為就這麼變得惡劣了起來。

「不可能啊……」一葉知秋敲腦袋，百思不得其解：「我記得蜜桃多多和龍騰的交情似乎並不怎麼好來著，而且這兩人之間肯定也有過節，不然當初她把幫派令賣出去之後，也不會因為想要故意噁心龍騰而轉手讓我又搶先插一腳了！」

「也許人家只是單純的為了把第二塊幫派令也賣出個高價？」報告的玩家鬱悶道：「反正我覺得那姑娘挺現實的，基本上只要價錢合適，她把自己賣了也不是不可能的事情！」

「呃……」這種說法……也很有道理。

一葉知秋鬱悶了再鬱悶，終於承認了對方觀點：「好吧！辛苦你了，接下來的事情我來解決！」

十分鐘後，當雲千千從撒彌勒斯手裡順利換取到自己期待已久的易容面具的同時，與公會高層幹部商量討論完畢的一葉知秋也終於做下了決定，毫不猶豫的將這顆水果踢出了自己的公會。

正把面具拿在手裡把玩得高興的雲千千冷不丁的聽到自己被驅逐的系統公告，硬是狠狠的愣了一把，呆滯三秒才想起來要聯繫一葉知秋：「踢錯人了!?」

「……」

「喂?信號不好!?」

「……」

「哆來咪，咪來哆……現在是試音時間，聽到請回答！」

「……」

「……」

「喀嚓。」

喀嚓!?雲千千愕然，馬的居然掛她電話……一葉知秋受啥刺激了!?

旁邊的九夜突然開口：「我也被踢了。」

「呃……」某水果闖蕩江湖以來頭一次受這麼大刺激，所以顯得傻了那麼一點，一時間還沒來得及反應過來九夜話中的意思。

「無常問過原因了，一葉知秋的回答是『你自己去問蜜桃吧』……」九夜淡淡的瞥了雲千千一眼，頓了頓之後才接著說道：「接著我把事情經過向無常說了一遍，他給出三個可能的原因。第一，妳賣契約的消息走漏了，所以引起一葉知秋的誤會。第二，妳和龍騰接觸的消息走漏了，所以一葉知秋由愛生恨。第三，一葉知秋更年期，情緒無常……問：妳覺得會是哪個原因？」

「呃……」雲千千又「呃」一聲，黑線了一個才無奈白了九夜一眼：「沒想到無常哥哥還挺幽默……」用頭髮想都知道肯定是第一個了，香蕉的！是誰那麼大嘴巴把自己賣契約的事情說出去了!?

知道了問題的癥結在哪裡，雲千千卻沒想補救。主要是她這事情根本就不能拿去說，萬一消息再走漏一次，被龍騰知道自己是故意算計他的話，人家沒準兒會怒而直接點齊全公會人馬來殺自己個百八十回的……而如果是事情已成定局之後，自己只要裝成是不知情就行了。

再而且了，一葉知秋問也不問一聲就能隨便把她給踢出去，這也代表了對方在一定程度上還是提防自己的，不然好歹也會先來個當堂對質啊……被懷疑冤枉的雲千千終於忍不住傷心嘆息：「算了，兩個人在一起，是要互相信任來做基礎的……既然他不相信我的一片真心，那就當是我和一葉知秋有緣無分吧！」

「……」馬的妳當是談戀愛呢!?

被人踢出公會，雲千千根本沒覺得有啥心理落差，反正她進去也是從來不參加公會活動，也不指望啥公會福利的，唯一傷心的就是，當初和人談高手身價的時候沒讓對方寫下借據。還不知道一葉知秋會不會假裝傷心，趁機賴掉自己和九夜的身價錢呢……雲千千憂心忡忡。

拖累了九夜也連帶著被踢出公會，雲千千倒真是有些過意不去的，不過人家看起來並不在意的樣子，雲千千再想想也對，人家是網路警察耶！一葉知秋這樣的公會會長一看就是貪汙受賄的犯罪預備軍，和人交情太好了也確實是不好，萬一以後對上了也尷尬不是！

於是放下心理負擔之後，雲千千直接帶著九夜飛回主城。

奔回南明城後，雲千千第一時間把剛到手的錢錢又兌換到了現實中的銀行帳戶中，趁著現在遊戲幣還沒貶值，多兌一點是一點，現在是1：3. X，等以後10000金只能兌個10塊錢的時候，自己再想哭都怕是找不到地方了。

兌換完畢，雲千千口袋裡立馬只剩幾枚小銅板，再度回歸到了無產階級的光榮隊伍中去，毫不猶豫的宰了九夜一碗素麵，雲千千出示VIP卡，人家出錢錢，兩人一起對坐在麵攤，開始無所事事。

「接下來妳打算去做什麼？」九夜倒是波瀾不驚，不管是被敲詐還是被拖到麵攤吸溜麵條，人家都是一副萬年不變的淡漠高手形象，怎麼看都跟雲千千不是同一個層級的。

「還木有想好，最近玩家都去做寵物蛋任務了，想坑蒙拐騙都找不到對象……這正是我事業的低潮期啊！」雲千千唉聲嘆氣。

九夜一聽立刻不說話了，低頭專心吃麵。他怕再說下去，自己會忍不住思考要不要把對方抓起來的可能性，自己是兵，對方就是典型的賊……這傢伙能把做壞事都說成事業，還說得那麼理直氣壯，這不敢說是後無來者，起碼是前無古人了。

「創世時報最新期刊：一葉知秋與蜜桃多多出現情感危機，重新崛起的一葉知秋拋棄糟糠之妻，將一直在背後默默支持的蜜桃多多踢出公會……」

「……」

「……」

雲千千和九夜一起無語，沉默一會兒後，雲千千刺溜一聲竄出去，九夜坐在麵攤裡，只聽到外面街上一聲霹靂雷響，接著剛才那個報童的聲音就戛然而止了。

等雲千千拍拍手淡定走回來之後，九夜瞥過去一眼，似安慰又似隨意的開口：「報紙上就愛亂登八卦，妳不用這麼生氣……」

「本蜜桃這麼大度的人，會因為這點小事就生氣嗎!?」雲千千忿忿然瞪了九夜一眼：「我生氣的是，有人拿我寫新聞居然還不給我發紅包，真是太不像話了！」

「……」九夜又一次無語，黑線的再度低頭吸麵條——這人不能抓，她雖然不是東西，但她沒有影響遊戲平衡，更沒犯罪……我是執法人員，不能因為個人喜惡而胡亂抓人，不生氣不生氣，我一點都不生氣……

「老闆，來碗大排麵！」

正當雲千千剛剛坐回自己的位置，正想端起自己那碗麵條再繼續吃的時候，麵攤裡走進一個美女。有點眼熟！長相不錯，身材不錯，雖然比自己差了點，但這女的確實挺正點……雲千千吸溜麵條，順便打量著剛進麵攤的女人。

那女人左右四望尋找座位，正好就和雲千千看了個正著，接著，對方的眼睛突然亮了起來，一臉驚喜的向雲千千這邊走來。

咦!?這女人認識自己!?是債主!?不對，自己這輩子似乎沒在創世紀欠錢……那麼難道是自己的魅力太大，連女人都不由自主的被吸引了!?

雲千千正胡思亂想，女人已經走了過來，直接掠過雲千千，高興的停在九夜面前：「九哥……」

「……」

姦……呃，愛情！這就是傳說中的愛情！

雲千千聳聳肩重新低下頭去。知道這裡沒自己啥事了，人家美眉是來找九夜的。而且她剛才也想起來人家是誰了，不就是龍騰那個為男人奔波的乾妹妹嗎！

自己和人家完全不是一個世界的人，一個是權貴家屬，天天風花雪月當飯吃，最大的煩惱就是木有好男人。自己是低層平民，摸爬滾打敲詐勒索一樣不拉，時時計較雞毛蒜皮，最大的煩惱是醬油漲價……這根本不是同一個層級嘛！

「九哥……」龍騰乾妹妹嬌羞的一低頭，扯著自己的衣服角，一副欲言又止的樣子。

雲千千看看九夜再看看龍騰乾妹妹，抓抓頭：「我在這裡是不是有點破壞氣氛？」

九夜掃過來一眼，沒說話。

雲千千想想自己這位置確實挺尷尬的，於是再開口，轉頭對龍騰乾妹妹商量道：「要不妳給我 10 金我就去別桌吃，怎麼樣？」

龍騰乾妹妹一聽，當時就是眼前一亮，不過臉上也有些為難。在自己身上努力的掏摸了大半天，龍騰乾妹妹終於尷尬的湊出一堆零碎：「我只帶了7金35銀66銅……妳讓不讓？」

「……算了算了，初次合作，就當是交個朋友，我就給妳打個折扣好了，以後還可以常常照顧生意啊！」

「謝謝謝謝！」龍騰乾妹妹連忙欣喜道謝。

「喂！」眼看那邊交易達成，這邊九夜終於不高興了，臉一沉：「妳們這生意是不是做得有點過分!?啊!?兩個女人一起轉頭看九夜，對視一下，眼中都有些茫然。過分吧，說不上，只不過是買個座位罷了，又不是什麼欺男霸女的壞事。

但是自己買座位確實是為了和身邊的男人獨處，這往好了說叫創造約會環境，往壞了說就是自說自話、無視他人意願……龍騰乾妹妹有些為難，九哥不高興了，自己這座位到底是買還是不買啊!?錢都已經給人家了說。

「要不妳還是就這麼坐著？」想了半天，龍騰乾妹妹猶豫著跟雲千千打商量，心裡卻希望人家能識相點，積極主動自願的滾遠些。

「那行！」雲千千才剛抬起的屁股又放回了凳子上，順便嚴肅跟人聲明：「是妳單方面取消協議的，所以預付款我就不歸還了啊！」

「……」

龍騰乾妹妹臉上紅了又白，尷尬半分鐘後，只能認了這啞巴虧，剛要坐到另外一邊去，九夜突然起身。

「我吃完了，先去結帳。」面對兩個女人疑惑的目光，九夜平靜道。

「不是一開始就結過了嗎？」雲千千不解抓頭，作為一個經常跑單的慣犯，某水果將心比心的生怕人家也給自己玩這一招。所以每次吃飯時，只要說好是他人請客之後，一定強烈要求對方事先結帳。

「還沒開發票！」九夜瞪雲千千。

「……哦。」

看著九夜往麵攤老闆的方向走去，龍騰乾妹妹的眼中寫滿了迷離愛慕：「哇……九哥果然好帥，那臉蛋兒，那身材，那……而且他還是高級公務人員，工作穩定收入又高，作為結婚對像是再好不過的了……」

「咳……」雲千千差點沒被嗆著，驚駭的抬頭看龍騰乾妹妹：「妳怎麼知道他是高級公務人員!?」這妞簡直神了，居然能看穿九夜那悶騷外表下有一顆火熱的網警之心!?

「廢話！」龍騰乾妹妹收回視線白了雲千千一眼：「在外面消費完後，能拿發票回去報帳的都是高級公務人員，要換妳，妳會想到要發票!?」

「胡說，我也會要的，咱國家發票能對獎！」

「……」

這話說得其實挺現實的，發票的確同時兼具對獎功能。

龍騰乾妹妹鬱悶，不想搭理雲千千了，但是她不稀罕人家，人家稀罕她。雲千千想想又捅了龍騰乾妹妹一下，笑嘻嘻的招惹人家：「妳覺得遊戲裡也能開發票？」

龍騰乾妹妹從麵碗前抬頭，震驚、震撼、怔愣……足足過了半晌後才突然恍然大悟，猛的一回頭，麵攤老闆面前哪還有九夜的影子!?

「……靠！」龍騰乾妹妹咬牙切齒，半天才憋出來這麼一個字──居然找藉口遁走了！

「妳真是很傻很天真啊……」雲千千感慨萬分的看著龍騰乾妹妹，這年頭居然還能見到這麼純潔的娘兒們，自己還真是開了眼界了。

「妳怎麼不早說!?」龍騰乾妹妹怒氣沖沖回頭。

「我為毛要早說啊?」

「……既然不是要發票，那九哥剛才怎麼還在和麵攤老闆說話!?」龍騰乾妹妹噎了下，再問。

「人家可以聊天啊，再或者他剛才就是在問後門的位置?」雲千千好心幫人家分析。

「……」香蕉的!就這麼一個破爛的小麵攤居然還有後門!?……美眉抓狂。

水足麵飽之後，雲千千終於滿意離開，留下蕭瑟傷心的龍騰乾妹妹一個人在麵攤裡繼續緬懷自己那還未來得及發芽就已經夭折的愛情。

蜜桃多多被一葉知秋開除出公會的事情，現在創世紀的人基本上都已經得知了，畢竟人家創世時報的影響力還是挺大的，雖然說只是個八卦小刊，但八卦小刊也有八卦小刊的受眾不是?何況這本來就是個遊戲，想出個正兒八經的報刊也出不來啊，比如說正兒八經的新聞該寫什麼!?

神族和魔族兩族領導人展開了友好會談，共同簽署停戰協議，希望從此以後兩族能和平共處……

南明城的國王發表講話，對前日在XX山出現的玩家大規模屠殺XX怪事件發表譴責，並堅決表示將嚴懲凶手……

西華城昨日調查結果顯示，全城人均GDP值再創新高……

這不是扯蛋嘛!

於是，玩家們瘋狂追捧遊戲八卦也就是理所當然的事情了。受這連累，被創世時報給撞了一下腰的雲千千憂鬱了好幾天，為避免出現有人來自己這裡追問後續八卦的情況，她甚至乾脆用上了剛到手的那張易容面具，隨便輸了張臉進去，然後就找了個單人型副本開始閉關修煉，中途只出來補換一下藥品和處理戰利品，其他事一概不管。

就因為雲千千正在閉關的關係，七曜幾人這幾天還很是放鬆，感覺遊戲中的空氣那是前所未有的清新……

「龍哥哥，這手套不錯！」龍騰的乾妹妹又出現了，蹲在剛擺起攤準備賣副本戰利品的雲千千面前。

龍騰跟在乾妹妹身後，不是很熱心的往手套上瞟了一眼，不置可否的撇撇嘴：「那就買了吧！」

「可是有點貴！」乾妹妹有些猶豫。

「那就不買吧！」龍騰又道。

「唔……」乾妹妹抓著手套左看右看，不捨的撫著：「可是屬性真的很好啊……」

「那就買……」

「價格……」

雲千千淚流滿面的看著這兩個白痴在自己面前進入了無限循環中……買不買的給句話吧！別占著茅坑不那什麼，妳不買別人還想買呢！

「這位大哥，要不你們去旁邊商量好了再來？」一忍再忍之後，雲千千終於還是忍不住的開話了。

「妳什麼意思!?」龍騰臉沉下來了：「難道妳覺得我們買不起!?」

「不是買不起。主要是折騰不起……有等您下決心的這點時間，我賣出去三、四件都夠了！」這可不是吹牛，她攤位上的都是副本精良裝備，價錢定的也比較厚道，在玩家那裡的銷路好著呢。不好的那些雜貨，雲千千根本不想花那些時間在這裡較勁，直接就丟給系統商店了。

龍騰一聽，頓時也覺得有些尷尬，想他堂堂一個富家少爺，什麼時候被小攤小販之流給嫌棄過啊!?自己到人家那裡買東西，從來都是看中了就出錢，再大筆的金額進出也不會皺一下眉頭來著，現在自己帶的女人卻為了這仨瓜倆棗的在人家攤子上磨磯……

「哼！少廢話，妳攤上的東西我都包了！」越想越鬱悶的龍騰惱羞成怒。

「都包了!?」雲千千詫異看龍騰。

「對，我全都……呃，喂！妳別中途改標價啊！原來的價格我可都看著了！」馬的這女人拿自己當肥羊冤大頭嗎!?

包下了雲千千攤上的東西，付錢之後，雲千千自然得幫著人把東西都搬回來。畢竟她那堆零雜碎件還是挺有些規模的，龍騰身為一個有錢人，空間袋裡各種道具、藥品、備用武器裝備什麼的早就裝得滿滿的了，根本沒地方裝雲千千那點破爛。再者說了，有個人跟在後面給自己搬東西，這樣不顯得有威風嘛……合著咱照顧妳這麼大單生意，妳總不能連送貨服務都不給包吧!?

乾妹妹拿著龍騰隨手遞過來的手套，欣喜的連忙裝備上：「龍哥哥，其他東西你打算丟公會倉庫裡去!?」

「嗯！這幾天咱們不是剛招了一批高手嘛？這些裝備正好可以用得上。」

「可惜就是九哥哥不肯來……」乾妹妹聽了龍騰的話後有些黯然，一想到前陣子在麵攤放自己鴿子那個九夜同學，頓時讓她得到新手套的喜悅也跟著淡化了不少。

「哼！那小子故作清高淡漠……我就不相信了，沒有九屠戶，老子還只能吃帶毛豬了不成!?」龍騰估計是在遊說九夜的時候被打擊得狠了，一聽這名字，頓時就感覺很受刺激：「讓他裝，等以後沒人找他的時候，看他那個所謂的第一高手的身價還能值幾個錢！」

「龍哥哥，你別這麼說九哥哥嘛……」

「是啊是啊，這麼說實在不大好，人家不搭理你，肯定是價碼開得不夠嘛……」雲千千跟在後面狀似自言自語的插了句嘴。

「開的價碼不夠!?」龍騰疑惑轉頭，看了眼雲千千：「想必這位美眉也知道九夜的身分，老實說，我可沒敢看不起他，一開始談，直接就先開了一月萬金的價碼邀請他入幫，以後物價上漲的話，這錢也會相應調高……這還算不夠!?」

「10000金的價碼邀……」雲千千倒吸一口冷氣，頭腦中熱血上湧，都有心自己代替九夜進龍騰九霄去了。面子歸面子，好處歸好處，這龍騰還真是很捨得花錢的來著。

「龍哥哥很大方的！」龍騰乾妹妹從鼻子裡哼了一聲。

「大方也沒用，人的欲望是不同的，錢花錯了地方就等於和沒花一樣。比如人家餓了，你請人家去洗澡，人家髒了，你請人家去吃飯，這不是費力不討好嘛！招攬人才也一樣，你得知道那人才想要的是什麼，有人愛財，有人愛色，有人愛名，至於九夜……咦!?那件裝備看起來很不錯耶！二位覺得呢？」

龍騰剛聽出一點門道來，正是面色凝重恍然的時候，突然人家就沒接著說下去了。順著那姑娘手指的方向一看，龍騰當時就想罵娘——香蕉的！那可是黃金階的裝備，當然不錯了！

眼看著雲千千一副嘖嘖驚奇的表情，龍騰知道，自己要是不給人把東西買下來，人家肯定是不會接著往下說了。

「至於九夜……」後面她會說的是什麼!?九夜到底該怎麼招攬!?……抱著這樣的好奇，龍騰一咬牙，終於還是狠心買下了那件裝備，內心滴血卻又故作大方的給人遞了過去：「初次見面，這裝備就當是見面禮吧！剛才美眉妳似乎話沒說完!?」這情報費花得可是太貴了，只希望招攬到九夜之後，後者會給他創造足夠的利益吧！

「哎呀！這怎麼好意思！」雲千千眉開眼笑的把裝備收了起來，當場換上，喜孜孜的摸了又摸之後，這才終於在龍騰不耐的催促下接著把話說完：「至於九夜，那還真是不好說，此人不貪財，不貪名，不貪色……唔，除此以外你可以用其他方法都試試！」

「我……」Ｘ妳祖宗！龍騰眼珠子都快瞪出來了，一口氣堵在胸口，讓他鬱結交加——合著他花大價錢買來的黃金高階裝備就換了這麼句廢話!?

「這位美眉看起來有些眼熟!?」龍騰乾妹妹狐疑的打量雲千千。

雲千千汗，大汗，要不怎麼說女人的直覺有時候是靈的呢。連人家龍騰這個被自己幾次三番訛詐的正牌苦主都沒發現她的身分了，這女人才和自己接觸過兩次，而且兩次都不超過十分鐘，居然就能那麼快注意到自己了!?

「感覺眼熟?是不是妳買過我什麼東西沒給我錢啊?」雲千千故作糾結思考狀。

「沒有!絕對沒有!」龍騰乾妹妹倒吸一口冷氣，連忙堅定否認!馬的，這女人也太能訛了，順著桿子就敢往上爬，自己可認識不起這種人……

幫忙搬運完貨物之後，雲千千終於是離開了。因為龍騰提起了九夜，倒也讓她想起了很久沒去見的七曜幾人，也不知道那幾個現在在落盡繁華混得怎麼樣。

寵物蛋的任務現在仍在全遊戲火熱進行中，但是在過了一週多的現在，大家的任務熱情已經不像最開始的時候那樣熊熊燃燒了。

起碼半數的玩家退出了寵物蛋任務，遠離了天堂行走的糊弄。而另外留下的那半數則都屬於死硬派，目前已經是天堂行走的鐵桿粉絲。一葉知秋手下的落盡繁華同樣，公會中一半的成員仍然堅持著繼續做寵物蛋任務，而另外半數的人則認為，與其把時間浪費在寵物蛋任務上，還不如趁著這個練級和副本地圖都被空下來的機會，去狠狠的刷點經驗，好和創世紀中的其他玩家拉開距離……

會出現這樣的局面，雲千千並不覺得奇怪，對一件新出現的新鮮事物，一般人普遍就是只有三分鐘熱度，新鮮感過了，勁頭退了，自然也就沒興趣了。她現在奇怪的只是，為什麼在熱情依舊的那些狂熱玩家中，竟然還包括了七曜這幾人，甚至是向來冷靜的無常也在內!?

「公會倉庫裡有副屬性不錯的眼鏡，無常想要，所以我們就幫忙幹點活做交換了……」面對雲千千的疑惑，七曜倒是回答得很痛快。說完後還頗有興趣的圍著雲千千繞了幾圈：「這就是易容面具的效果!?還挺不錯的！」

「還好還好！」雲千千得意。

無常一直在旁邊皺眉沉思，突然冷不丁的開口：「蜜桃，妳最好換張臉。」

「為啥？」

「我總覺得……妳這張臉，我彷彿在哪裡見過！」無常遲疑了一會兒，說出理由。

「這麼巧!?」雲千千驚訝，卻對對方說的話毫不懷疑，邊說話的同時就邊順手在面具上調了調，換了儲存格裡的又一個備用身分。

她這邊才剛剛切換完，還沒來得及調看一下自己現在的新名字，林子外就呼啦啦一下跑進來了一隊人。

「無常，正好你在！」那隊人飛快的跑到無常面前，其中一人停下與無常說話，另外四人則繼續頭也不回的一路向前跑去，似乎要去其他地方繼續找人。

「什麼事？」無常推了推眼鏡片，淡定的開口平靜道。

「龍騰九霄的老大和我們會長嗆起來了，現在兩個公會的人都在XXX、XXX的位置那邊，剛才會長在頻道裡通知了，你們是不是沒開頻道？」

「嗯！」

「哦……不管怎麼說，你們隊伍還是快點去吧，會長說了讓所有線上的都過去！我們還得去通知其他人……」

一葉知秋其實挺鬱悶的，站在自己的角度來說，其實他並不願意與龍騰當面為敵，不管怎麼樣，私底下較勁是一回事，但真要當面撕破臉的話，其實大家都討厭。

創世紀第一、第二公會互槓上了!?這是多麼聳動的八卦啊！這同時也是多麼腦殘的行為啊！一般只要腦子沒缺陷的人都明白，柿子得揀軟的捏，等到把自己的實力養得差不多了之後，才可以考慮去啃啃硬點的骨頭……若是一開場就和勢均力敵的對手槓上，那除了鷸蚌相爭後讓漁翁得利之外，自己是絕不會有半點的好處。

於是，一葉知秋是多麼希望自己能和龍騰和平共處的啊，哪怕只是流於表面的虛偽客套也可以……

看著在自己對面對峙而立的龍騰九霄諸人，一葉知秋頭大，非常之頭大，忍不住眼皮跳了跳，強壓下怒氣，盡量客氣的對龍騰說道：「龍騰會長，您說我們會的韓小汐堂主騙了您一件黃金裝備!?」

龍騰冷哼一聲，點頭而不作聲，龍騰的乾妹妹本來想說些什麼，結果想想之後終於還是保持沉默。

主要是這事實在不好意思拿出來講啊！自己二人想拉九夜進龍騰九霄，結果那個該死的女人在旁邊故作神秘，再於是龍騰才會在心急期待之下入套，白給出一件黃金裝備而又什麼都沒撈到……雖然說是一葉知秋一開始就主動把九夜給開除出去的，自己二人並不能算是挖牆角……但是不管怎麼說，那也是從落盡繁華出來的人物。

龍騰和乾妹妹對視了一眼，都覺得有些憋悶，而且同樣想不到該怎麼說明自己和對方的過節。

不過是些錢而已嘛！龍騰並不在乎，錢對他來說就是串數字而已，所以，這也就是龍騰一開始沒有找對方算帳的原因。可是當他發現那個騙了自己的女人居然在一葉知秋的公會出現，而且其身分似乎還是堂主……那問題就變得有些複雜了。

這是不是一葉知秋故意的安排？一葉知秋究竟知不知情？參與了從自己手上騙取裝備這一行動的人到底有多少？這是不是代表了落盡繁華對龍騰九霄的侮辱？……

龍騰的心理陰暗了一把，深深的糾結著。

雲千千跟著無常等人一到現場的時候，立刻就發現了一葉知秋的身邊站著一張熟臉……再準確點說，那根本就是雲千千剛剛才用過的那張臉。

「蜜桃，原來妳用的臉是一葉知秋公會裡的堂主!?」七曜第一個從看到「雲千千」的震驚中回過神來，忍不住出聲感嘆道。

「這還真是的……」雲千千本人也被震了一把：「剛開始我碰到這女人的時候，她在地攤上為了要一件裝備便宜10個銅板而跟人家討價還價了半鐘頭……本來我還以為這樣的女人絕對不可能是大人物來著……」看來女人們的某些天性果然就是共通的，根本沒有錢錢多少和身分高低的差別。

「還好妳換了張臉！」無常推推眼鏡片，不鹹不淡開口。

「是啊，還好還好……」

雲千千一行人終於明白一葉知秋和龍騰嗆聲的原因了，這並不難猜，雲千千剛用了韓小汐的臉，這一點大家都知道，而這爛水果是個什麼人品，大家當然更知道……於是如此這般的，事情就變成了現在的這個樣子。

「龍騰！我本來還以為你雖然缺點多多，但卻不失為一個真男人來著！」正牌韓小汐怒喝：「哼！沒想到你居然還能這麼理直氣壯的血口噴人……龍騰，你說那些話的時候摸摸自己的良心，憑空捏造造謠，你虧不虧心啊！」

「問我龍哥哥虧不虧心!?」龍騰乾妹妹也大怒：「妳怎麼不問問妳自己虧不虧心啊!?少裝出一副無辜的樣子，白白騙走我們一件黃金裝備，現在還在這裡裝什麼清純!?……」

龍騰九霄的人覺得韓小汐是占了便宜不認帳，落盡繁華的人覺得龍騰是無事生非故意找碴，一葉知秋本來有心和對方好好談談，結果談著談著又變得劍拔弩張了，這形勢實在叫人無奈。

「蜜桃，其實最虧心的應該是妳！」燃燒尾狐旁觀了半天罵戰，終於忍不住做下了一個最中肯的評論。

「請叫我『天邊那朵風』謝謝！這是我現在的新名字！」雲千千首先嚴肅糾正對方的稱呼問題，接著又感慨悲嘆：「這也是沒有辦法的事，紅顏禍水啊……」

燃燒尾狐無視她，直接轉頭問其他人：「你們看會不會打起來？」

「估計懸！」無常靜靜的分析了一會兒後，給出了一個看似不可思議的答案：「雖然兩方人都很生氣，但如果真有心打的話，早就能打起來了！現在兩邊的人反而是被各自的會長給壓了下來……換句話說，我們這些人只是拿來做排場的，並不是真的讓我們拚個你死我活。」

這是很簡單的道理，就如一葉知秋所顧忌的鷸蚌相爭那樣，龍騰同樣不是傻子，知道如果兩大公會正式對決的話，那勢必會影響發展。

雙方此時心中想要的，其實早已不是勝負，只不過是一個交代而已，也許在開始嗆起來的時候，大家是真的挺生氣的，但是人越叫越多，場面越排越大之後，兩個會長反而都清醒了過來。

真打起來了，大家能有什麼好處!?可是不打的話，已經叫來的那麼多兄弟怎麼辦!?於是僵著吧……放幾句場面話下去，只要有一方肯服軟，那就可以Happy End了。

無常非常明白這兩個會長的心理，但是其他人卻不是很明白，比如說燃燒尾狐，在聽到這麼個答案之後就很迷茫：「為什麼啊？我覺得這次鬧得比前幾次群P的時候還大啊，為什麼反而不會打起來？」

無常瞥他一眼：「以你的智商，我很難跟你解釋清楚……等哪天有空了再說明給你聽吧！」

「……」

「別難過了，其實打不打起來都是可以人為控制的，所以猜測這個也真是沒什麼必要來著！」雲千千安慰的拍了拍燃燒尾狐。

「什麼意思？」燃燒尾狐不解。

雲千千聳聳肩，什麼話也沒說，只是突然高舉起一根白板法杖，非常風騷的放了一個閃電下來狠狠劈在龍騰身上，把人雷得焦黑的同時，順便大喝吸引人的注意力：「龍騰的雜碎喊毛喊！敢冤枉我們堂主，咱們會就沒帶把的男人了嗎!?……」

一葉知秋想死，自己公會裡怎麼會冒出來這麼個愣頭青!?居然還是個女人，罵不得打不得的。

龍騰也想死，自己不想打來著，可是人家都把話放成這樣了，還打了一霹靂在自己身上，俗話說的士可殺、不可辱來著……

這邊兩個會長鬱悶，那邊的兩公會普通成員們卻是早就憋了一口鳥氣，一看有個小娘兒們居然搶在了他們的前面，頓時兩公會的男性成員們都覺得很沒臉，再聽人家說的那話，說得也是甚合他們心意，於是還磨磯啥啊!?直接上吧！

落盡繁華的人估計是最近一陣子打配合作戰比較多，講究團隊精神，那邊一看有個似乎是自己公會的小姑娘動手了，龍騰傷而未死。於是二話不說，幾個箭影及法術紛紛飛出，以迅雷不及掩耳之勢補刷到了龍騰身上。

再強大的人也終究是人，龍騰的裝備是比其他人領先不少沒錯，但其他人卻也不是純然的草包菜鳥。

本來雲千千打的雷就把這人給劈了個半死，再加後面十幾人一起出手補刷傷害，頓時龍騰屁都沒放一個就變白光。

龍騰九霄的人怒了，這龍騰不僅是他們老大，更是他們金主來著，於是順理成章的，幾個離得近的人也一片範圍技甩出去幫老大報仇，在落盡繁華的方陣隊伍中清出一片空白……

「靠！剛才那美眉呢!?」事情終於一發而不可收拾，一葉知秋知道已經無可挽回，隱約中，他彷彿聞到了雲千千的味道：「那美眉呢!?剛才誰看清那美眉的樣子了!?」最關鍵的是，挑起紛爭這美眉到底是不是那顆卑劣的水果啊!?

「在那呢在那呢！」有一會員手指一方向跳跳：「老大，你要找那美眉就在那！走位最風騷，意識最淫蕩……劈雷也劈得最歡的那個就是！」

一葉知秋目瞪前方呆滯三秒，雖然總覺得那個人就是蜜桃多多，但對方的臉又實實在在的告訴了他，這姑娘並不是他認識的那個人。

再一試通訊聯絡，系統明明白白的告訴一葉知秋，說他要聯繫的人已經把他拉進了黑名單，請等待對方恢復名單或重新添加好友……

「馬的！這混球果然想用通訊試探這一招！」瞥了一眼後方拿出通訊器的一葉知秋，雲千千被嚇出了一頭毛毛汗——這還好是自己聰明過人、睿智無雙啊！要不真被對方發出消息的話，自己一接通訊器就能被人給定上嫌疑……

當天，創世時報又賣瘋了一把，創世紀第一公會和第二公會終於互槓起來，爆發了首次全會規模的大衝突事件，不一會兒就傳遍了創世紀的每一個角落，讓所有玩家都熱血沸騰了起來。

光是用想的，大家就能編出無數激動澎湃的場景，雖然說不能親身參與，但是沒關係，反正這種事情有一就有二、有二就有三……總有機會的嘛！

除了知道事情嚴重性又不得不為之的一葉知秋與龍騰外，包括兩公會成員在內的所有遊戲玩家都興奮得不行，而在這其中，最興奮的還要當數晃點創世晃哥所在的公會……為什麼!?人家排老三的！剛好有當漁翁的唯一資格……

「晃哥，你覺得我們接下來應該怎麼辦？」原來是團長、現在是會長的那位老大已經興奮得連聲音都顫抖了，一手捏著一份創世時報，另一手則緊緊的抓住晃哥的小手手，詢問對方對未來發展的看法和意見。

晃哥苦笑道：「老大，你要想清楚，兩大公會相爭，這對我們確實是個機會沒錯，但即便是這樣，我們也未必能消化得了啊，再說樹大招風……如果你非要問我的話，我的建議是靜觀其變！」

會長老大冷靜了下，雖然心裡知道晃哥說得很有道理，但他的感情上還是不能接受這麼一個安排。機不可失，時不再來……不趁現在拚一把的話，以後未必還能翻身了。

晃哥看得出來自家老大的沉默是代表著什麼，就在他正要再說些什麼的時候，雲千千的訊息突然飛來。

雲千千可不是為了幫晃哥家的會長爭霸天下來的。這個工作太辛苦，雲千千根本就沒有那麼好的耐心摻和。

她來，純粹就只是為了找人陪她出海打寶去的。

一葉知秋那裡不能聯繫，現在這個大會長正恨雲千千恨得咬牙切齒，甚至特意把駐地練靶場中標靶的十心圓環都給改成了桃子形，天天叮囑會裡的弓箭手們去那刷技能熟練度，命令下達，每名弓箭手每天至少得練一小時……經此事件，落盡繁華中弓箭手職業的玩家倒是獲得了長足的進步，技能熟練度及射箭準確度大增，暴擊幾乎是一出一個準……

龍騰那裡更不用說了，雖然說雲千千敲詐挑唆的事情暫時還沒在對方那露餡，但她和人家的關係本來就算不上良好，莫名其妙的找人幫忙，也得人家願意搭理她這個小平民才行。

七曜幾個因為雲千千挑起兩大公會紛爭的關係，現在跟著公會一起忙活了起來，雖然人是被僱傭的非正編人員，但好歹是拿薪水的，總得出點力才像話吧！

海哥那邊要避嫌，九夜……九夜倒是閒，但雲千千怕他迷路在茫茫大海上，萬一對方一個不小心走到或死到海外什麼還未開放的隱藏主城去，那就真是黃鶴一去不復返了。

想來想去，也就是關係雖不良好卻還友好、雖不親密卻不疏遠、雖……的晃哥最合適。反正是拉壯丁，拉誰不是拉啊……

晃哥也是無助，他口才一向不好，正是發愁不知道該怎麼說服自己會長的時候，一聽雲千千來了，二話不說先把人拉來做說客，連人家找自己到底有什麼事都來不及先問上一問。

「想當老大!?」

雲千千依約前來，莫名其妙的瞪著會長，一時想不通這人的心怎麼就這麼大——老大那是好當的嗎!?他能建公會也是因為踩中狗屎，剛好遇到自己這麼個實力強大又品行高潔的善心人士呢……就這麼點成就，他還真把他自己當成個人物了不成!?

「……妳、妳別過來。」會長見到雲千千還是有點犯怵的，他本身就在人家那裡虧過一次大本，再加上此人又一直是創世時報的風雲人物，作奸犯科的事情只要一見報，肯定少不了她一份，這樣的印象累積下來之後，頓時讓人對這顆黑心爛水果敬畏有加，有點心理壓力也是正常。

雲千千翻一白眼：「我招你惹你了!?」

「……」會長也覺得自己的舉動似乎有些丟臉，臉紅了下，沒好意思說話。

「聽晃哥說你腦袋突然被門夾了!?」雲千千關心又問。

「……」這問題該怎麼回答？會長很迷茫、很無助，繼續沉默。

晃哥乾咳一聲，不好意思的小小聲打斷雲千千：「蜜桃，我什麼時候這麼說過？」

「這麼渾的水，聰明的人都知道該韜光養晦、積蓄實力，等人打破產了，什麼都不用做就可以一舉頂上……現在出面，還不純粹就是給人當現成的洩憤靶子去的!?」

「……」面對對方如此犀利的批判，會長沉默再三之後，還是覺得自己必須得說些什麼了：「機不可失……」

「喲！您居然還會成語了!?」雲千千驚嘆一個後真誠又問：「那您知道啥叫明哲保身嗎？」

「難道我就不能搏上一博!?」會長憋了又憋，終於惱羞成怒。

雲千千和晃哥對視一眼，都挺無奈的。眼下情況很明顯，這會長根本就聽不進勸，你跟他說什麼都是白說的，人家就覺得眼下是主動出擊的大好時機來著，要是再勸多了，人家沒準兒能把你當成是不懷好意……

「行行行！當然沒問題，好男兒志在四方……那個，我就想問一下，您想怎麼搏？」

「這個……」

「率領手下全公會人馬，把一葉知秋和龍騰那孫子倆都打回老家去？」

「……」木有人手。

「以第三大公會的名義強勢介入，並調停戰爭？」

「……」木有名氣。

「還是說發動福利攻勢，趁著另外兩會正是自顧不暇的時候，把他們底下的高手都給挖過來？」

「……」木有錢錢……

數個假設項提出之後，會長始終保持沉默。雲千千看著久久不語的會長，對望靜坐良久，接著終於長嘆一聲，安慰的拍了拍對方，深切同情一個後沉痛道：「哥兒們，你還是歇著，哪涼快上哪兒玩去吧！」

「……」會長淚流滿面。

理想很豐滿，現實卻很骨感。想要趁機崛起是一回事，但怎麼算來算去，卻發現生活竟會是這般的無奈呢？原來自己真的只有靜待時機這一條路可走嗎!?……

丟下認清現實後黯然神傷的會長，雲千千帶著晃哥終於啟程。第一站，西華城邊的沉淪之海，去找出海必備的船和氧氣膠囊。

「妳打算出海去做什麼？」西華城附近的海濱小鎮裡，晃哥好奇問雲千千。

這水果做事一向出人意料，現在的玩家都還在陸地上刷著經驗，人家就已經將目光投向了廣闊無邊的大海，莫非是最近發現陸地上的敵手已經不多了，所以打算尋找新的目標，轉而去禍害異族!?

雲千千沉思了一會兒，在腦中飛快過濾大海中可以打到的寶貝。說實話，她對海洋的領域其實挺陌生的，她覺得吧，人類好不容易才進化成陸地生物，何苦要倒退，重新撲騰回水裡去呢？再說了，水裡有阻力，行動什麼的都不方便，再加上技能威力幾乎都是要削弱一些的，在這裡打寶實在是很讓人抓狂的一件事。

但是有困難也就相應的會有更豐厚的獎勵。海裡的東西普遍比陸地上要高出一個層級，出極品的機會也更大，要不是因為這樣，雲千千真是不想下水去折騰。

「還沒決定好，初步想著先去水族領地附近玩玩吧，看看那有什麼好東西先。主要還是先想換個好點的法杖，現在這根雖然是公主用的紫階極品，但再過幾級就跟不上傷害了……嗯，而且審美觀也有點讓我難以接受。」

是真難接受，人家堂堂一個公主，用的東西自然都是選最昂貴材料打造的，別的不說，法杖頂端首先就一圈王冠造型，最噁心的是居然還踏馬的是粉紅色，王冠上端頂個鴿子蛋大小的紅寶石。杖身還有對袖珍可愛的小翅膀……拿著這法杖，雲千千老有種自己將會原地舒展身體張臂轉圈，再可愛的嘟著嘴對天高喝

「美少女戰士，變身！」的錯覺……

香蕉的!這公主的少女情結也太嚴重了吧!?

雲千千一招手，帶上晃哥直衝船塢，尋找做船或賣船的工匠。

想要出海，首先必須得有船，雖然你也可以選擇游過去，但游泳時速一般是按個人敏捷計算的，雲千千現在這層級，頂多達到60碼，而開船張上帆的話最輕鬆也能上40碼，要是遇上風向好的時候，飆破高速公路的120碼限制也不是不可能的事。這麼一對比下來，傻子都知道該選哪一項……

海上可不比陸地，這裡每個補給點之間相隔的距離可是不近來著。

小鎮船塢裡的工匠們顯然也沒想到這種時期就會有人來做船了，首先這花錢多不說，最主要的是大家普遍連陸地都還沒探索完，這麼早下海的人，不是目光獨到的先驅者，就肯定是閒得蛋疼了沒事做。

於是雲千千二人進船塢的時候，頓時受到了眾多熱情目光的圍觀聚焦。

「老闆在不在？」雲千千左右張望了一下，沒發現看似老大的NPC，只好自己扯著嗓子喊了一聲。

船塢內一間倉庫的簾子動了一下。接著一個肌肉糾結的NPC大漢就走了出來，疑惑望望四周：「誰找我？」

「我要下訂船的單子！」雲千千笑呵呵主動上前去，跟NPC老闆對話。

老闆一聽也驚訝了，上下打量雲千千一番：「訂船!?現在!?妳!?」

「……」語言功能障礙嗎老闆!?雲千千無語看老闆，不知道該先回答哪一個問題，乾脆直接跳過：「你就說你接不接吧！」

又愣了三秒，老闆終於回神：「接!當然接!請問妳是要怎麼訂？」

「訂船還有不同的種類？」晃哥從進了船塢就在忙著驚奇，這會兒一聽老闆的話後才接了這麼一句。

「嗯！」雲千千點頭：「有給他們材料，再付點工本費就可以訂的，也有請他們連材料也一起準備了的，那要更貴點。」

「小姑娘居然還是懂行的。」老闆驚嘆。

「一般一般，我也是一不小心就比別人睿智了那麼一點。」雲千千連忙謙虛。

「……」

準備材料當然不是一件簡單的事情，但這個問題對於雲千千來說基本上就不是問題。唯一為難一點的就是搬運問題，而晃哥就是為了這種情況才存在的。

「1000根原木，在最短時間內準備好，晃哥和我會負責搬運，有沒有問題？」雲千千帶著晃哥找到天堂行走，直接放話。

天堂行走一聽就想暈厥過去：「大姐，可不興妳這麼折騰人的！這些材料都是撒彌……呃，都是某人讓我準備用來建城的來著！」

晃哥本來還在奇怪雲千千為什麼會帶他來找最近風頭正盛的這個寵物蛋任務NPC，結果一聽這對話，他立刻明白了，原來這NPC還不是個簡單人物，其中絕對有問題……於是晃哥也想暈了，一把抓住正想開口再說些什麼的雲千千，聲音顫抖著：「蜜、蜜桃……這個NPC……」是假的!?

「嘿嘿……有些事情心裡明白就好，說出來了難免傷感情，晃哥你覺得捏？」雲千千倒是沒把話說明白，但也相當於是默認了晃哥的猜測。

晃哥眼前一黑，身子不由自主的搖晃了幾下：「……你們的膽子真是太大了。」玩弄了全創世紀玩家感情的人耶！這消息要是傳出去的話，這兩人以後都別想再在遊戲裡露面了，他們倒也真是幹得出來……

「哥兒們，我這也是任務所迫來著。」天堂行走無奈了一個：「欺騙玩家的不是我，而是我幕後的人。你可別亂栽責任啊！」

「廢話少說，我要1000根原木造船！你要是不給，我馬上就聯繫創世時報主編給你來場專訪！到時候報料獎金和新聞抽成一加起來，相信買十條船都夠了！」雲千千拉開一臉深受打擊的晃哥，繼續威脅天堂行走。

「大姐……您真不能這麼缺德來著！」天堂行走想哭：「回頭那NPC要是知道我擅自把收集到的材料送人了，他還不得當場跟我玩兒命啊！」

「有問題就叫他來找我，老娘諒他也沒那個膽子！」雲千千不屑的哼了一聲，眼看天堂行走還是有些猶豫不決，於是又勸：「其實這也不算什麼大問題，他又沒規定你必須在什麼時候完成任務……回頭這缺掉的1000根原木，你再多糊弄幾個玩家給砍回來不也一樣嗎？反正折騰的又不是你！」

換個角度這麼一想，天堂行走這才恍然大悟──對哈！少掉的再多發點任務不就得了，自己頂多就是多站個一、兩天發任務，反正又不用親自動手幹活。再說這水果人品也不好，別把人家惹得狗急跳牆……

「成！你們搬吧……又有玩家過來了，你們就裝作是來接運送任務的，跟我對話時千萬別說漏了啊！」

「好咧！」雲千千痛快答應。

幾個又是來接任務的玩家走來，好奇的看了裝模作樣在跟天堂行走對話的雲千千一眼，再莫名其妙的瞅一眼呆滯木然中的晃哥，低聲交談了幾句之後，其中一個玩家來跟兩人打聽情報，另外幾人則繼續去接任務。

「哥兒們，你們接運送任務？這還是第一次聽說來著，你們運送東西是運送去哪啊？」

「……」晃哥眼神複雜的看了一眼面露期待的那個玩家，在良心的譴責之下無語淚流。

玩家寒了一個，小心翼翼的和晃哥拉開距離，想想還是換了個目標，轉頭又去問雲千千：「姐兒們，你們這東西是運送去哪？」

「這個……」雲千千故作為難狀：「NPC說不能告訴別人來著，聽說運送的地方挺隱蔽的……」

隱蔽!?難不成是寵物蛋的所在位置!?玩家興奮，拉著雲千千就不放手了：「姐兒們，咱們都是做任務的，有啥消息透露下唄……要不這樣，我出10金跟妳買情報!?」

「唉！好吧，看你也挺有誠意的……那個，先錢後情報啊！」

隨口編了個地方打發那個玩家，雲千千和晃哥裝作無法使用傳送道具的步行姿態，眼睜睜的看著那幾個玩家興奮飛走。

天堂行走等沒人了之後才在旁邊擦了把冷汗，給雲千千比了個大拇指：「蜜桃大姐，妳比我強！」自己雖說也騙人，但完全是為了任務獎勵，騙也騙得中規中矩、按部就班，NPC怎麼吩咐，他就跟著怎麼做。而人家那直接是已經成為了本能，可以利用一切條件、在任何時間任何地點，隨時隨地的騙人，這要用武功境界來說的話，那就已經是無招勝有招，那就已經是手中無劍，心中有賤，那就已經是……

「那是！」雲千千得意的一昂頭：「我們還得來幾趟，你記得把剩下的原木也準備好啊！」說完一拉晃哥，兩人裝了滿口袋的原木，一起傳送離開。

來回幾趟把材料都搬完，中間又從玩家那裡小賺了幾筆之後，回到海濱小鎮，船塢裡的NPC終於可以開工造船了，而趁著這個空檔，晃哥則坐在海邊，開始遠眺海岸線，深沉的思考自己的人生。

自己人生的前二十幾年來，一直是光明磊落、坦坦蕩蕩的，可是今天，他的人生中卻染上了一個不可磨滅的汙點。對於晃哥來說，這真是一個巨大的打擊……別的不說，單是自己公會裡面現在還在熱衷於寵物蛋任務的至少就有幾十個人，自己究竟要不要把那任務 NPC 是個假貨的事情說出去呢？

「晃哥，想什麼呢？這裡的魚不好吃來著，我吃過，肉沒多少不說，外面還包了一層殼……你要是餓了的話，咱們游深點去裡面那片海區打？」雲千千走來，同樣往晃哥身邊一屁股坐下。

「……」晃哥太陽穴突突跳了兩下，實在是不想搭理這個沒心沒肺的東西，自己看起來像是在為吃的傷神嗎!?

雲千千瞥一眼晃哥，再想了想：「不是餓了!?那麼難不成是想游泳!?」海裡除了魚就是鹹水，你千萬別跟咱說是想提煉純鹽啊！

晃哥黑線，抹了把臉，終於不得不開口：「蜜桃，妳不覺得自己做得有些過分了嗎？」

「什麼過分？」終於開口了，能說話就行，雖然說自己也是美貌與智慧並存，但和個聾啞人士交流還是挺沒勁的。

「就是那個假扮 NPC 的玩家……妳和他好像還是朋友吧？你們一起欺騙了整個遊戲的玩家，難道就不覺得過分嗎？」晃哥想了想，雖然覺得自己這話說得有點傷人，但還是說了出來。

雲千千驚訝一把，抓抓頭疑惑看晃哥：「有很過分嗎!?這本來不就是個遊戲嗎!?」

「這確實是遊戲，但妳的這些行為還是太過火了！」

「那怎麼才叫不過火!?」雲千千反問：「有秩序打怪，按時間表輪流刷BOSS，偷竊搶劫殺人的全讓網路警察去把他們抓起來，情節嚴重者剝奪遊戲資格終生!?」

晃哥啞然，半晌後掙扎：「我不是這個意思……」

「那你是什麼意思啊!?晃哥，遊戲就是遊戲，大家追求的就是這種可以肆意的快感，你想給它定個道德準則，但你憑什麼說你定的道德界限才是標準?我和你是朋友，所以能跟你好好說道說道，但要是你不認識的人，人家可不可能聽你說這麼多?你說 PK 的人錯了，因為他們砍了別人辛苦練上來的等級!?你說偷竊的盜賊錯了，因為他們偷了人家辛苦刷出來的東西!?還有誰的行動在你看來不符合道德標準，難道你就都要一一把他們糾正順眼!?」

雲千千嘆口氣，拍拍身邊的晃哥：「每個人都有自己的性格和行事方式，走好自己的路就成了!存在即合理，我朋友能接到這麼個任務，說明這就是這個世界的標準中允許出現的東西。你可以選擇去揭發我和他，好讓其他人不上當，你也可以發表自己的看法，但你不能強迫讓我們也必須按照你的標準去思考和進行遊戲……我很高興有個厚道的朋友，但我更想玩遊戲的時候就能開心的玩，這不是學校，大家來這裡都是瞎折騰，偶爾再被別人折騰的。我們只不過折騰的手筆大了點。想那麼多是非多錯做什麼?遊戲裡也有對錯嗎?」

晃哥無語，扶著昏昏沉沉的腦袋想了半天，一會兒覺得對方說得有些道理，一會兒又覺得人家只是強詞奪理，糾結許久後，他終於放棄起身：「蜜桃，妳肯把我帶去見妳那朋友，也不介意讓我知道這事，我知道妳這是把我當朋友了……晃哥也不是不識好歹的人，這件事我不會告訴別人。作為朋友，我希望妳玩得高興，但作為個人來說，我實在是沒辦法也參與進去，就像妳說的，每個人的性格不同……以後有事再來找晃哥，晃哥絕對不推脫，做壞事的話就算了，我根本就不是那塊料……」

「……」

雲千千依舊每天在海邊窮折騰，但是身邊已經少了一個人，又是形單影隻了。就像晃哥不能強迫她改變遊戲的方法和樂趣一樣，她也不會強迫晃哥非要跟著自己沒心沒肺的折騰才會說人家是講義氣。朋友就是朋友，不管什麼樣的性格都是，比如說想喝酒了，就得找喜歡喝酒的朋友，想逛街了，就得找喜歡踩馬路的朋友……所謂朋友，不是任何時間、任何情況都得在一起，而是能在最適當的時候出現在自己身邊那個……

所以雲千千很想得開，她知道晃哥沒對自己有什麼隔閡，只是他實在不是窮折騰的那塊料而已。這就好比拉著一個七、八十歲的老太太去跳舞，人家內在條件所限，根本風騷不起來……

一星期後，船隻終於造好，雲千千付了尾款，順利拿到船隻，準備再在小鎮裡做些補給，買些氧氣膠囊就可以出發了。結果剛一走到雜貨店的時候，卻又碰上一個熟人……

「九哥，這真是猿糞哪！」雲千千淚眼汪汪抓著九夜的小手手，激動的上下直搖晃。

「……」九夜抬頭望天，沉默半晌後鬱悶的問了句：「這裡離南明城多遠？」

「呃……這是沉淪之海旁邊的海濱小鎮，和西華城的直線距離之間隔了兩座村鎮、一片草原和兩片山林……我這麼說，你是不是大概能瞭解這裡和南明城的距離了？」

「……」明白了，合著這根本已經從地圖的南邊主城跳到了北邊主城邊境。

「九哥的暴走技能真是日漸風騷啊。」雲千千真心的感慨著，非常崇拜的仰視九夜。

九夜嘴角抽了抽，不大能確定這水果究竟是誇自己還是損自己，考慮一會兒後乾脆直接轉移話題：「妳在這裡做什麼？」

「準備出海。」

「出海!?」九夜微微愣然，心裡說不出是放鬆還是緊張。這水果出海了，也就表示最近陸地上的人能安穩點了。但人家在陸地上都能那麼風騷，出海了還能不鬧出點更大的動靜!?

於是九夜糾結了起來：「出海做什麼？」

「刷裝備刷法杖刷……呃，九哥，要不您跟我一起去!?」

雖說這人迷路本事強悍，去了海上成為失蹤人口的危險性極其之大，但不可否認的，人家手底下的本事也是真厲害來著，自己是剽悍流，人家那就是剽悍流加操作流。萬一遇到個大BOSS什麼的，把人家帶上多少也能減低些危險度，再不濟自己也等於是有了個吸引BOSS注意力的誘餌啊……雲千千的小算盤打得賊精，看著九夜的目光也越發期待起來。

九夜完全沒意識到自己已經被人當成棄子預備役了，想了想後就點頭答應了下來：「好！什麼時候出航？」

「立刻吧！我們現在就去海邊！」

「嗯！」九夜點頭，抬步就走。

「九哥！」雲千千一把拉住九夜，頂住對方疑惑的視線抹了把汗，鬱悶苦笑：「海邊在你背後那個方向。」

「……」

創世紀中首個玩家造船出航，這是多麼具有紀念意義的一件事啊！再加上現在船塢裡又沒有其他生意，船員和工匠們都很閒，於是全鎮幾乎是所有NPC都出動了，熱鬧如趕集一般，笑鬧交談著，嘻嘻哈哈的一起歡送雲千千出航。

雲千千頂著灼熱的近百道視線，無奈的指揮NPC船員拉錨張帆，努力無視岸上的那些NPC……這些NPC就像是在動物園裡參觀心愛的猴子一樣，讓即便是雲千千這般厚臉皮的人也忍不住苦悶了一把。

九夜倒是很淡定，大爺似的負手站在船舷邊，既不管身邊跑來跑去的NPC船員，也不去看岸邊的NPC，就好像他是一個人登上了什麼奇峰的峰頂，正在傲然獨立一樣，氣場十分之強大。

「九哥，能搭把手嗎？」雲千千硬著頭皮闖進對方氣場，頂著莫大壓力說話——馬的能離船邊遠點嗎!?這個位置在岸邊NPC的眼裡看來最清楚，您還敢不敢更風騷一點!?

「什麼？」九夜漠然回神，神情一片淡然。

「我要掌舵，你能不能幫忙指揮一下船員？」

全船的工作都是可以由NPC來代勞的，唯有掌舵不行。在沒有探索過海圖之前，所有人都不知道哪個方向會有些什麼。所以只能玩家自己試探著開，如果一旦登上海島了，海圖才會自動記錄下這條航線，下次再來的時候只要交給NPC就可以了。

雲千千有前世記憶，這點小問題自然不在話下，再說了，就算她什麼都不記得，也是絕對不敢讓九夜這樣的風騷人物去掌舵的，這哥哥連在陸地上有那麼多標記物的地方都能迷路，這麼一片茫茫大海……雲千千光用想的都是一哆嗦，全身冷汗直冒……

沉淪之海有個挺出名的大城被各種網遊引用了無數遍，其名曰亞特蘭提斯，這麼有名氣的五星海底城市，創世紀自然也不能免俗的設計了一座丟進海底，順便擺上若干寶物及暴力魚人一夥，隨便誰愛探就去探，本事夠的話，自然能賺個盆滿缽滿。

在雲千千重生回來之前，亞特蘭提斯裡已經遍地都是玩家了，小小魚人根本不成威脅，有些玩家本事比較大的，甚至還申請了永久居民證，成為該座城市的榮譽居民。

可是在今世，這座海底城市還沒有被任何人開發過，依舊沉睡在海底，等待第一個勇士去強X。

憑藉著對海路的熟悉和指南針，雲千千根本沒費什麼力氣，順順利利的就把船開到了亞特蘭提斯所在的海域，還沒下錨，海底就浮上了一尾魚人，好奇的打量著這夥陌生的訪客……

這是劇情，每當有玩家經過這片海域的時候，總能有魚人浮上來，其實也就相當於一個指示路標的作用。不然這麼大片汪洋大海，玩家們到死都不可能發現海底居然還能有古怪來著。畢竟讓一個人潛水下去在整個海裡游個遍也不大現實。雖然這只是遊戲裡的大海，但這廣闊度卻不是唬人的。

雲千千瞟了魚人一眼，繼續下錨，根本沒想搭理他。

倒是九夜目光一凝，呼啦一下搬出把弓來，照準下面一射——秒殺……

雲千千眼皮跳了跳，依舊淡定。九夜跳下海去，把戰利品撈起來，再把屍體搬上船，往甲板上一丟，靜靜的打量屍體數秒後開口：「新品種的怪。」

「……」本來還以為這位是看出什麼古怪了，沒想到人家就是純驚奇的……雲千千汗、大汗，終於感覺無法繼續維持鎮定了，忍不住乾咳兩聲，嚴肅說明：「九哥，這是亞特蘭提斯的魚人。」

「不是怪!?」九夜蹲下去，伸出指頭捅了捅屍體又問。

「呃，雖然他也是怪，但嚴格說起來他並不是一般的怪……算了！這問題解釋起來太麻煩，準備下海吧！」雲千千終於抓狂，放棄了解釋，準備直接帶人下去親眼看個究竟。

「嗯！」

船上的船員難得有休息時間，歡快的搬酒桶取乾肉準備聚餐去了，順便目送老闆下海拚殺。雲千千鬱悶了下，感覺自己才是打工的海員，船上那群都是自己老大來著……

揮去腦子裡亂七八糟的思緒，雲千千拉著九夜，「撲通」、「撲通」兩聲之後，兩人一起跳下海去。

海底的能見度沒有陸地上那麼好，但這裡只是遊戲，不可能還讓玩家準備個深海探照燈什麼的，於是也只是視野縮小，卻不是真正的一片黑暗。

你說這不現實!?這能現實嗎！

比如說劍士職業練到後面有劍氣，那劍拿在手裡就不是砍人的，個個當是炸彈遙控器似的，呼啦一刷，一片爆炸立刻升起。

再比如說魔法師放的技能都有光效，一個個比物理學家還風騷，這也能現實嗎!?要現實裡有這東西，當初愛迪生拚死拚活發明電燈幹屁啊！

往下游了大概十多分鐘，兩人不一會兒就到達了海底，這還得多虧是兩人的敏捷算高竿的，換作其他人起碼得磨半小時。

一進入深海，亞特蘭提斯立即就出現在兩人的面前，這座海底城市大概有一座主城的大小，系統設計的時候就是把它當成是另外一座主城或者說小型王國來考慮的。畢竟這裡也是住了一族的魚人，再說海底又沒有土地限制，隨便想擴張多少不都看人家心情嘛！

還沒游進亞特蘭提斯的氣罩範圍，一夥魚人就迎了出來，雲千千抓緊九夜，沒敢讓他動手，而是在原地停下，等待對方的接近。

不一會兒，魚人們就到了兩人的面前，一名看起來像是小隊長的魚人喝問：「陌生的客人，你們闖進亞特蘭提斯，是想要做什麼？」

「殺……」九夜剛吐出一個字，立刻被雲千千堵死。

偷偷抹了把汗，雲千千這才扯開一臉的笑，真誠的扯蛋：「我們就是路過打醬油的……」

亞特蘭提斯是一座對玩家並不友好的城市。在這裡生活的魚人們都屬於被動攻擊的小怪，也就是那種你不招惹他，他也不招惹你，你要是招惹了他，他招惹不死你……不僅如此，這些魚人還有副業，那就是同時兼職NPC的功能。

所以想到亞特蘭提斯這塊地頭上混的，一般都不會輕易去動這些魚人。

如果想刺激的話，那倒是可以考慮主動去惹魚人，不過這風險就有些大了，人家特團結，都不興像玩家似的組隊，那太小家子氣，人家直接組團。

剛才在海面上九夜順手宰了一尾，雲千千還可以當沒看到，畢竟那魚人死得神不知鬼不覺的，誰都不知道九夜就是凶手。但現在眼看都到人家地頭了，九夜只要敢動他一個，全城魚人看得到的立刻集體出動，同仇敵愾組團來刷玩家，那結果真不是一般的悲慘。

魚人隊長被雲千千的回答弄得有些死機，呆了半分鐘才想起來說話：「呃……那你們打完了嗎？」

「……」雲千千嘴角抽搐，很感慨的看這魚人哥兒們，第一次發現自己也有被人弄得無語的時候。

由於雲千千二人是亞特蘭提斯的第一批訪客，所以魚人們對他們還算客氣，甚至主動邀請二人去觀見他們的魚王。當然了，雲千千認為這多少有點看熱鬧的心態，比如說自己要是走在路上看到一外星人打醬油路過，肯定也得衝上去交談兩句，問問外星風土民情的，這就跟去動物園看動物是同一個道理，純屬好奇圍觀。畢竟自己和九夜相對比其他魚來，那造型確實是古怪了點。

身上沒鱗片，耳朵沒魚鰭就不說了，下身居然還踏馬的連尾巴都沒有，就分成兩股，真是長得奇形怪狀的……這是某魚人和其身邊同伴耳語時，被雲千千不小心聽到的原話。

雲千千望海面，努力無視這段對話，很淡定很淡定。

跟著魚人一起進了亞特蘭提斯內的氣罩，裡面的整座城市就全是陸地了，海水不會滲進來，跟在海洋公園裡透過玻璃窗看魚似的，很有意思。

亞特蘭提斯的國王是個留著絡腮鬍的壯男大叔，全身肌肉糾結的，屬於健身教練那體格，跟其他魚人的纖細精壯完全不同，要不怎麼說人家是國王呢！一個頂兩個那絕對不是吹的。

覲見、賞座、上美酒……還沒等雲千千打好腹稿跟人旁敲側擊亞特蘭提斯的寶藏所在，國王已經先行一步開口了：「幾百年來，兩位是第一批從陸地上下來的客人，不知道你們對亞特蘭提斯有什麼看法？」

「唔……環保做得還不錯，全國魚民也很團結，是個不錯的國度。就是食物種類太過單一了些，只有海白菜和貝殼啥的，吃多了容易膩味……」雲千千想了想，誠懇提出建議。

國王乾笑兩聲：「客人還真是幽默。」

「我講了什麼搞笑的事情嗎？」雲千千莫名其妙問九夜。

九夜沉默，國王也沉默。又尷尬一會兒，國王乾咳兩聲再道：「客人遠道而來，應該是很辛苦了，不如今天早點下去休息吧……」

「不用的，我就掌個舵而已，下面的工作都有船員去做，跟我一起的這傢伙就更清閒了，一路冒充雕像就過來了。所以我們精神好得很，根本不必……喂！沒看我在跟你們國王說話呢嗎？別亂拉我啊，魚庭廣眾的，拉拉扯扯影響多不好……還拉!? 再拉翻臉了啊我跟你說！……」

魚人侍衛得到國王的眼神示意，連忙上前堅定的把那不識相的某水果給拖了出去。

面對亞特蘭提斯居民們的強勢，雲千千根本無從反抗，所謂人在屋簷下，不得不低頭，就是這麼個意思。

「你說亞特蘭提斯的這群魚是什麼意思!? 我感覺自己像是在玩單機遊戲來著，哪有主城 NPC 還會限制玩家行動的!?」亞特蘭提斯國王的王宮客房裡，雲千千一邊煩躁抓狂一邊抱怨。

九夜很淡定的漠視這顆水果，就當她是空氣來著。雖然說他也對現在的情況很好奇，但這種事好奇也沒用，他又不是智腦，怎麼可能知道這麼多系統的內幕？

現在唯一的解釋就是有任務，不然的話也不能出現這類似劇情的情況……

正想著，外面進來一個魚人侍衛，很有禮貌那種：「尊貴的二位客人，國王陛下讓我來問一下，兩位有沒有什麼特別的要求？」

「如果可以的話，請給我們來一碗魚片粥！」雲千千不爽。

「……」

雲千千二人固然很不爽，但是亞特蘭提斯的居民們卻恰好與之相反的很興奮，城裡有異族人的消息第一時間被公告了出來，傳遍了整座亞特蘭提斯的大街小巷，幾乎所有魚人都奔相走告，通知自己的親朋好友有珍稀動物可以參觀的消息。

於是魚人們高興了，平常水下的日子多無趣啊，除了採點食物以外，大家幾乎沒有別的事情可做，不用耕種，沒有需要與之戰鬥的敵人，連晚間活動都少得可憐，畢竟大家也都知道，魚類在繁衍後代的時候是不用交……呃，總之就是這麼個意思。

因此，在聽說了有異族人入城的消息之後，亞特蘭提斯的魚人們會興奮也就是理所當然的事情了。大家紛紛前往王宮，向魚人的首領表示了自己想要親眼觀看異族的願望，也算是為自己的生活增添一點娛樂性。

而魚人們的一族之王也果然不負大家所望的異常大方，不僅同意了自己國民的請求，同時還表示異族人已經被自己強行留下，隨便大家想看多久都可以，完全免費哦。

於是，雲千千和九夜在王宮裡被強行押下了三天，就整整迎來了數以千計的來訪者，雲千千從初時的以禮待之，到後面的日漸麻木，最後終於忍不住拿著面具隨便輸了張魚人的臉進去，搖身一變混入了參觀魚潮中去，聽到對話如下：「咦!?那隻雌的不在了!?」

「是耶！剛才明明還看見她在房間裡閒晃，一副百無聊賴狀來著，怎麼轉眼就不見蹤影了!?要不要趕緊跟國王或是負責看守的侍衛報告啊？」

「千萬不要，回頭萬一國王以為是我們把用來供全國國民參觀的珍稀動物給弄丟的怎麼辦!?我們上哪再找這麼一對稀罕的動物給國王啊……聽說前陣子國王已經下令，把這一對分屬雌雄的人類給定成國家一級保護動物了……」

「這……」

雲千千身子搖晃了幾下，感覺眼前一片發黑來著，心跳變快的同時，她還有種自作自受的感覺，自己前陣子看見來的魚挺多的，順手還收過一些門票來著，沒想到這下自己還真變成參觀動物了，這不是自作孽嘛……

哭喪著臉跑回去，雲千千一把鼻涕一把眼淚的跟九夜分享這個自己剛剛得知的噩耗：「九哥，不好了啊……那個死爛國王把我們關起來收門票供人參觀展覽了。」

「然後呢？他不肯把門票收入抽成一份給妳？」九夜淡定又問了句，試圖分析出這顆水果之所以會這麼生氣的原因。

聽人這麼一說，雲千千頓時想死，自己就那麼像是只會為了錢而折騰的人!?這根本不是門票抽成不抽成的問題，而是更高層次的代表她的精神和尊嚴和層次和……不過話又說回來了，經人這麼一提醒之後的雲千千才發現，那些死魚人參觀後付出的費用還真是沒人分給自己來著……

「怎麼辦!?這問題很嚴重來著！難道九哥你就樂意被人當猴子似的參觀!?」

九夜瞥了雲千千一眼：「只要是在亞特蘭提斯的境內，估計在哪都是一樣的待遇……至少王宮裡還供飯。」再而且，其實九夜自己也有點犯怵，他是明白自己在地圖上有多麼的無力了，尤其這又是海底，萬一一個整不好的迷走了，到時候前後左右都是海水，別說東南西北，他連上下都未必能分清楚，那得多麼的悲催啊。

雲千千對懶得反抗的九夜感覺很失望，主要是沒人陪在自己身邊當打手，她一個人感覺沒安全感來著。不過再沒安全感，也得去找國王問個清楚，否則就越來越不像話了。你說你參觀就參觀吧，咱忍，門票抽成不分就不分吧，咱再忍……可是這些魚人到後面提出要點什麼紀念物之類的要求，那就太過分了吧!?簽名合照不說，還得給你們拔根頭髮，全城魚人一起出動，不說把咱腦袋上的毛髮都給斬草除根吧，起碼弄個陰陽頭是木有問題了……

帶著這樣怨忿的情緒，雲千千找到了國王，非常嚴肅的提出了自己的抗議。一見面直接進入正題告辭：「國王陛下，我和我的夥伴來亞特蘭提斯還想參觀一些其他的地方，順便想進行一些探險，這幾天承蒙款待，實在是感激不盡，如果沒什麼其他事的話，我們這就告辭了……」

國王一聽大驚：「這麼快就要走!?」最近這幾天的國庫收入幾乎趕得上去年一年來的淨收入值，自己正想擴大參觀流量，多開放幾個參觀時段，好再擴大創收來著，人家怎麼這麼快就要走了!?

雲千千忙解釋：「我們來亞特蘭提斯，主要是想尋找失落的文明，讓亞特蘭提斯絕壯的身影不至於消失在歷史的長河中，而是能被人世世代代的傳誦下去。為了這個目的，我們需要去積極探索……努力追尋……奮勇奔向……這是我從小到大的願望，如果您不肯同意並支持我的話，這將是對我最大的傷害……」

「……」妳傷害了我，還一笑而過……國王眼皮跳了半分鐘，最後扯了扯嘴皮：「小姑娘挺有政治家天賦啊，竟然比老子還能扯蛋……」

雲千千臉紅謙虛：「自學成才，自學成才，實在不是什麼上得了檯面的本事，您不用過獎……」

「既然妳把話說到這樣了，那我也不妨老實告訴妳吧，亞特蘭提斯裡不是那麼好混的，妳想在這裡暢通無阻，除非是能獲得我們認可的榮譽居民身分，不然整座城裡的魚人們都將視妳為敵人。」國王終於不再和雲千千打哈哈了，索性直來直去，這樣誰也別想噁心誰，免得膩膩的話說多了大家都不適應。

「你們是第一批進入亞特蘭提斯的外人，所以我們可以給你們一些其他人沒有的寬限，但這也僅限於寬限了。妳如果想在沒有居民身分的情況下隨意外出，一不小心就很有可能觸怒這裡的民眾，被魚碎屍萬段的……」

「嘿嘿……其實這些我都不怕，我就想問下，如果我在被攻擊的情況下還手，這應該能算是我正當防衛吧？」雲千千笑笑問句。

「……想得美！」國王黑著臉回了一句，看表情似乎有些不大愉快：「亞特蘭提斯的居民們都是同仇敵愾的，如果妳有命頂住這麼多魚的圍攻的話，那倒是可以考慮來我這裡申訴自己的行為正當性……就怕妳沒那本事撐得到這裡！」

「有您這句話就成，我撐不撐得到是我的問題。等我到了您這裡之後該怎麼判是您的問題！」雲千千笑道：「只要您到時候記得自己說過的這些話就成……」

半小時後，交涉終於完成，該客套的都客套完了，該說的也都說完了，亞特蘭提斯的國王揮揮手，直接轟走了讓自己煩躁的雲千千，讓侍衛把這人帶出去放生了。

至於九夜則暫時依舊扣押，本來是打算讓其繼續展覽，為亞特蘭提斯的國庫再做貢獻的，結果沒想到的是此人居然萬分不厚道，帶著來圍觀自己的人直接去逛了御珊瑚園，一轉圈二轉圈三轉圈之後，全體魚群迷茫……

「咦?這裡是哪裡!?王宮的御珊瑚園裡有這一片地方嗎!?」

「我記得依稀彷彿大概似乎……是木有滴！」

「靠啊！那麼這裡究竟是哪裡!?……啊！那隻雄人呢!?」

「他剛才往左邊的珊瑚叢裡轉了進去，我記得那應該是死路來著，就沒去管他，結果半天後沒等到他出來，再過去看一眼，死路還是死路，人卻不見鳥……」

群魚聞聽此言，頓時集體驚駭：「難道這就是傳說中的迷蹤步!?」

「不，我覺得像是陸地怪談故事裡的鬼打牆……」

「八卦陣吧!?」

「難道不是空間魔法嗎!?……」

晚上接到自己侍衛的報告之後，國王深深的無奈，說實話他也很想不通，包括御珊瑚園在內的整座王宮都是到處布有巡邏小隊和定點崗哨監視的，無論哪一處都不會遺漏……可是那個叫九夜的人就偏偏這麼在眾目睽睽之下，消失在了御珊瑚園中，這到底是怎樣神奇的本領啊！難道對方竟然是一個技藝如此高強的世外高人嗎!?

因為這點疑惑，國王終於也不敢再去追究九夜失蹤之謎，而是讓此事不了了之，畢竟無故樹敵是很危險的一種行為，如果不是在必要的情況下，國王也不願意讓自己多一個擁有這麼可怕身法的敵人……

「餓……怎麼還是找不到飯廳!?……」與此同時，被眾魚認定是擁有可怕身法的九夜同學正在王宮內淡定迷路散步中……

雲千千離開王宮的同時，身上順便還領了一條任務鏈的，而任務鏈的最終獎勵，自然就是亞特蘭提斯的榮譽居民身分。畢竟沒個合法身分的話，自己想做個什麼偷雞摸狗的事情都不方便，為了以後的長久發展考慮，先弄到張綠卡放在身上還是很有必要的……

於是任務內容第一環，尋找亞特蘭提斯前些日子失蹤已久的士兵。雲千千輕車熟路，按著記憶中的座標一路直奔珊瑚叢，從某角落中揪出一個士兵，直接拉上人就跑，丟給任務人；接著又接到下一環，在亞特蘭提斯海域附近殺死ＸＸ隻搗亂的ＯＯＯ……

繁華的亞特蘭提斯城中，所有的魚人們都是很悠閒的。畢竟他們住的可是失落的古城耶！這樣的城池為了保護其古蹟特色，很顯然是不能進行任何開發的，要不不就跟地面上的其他主城一樣了嘛!?那還怎麼能體現其獨有的特殊性啊！

於是，亞特蘭提斯的魚人們就木有事情可做了，成天吃飽了睡，睡飽了吃，沒事就牽著烏龜遛遛街，或者到處游游。前幾天本來還有一對人類供他們參觀來著，沒想到剛新鮮不久，人家就一個申請外出，另一個神秘失蹤了……整得大家頓時又是很失落。

神秘失蹤的那個是暫時見不到了，但申請外出的聽說還在做任務，如果運氣好的話，說不定剛好能撞上一面兩面啥的……亞特蘭提斯的魚人們總算還是有些欣慰，天天盼著雲千千主動上門。

雲千千還不知道自己一不小心成了魚人眼中的名人，天天累的要死不活的四處奔波著。要說獲得亞特蘭提斯榮譽居民身分的那個任務鏈還真不是好做的，別的任務鏈最多也就十來環，這個卻足足有一百環，而且最缺德的是，任務鏈中途還不能下線，每環任務只給了四十分鐘的完成時間，超過時間未完成的直接算失敗。

任務鏈中任意一環節失敗的話，則整條任務鏈算作廢，必須重新申請並領取隨機組合的百環任務……環環節節無窮盡也……

雲千千算是跑過這任務的老手，熟悉這些任務鏈的每一個相關任務品、任務人、任務怪……不然的話，斷掉任務鏈那是很容易的事，真要換成一個新手來的話，估計早就崩潰了。

當然了，光是知道情報資訊還不夠，任務中有很多時候還必須使出各種各樣的手段，來保證任務能夠按時順利的完成。於是，雲千千沒有崩潰，崩潰的就變成了亞特蘭提斯的魚人居民們。

清剿任務怪不成問題，雲千千有雷心，技能雖說在水中使用時會有一定削弱，但單是殺些小怪的話還是木有問題的。

尋找任務人也不成問題，這基本就是跑路的任務，雲千千隨便回憶一下，就算不能想起所有NPC的位置，至少也能想起個八九不離十。

唯一為難的就是任務品，這些東西中有的是需要打怪爆落的，有的是可以直接在店鋪中買到的，有些則又是需要去指定的 NPC 那裡完成任務以換取的……形形色色的獲得方式不一而足。不僅耗費財力，更主要的是耗費精力。

比如說玩過網遊的可能都有這麼個經驗，有時候需要在某種怪身上打齊一定量的任務品，則這任務和光是打任務怪根本就不是同一碼事，完全是一個比拚運氣的考驗。

很可能某個領取了任務的玩家一路順風順水，眼看著打到的任務品只缺最後一個了，結果單單這一個卻是連打半個小時都出不來……

雲千千自認運氣很堅挺，但卻也不敢拿那四十分鐘的任務時限來開玩笑，萬一真要是到了最後一個任務品的時候晚節不保，這麼長的任務鏈一斷，自己到時候可是想哭都找不到墳頭。

於是，雲千千發動了群眾們的力量，把主意打到了看似很閒的魚人們身上。這麼多的勞動力，天天不事生產的就在家裡待著，整個兒一 NPC 中的宅男宅女群體，那麼好的戰鬥力，不善加利用還真是可惜了……

再於是，魚人們的杯具就此降臨……

「國王陛下，外面有魚民群眾們集體來告狀投訴！」亞特蘭提斯王宮內，侍衛急急的跑進來向國王報告。

「告什麼狀!?」

真是笑話了，亞特蘭提斯這麼清閒的城市裡居然也有出現糾紛的一天!?上回有人告狀，是兩年前A魚不小心在B魚家牆壁上畫了一朵海星，這回又是什麼?……國王很期待，畢竟作為一個友好文明城市的城市首長，他有時候也是真覺得日子過得挺無聊的。

大家都說夜不閉戶、路不拾遺就是文明的最高境界，可是如果真到了這境界，估計所有人都得無聊死。沒有偷雞摸狗的刺激，人生還有什麼趣味!?尤其是沒有反面角色來作為發揮題材，那又怎麼為他們這些個城市首長提供作戲的舞臺，怎麼為人民群眾提供圍觀譴責機會!?

存在即是合理，哪怕是一張衛生紙都有它的用處，比如說現在亞特蘭提斯就極需要一個犯罪者，要不然大家的日子也過得真是太踏馬索然無味了……

被國王不甚關心的瞥了一眼，侍衛有些著急了：「國王陛下，我不好說……情況現在有點複雜，大家告的狀都一樣，而且犯罪者都是同一個人，就是我們前幾天請來的那個雌人——蜜桃多多！」

「蜜桃多多犯法了!?真是好樣兒的……」國王聞言一喜，興奮得眼珠子都亮了起來：「本來這麼多天都沒動靜，我還以為她是被我那天的一番話給嚇到了。沒想到人家是三年不鳴，一鳴驚魚來著……一出動就惹了這麼一大幫魚，這蜜桃多多真是好孩子……」

「……」侍衛黑線了個：「陛下，其實我個人覺得這沒什麼好高興的。如果您出去看看眾魚們現在的群情憤然，再瞭解到事情的嚴重性後，肯定就不會再有心情繼續高興了。」

「哦!?」國王陛下有些疑惑，想想自己的侍衛真是少有這麼嚴肅的時候，於是遲疑一會兒後，還是連忙主動出去接見自己的子民。

「國王陛下，您要為我做主啊！」一大嬸級魚人見到國王，立刻一把鼻涕一把眼淚的衝了上去，抱住國王的大腿號啕大哭：「我兒子被那個萬惡的蜜桃多多給強行抓去當打手了啊！」這真是無法無天了呢，亞特蘭提斯的地盤裡，哪能容一個人類這麼猖狂！

國王大驚：「她居然敢綁架!?」如果真是這樣，那可就要嚴肅對待了。

「不是！」大嬸級魚人悲憤：「我兒子沒被綁架，但他絕不是自願去幫那個雌人的，而是不得不去……」

「威脅勒索!?」國王倒吸一口冷氣，頓時更驚——好嘛！這蜜桃多多的膽子真是挺大的，勒索這麼卑劣的招數都使出來了，她就不怕亞特蘭提斯的全體魚民們憤而把她撕成碎片!?

不過話又說回來了，蜜桃多多現在還不屬於亞特蘭提斯居民來著，自己這些子民們可不是一群柔弱的觀賞魚，既然非本城居民都欺負到自己頭上來了，自己的子民們為什麼不憤起反抗，反而要告狀來求他這個國王做主？……國王陛下很不解，恍惚中似乎感覺出了有些不對勁的味道。

「也不是威脅勒索。」魚人大嬸抹著淚，依舊傷心不已。

其餘和她一起來告狀的魚人們都逕自傷心著，並沒有搶著上前發言，那感覺，就好像這位魚人大嬸是他們的代表一樣……再換而言之，也就是說大家遭遇的情況都是雷同的版本，所以有一個人負責講述就夠了。

「到底是怎麼回事!?」國王沒耐心繼續再和人家玩你猜我猜的遊戲了，直接轉頭問自己的侍衛。

侍衛苦笑：「蜜桃多多小姐最先去接了百環居民身分驗證的任務鏈。在中途的每一環節都完成得不錯，結果卻在打任務品這一環節上接連失利了三次……」

「所以說，這和他們告狀之間有什麼關係？」國王指了指魚人大嬸及其旁邊的魚等，不滿道：「你直接說重點就好，不用加那麼多題外話。」

侍衛應了一聲，繼續說道：「重點就是，蜜桃多多小姐在亞特蘭提斯內開設了賭局，專門教導本城的魚人們如何賭博……您也知道，大家平常的生活都無聊了那麼一點，所以這個娛樂活動出來後，是很受大家歡迎的。再接著，蜜桃多多小姐又說賭要有賭注……再再接著，某些輸得太狠的魚人們就把自己賠進去了……整件事情的經過就是這樣！」

報告完畢之後，侍衛立刻退到了一邊去，垂頭肅手連眼睛都不敢亂瞟一下，他是知道這事件將會對自己的國王有多大刺激的，這種時候還是小心謹慎為好，也免得一個不注意就撞到了槍口上去。

也許是被侍衛的報告挑起了自己兒子被贏走的難過記憶，魚人大嬸及其他魚人們哭嚎的聲音頓時更大了，紛紛圍住國王，殷切而悲傷的看著國王：「國王陛下，您可一定要為我們做主啊……」

「我……」X你們祖宗十八代……國王一口氣憋著，險些把自己給噎成內傷。

要他為他們做主？那誰來為他做主啊!?

亞特蘭提斯，這是多麼驕傲的城市。而他們這些魚人，又是多麼驕傲的一族啊。

可現在倒好，這些驕傲的魚人竟然被區區一個人類教唆得迷戀上了賭博。還把自己的數個子民都給輸了出去，現在被人當苦力使喚著……自己這臉可算是丟大了，亞特蘭提斯的歷屆君王裡，就沒聽說過子民裡出現過賭徒的！

國王陛下很傷心，傷心得幾乎淚流滿面，在這一刻，他突然還是覺得有些後悔，以前的自己真是太天真了，犯罪者這種東西果然還是沒有的比較好。

日子無聊點就無聊點吧，這樣的刺激實在是太大了，根本不是他這麼純潔的一個國王能夠承受得起的。

而最讓魚無奈的是，這個水果的行為居然還沒有觸犯到任何律法，嚴格說起來，人家的賭博所得也算是合法收入來著。於是，國王接下來不得不面對的尷尬問題就是——自己究竟該用什麼條件，才能讓那個雌人把自己的子民給放了啊!?

國王雖然權利挺大。但人家當國王也不興連民眾之間的雞毛蒜皮都管。要是雲千千犯了法的話，國王倒還有個名頭可以出面，但問題是人家現在沒犯法，是自己的子民和人家賭輸了，願賭服輸，自己難道還能去把魚強搶回來不成!?那可是土匪的勾當……

於是國王很憂鬱，沉吟良久無果之後，頭大的讓手下侍衛把魚人們先勸回去了，接著才把自己的謀臣們都召集了起來，商量事情該怎麼解決。

「各位臣子，現在形勢已經不容樂觀了，事情到了最危急的時刻！」魚一到齊，國王嚴肅的先來了這麼一句開場白。

下面的魚臣們面面相覷，有點不大明白到底是發生了什麼事情才會讓國王擺出這麼凝重的臉色來。其中一魚小心翼翼開口：「陛下，您召集我們過來，到底是國內出了什麼大事？」

「最近幾天，亞特蘭提斯裡出現了賭局的事情，大家應該都知道了吧!?」國王緩緩掃視了一圈坐在下首的諸魚，沉痛的說道：「我們的子民染上了賭博的惡習，這樣的嚴峻事態讓我感到不安……」

聽到這裡，眾魚終於恍然大悟。合著是某人開賭局的事情都驚動到中央了!?不過這也難怪，自己的國民都被別人給贏走了，最高首長會震驚震怒也是正常的。民者，國之根本也，隨便找個荒山野嶺的插一旗子，誰都可以自稱自己是國王，可是這手下要是沒人，那國王當得也沒多大意思，跟精神病院裡有妄想症的傻子基本上就是同一層級。

於是，知道國王心情不美麗了，群魚們連忙紛紛開動智慧，積極尋找解決事情的辦法。最後經過激烈的數小時辯論之後，大家得出統一意見——全城禁賭，違令者沒收工具！誓要將事態控制在當下，從根本上掐斷這罪惡的源頭……

禁賭令張貼出來之後，亞特蘭提斯全城哀鴻遍野，傷心聲一片……

雖然說有點背到把自己都給輸掉的魚人，但是大家都知道，賭博這東西是有輸有贏的，再加上雲千千也不可能一個人跟全城的魚都賭上。於是如此這般的，還是有不少嘗到了甜頭或是體會到了這項活動趣味性的魚們非常支持賭博。

反正大家都是類似原始社會的資源公有制，再加上沒什麼生活壓力，輸贏什麼的也確實沒什麼大不了的。只要不輸魚，大家認為一切都還是可以接受的。

雲千千捧酒就口，坐在亞特蘭提斯最大的一座酒樓裡，一邊招呼大家下注，一邊笑咪咪的隨口安撫身邊不安的魚人們：「大家別害怕。國王肯定不會真對大家怎麼樣的，這個禁賭令是下了，但他總不可能全天二十四小時派魚在全城巡邏吧!? 咱們繼續玩咱們的，遇到有魚來搜查的時候，大家做做樣子應付過去就行了……」

大家都知道，賭桌和酒桌是聯絡感情的最佳場所。因為帶進了賭博遊戲的關係，現在亞特蘭提斯的魚人們和雲千千相處得都挺融洽，眾魚認為這水果真是一個不錯的姑娘，會玩敢玩還好說話，根本不像傳說中那些居心叵測的異族人。總之就是挺投他們緣的。

於是，本來只是想賺幾個苦力幫自己打任務品的雲千千一看，喲！似乎自己已經融入亞特蘭提斯大家庭了耶！那麼綠卡不綠卡的拿不到也沒啥關係了嘛，反正不過是一張紙而已，有這張紙，大家表面認可自己，心裡卻未必真能接受。而現在沒有這張紙，雖然說自己不能算正式登記在案的亞特蘭提斯居民，實質上已經沒什麼差別了嘛……

魚人們聽到雲千千的安慰，想想還是有些不放心：「那如果國王侍衛們真的查到了怎麼辦？我們會不會被抓起來啊？」

「被抓起來!?你想得倒美！」雲千千翻了一個白眼：「把你抓起來以後呢？難不成就為這點事把你給殺了？那麼就是關起來？可是如果只是關起來的話，國王既要給你提供牢房，還得按一日三餐給你送飯，這多浪費資源啊……你以為公家飯是這麼好吃的!?」

雖說不大能理解公家飯是個什麼意思，但雲千千說的話大家還是明白了，琢磨一下還真是的，這事情又不算惡劣，殺魚實在是沒必要，嚴格說起來連關押都算誇張了，頂多也就是個拘留，等過個三兩天的再放出來，自己到時候不還是一樣可以接著玩嘛……

最後一絲心理障礙被消除，於是魚群們高高興興的又甩撲克、搖色盅、砌長城……玩得紅光滿面、吆喝聲此起彼伏。

「蜜桃多多小姐，您的酒……」酒樓老闆甩著尾巴給雲千千又送來了一壺美酒，眼看對方笑納了，於是站在一邊諂媚的搓了搓手：「是這樣的，我昨天輸給您五個兒子……」

「算了！看在酒菜的分上，咱們的賭債一筆勾銷！」雲千千大方的一揮手，反正現在她也不稀罕做任務了，要那麼多魚手也沒用。

酒樓老闆一聽，連忙興奮的點頭陪笑，又恭維了幾句之後才心滿意足的離開，高興的選了一張賭臺也加入了進去。

十分鐘後，第一撥查賭的魚人侍衛們到了。

「哎呀，這不是那小誰嘛！」雲千千眼睛一亮，丟下手裡的酒壺，刺溜一聲竄了過去，笑得一臉狗腿：「這什麼風把您給吹來了!?今天不用在王宮值勤!?國王他老魚家身體還好吧，吃得好睡得也好吧!?沒啥頭疼腦熱、腰痠背痛尾抽筋的吧!?」

被雲千千盯上的侍衛隊長嘴角抽了抽，力持平靜的掃視了一圈酒樓內視自己等侍衛為無物的魚人賭徒們，最後終於將視線停在了雲千千的身上，乾咳一聲先禮後兵道：「國王新頒布了禁賭令。你們這裡接到通知了嗎？」

「禁賭!?」雲千千倒吸一口冷氣，兩眼睜得老大，一副震驚的表情，傷心如言情劇女主角：「怎麼會有這麼慘無魚道的命令!?不！這樣殘忍的法令一定不是國王頒布的，我不相信！」

「……這真是國王頒布的！」侍衛隊長沉默三秒後黑線道。

「不！我還是不相信！」雲千千悲傷看侍衛隊長，義正詞嚴堅定道：「長久以來，亞特蘭提斯的子民們一直生活在深海之底，寂寞而孤獨，每天都找不到生活的目標，如行屍走肉般在亞特蘭提斯徘徊……而今天，他們終於學會了賭博，也第一次發現了魚生的樂趣和希望，為自己的生命找到了可以為之奮鬥和奉獻一生的目標，可是您現在卻告訴我，國王居然想要奪走這些魚人們新發現到的生存的意義!?……不！國王一定是受了哪個奸魚的蒙蔽，所以才會下達出這樣殘忍的命令來的！那小誰，你可一定要勸諫國王回頭是岸……呃，是海！千萬別中了那等亂臣賊魚們的蠱惑啊！」

雲千千說得聲淚俱下，字字泣血，讓人聽得熱血沸騰，卻又好不辛酸。魚人侍衛隊長恍惚了一下，突然發現自己頭暈來著。是他不明白還是這世界變化快？為什麼這個卑劣的水果能把一件壞事也說得這麼理直氣壯，並且還這麼富有積極向上的精神意義!?

「……侍衛隊長閣下！如果您實在不相信我所說的話，那就請您來親自判斷一下賭博究竟是善是惡吧！」雲千千最後總結，一臉凜然正氣的邀請隊長親自下場試水。

「這……」侍衛隊長還在猶豫中，已經被一幫得到雲千千暗示的魚人們給架進了賭桌中。其他魚人侍衛面面相覷，互相對視了一會兒之後，終於還是收起了兵器，一起圍湊過去，小心翼翼的跟在侍衛隊長身後觀察了起來……

三個小時後，國王親自接見了一個傷心得涕淚交加的魚人侍衛，該侍衛本來是侍衛隊長帶去的普通小兵丁之一，這會兒正哽咽著報告自己小隊搜查賭博區的結果。

「……所以，隊長一輸再輸之後，終於賠得血本無歸，在這之後，我們本來想幫隊長翻本，結果沒想到敵魚太過強悍，不出幾個回合，我們小隊就已經全軍覆沒，現在大家全部都被扣押在酒樓裡，魚人們說讓我回來傳話要錢，如果我們還不上賭債的話，他們就不放其他魚回來，還要全城宣揚國王侍衛軍賭輸不認帳的醜事……」

國王眼前一黑，想暈倒來著。他淳樸善良的亞特蘭提斯子民啊！現在竟然變成了地痞流氓一類的角色，不僅不肯執行禁賭令不說，居然還把他的侍衛軍也給拖下了水，現在甚至更用上了下三濫的威脅……接下來他們是不是就該去學習潑油漆這一失傳已久的強大技能了!?

「來魚……拿錢給這個侍衛去贖魚！」國王顫抖著聲音絕望道。

等來通風報信的魚人侍衛拿著錢錢離開去贖魚之後，國王終於焦躁的從王座上起身，在原地轉起了圈子——現在的局勢真的已經不容樂觀了，禁不禁賭的已經是小事，現在最關鍵的是，怎麼才能把那個卑劣的水果趕走，好不讓自己純潔的子民們繼續墮落下去……

接到國王的宣昭，雲千千很淡定的起身，先吃了個飯，再洗了個澡，最後和大家告別了一下，叮囑魚人老闆記得把輸家的名字記下來，等她回來好去收帳……做完這一切之後，雲千千這才慢條斯理的跟著早已經等得火急火燎的傳令官走向了王宮。

國王早已經在王宮裡坐立不安的等了許久，連晚膳都沒心情用，眼巴巴的看著王宮大殿門口，估摸著雲千千到底什麼時候才能到達這裡。

就在國王的望眼欲穿之下，足足等了有一個多小時，那個姍姍來遲的水果才滾進了他的視線。

「國王陛下您好啊！吃了嗎？」雲千千一進門就先抬了抬爪子，笑嘻嘻的跟國王來了句招呼。

「……」自己這該怎麼答!?哦，等妳呢，還沒吃——似乎有點丟臉……嗯！早吃過了——可是自己明明沒吃來著……國王深深的糾結與抓狂。他突然覺得自己真是不應該餓著肚子並這麼緊張的等這水果來著，人家看似根本沒把自己當回事嘛！

對了，用氣勢壓過她，冷哼一聲，什麼都不用說……對！就這樣！

打定主意，國王臉色一正，正要冷哼，雲千千已經左右張望著找了一張椅子自己坐下，漫不經心的先開了口：「您找我有什麼事就快說吧！我還得回去照顧賭局呢……來娛樂的魚人們太多了，我每分鐘幾百萬金幣上下來著……」

「放屁！我亞特蘭提斯所有子民的錢加一起都沒有幾百萬金幣，妳哪可能有這麼多收入！」國王一個不小心的破了功，從王座上跳起來怒吼。

「哎呀別介意，這是修辭中的誇飾手法，只是表達這麼一個意思罷了，具體數額不用太計較啦。」雲千千擺擺手，一副油鹽不進的死豬不怕開水燙模樣。

國王怒視雲千千一會兒，終於頹然坐下，長嘆一聲：「說說看吧！妳要什麼條件才肯撤銷賭博!?」

「我要什麼條件!?」雲千千愕然，繼而為難，抓抓頭鬱悶道：「說起來我還真不知道耶！本來是想要張榮譽居民的綠卡，但是看現在這情景，我在亞特蘭提斯似乎挺受歡迎的，那東西辦不辦都無所謂了……錢!?你們身上刮乾淨了也找不到幾個子。權!?我對當頭魚沒興趣來著。色……呃，這個忽略……國王陛下，要不您幫我琢磨琢磨，看我能從您這要點什麼好處回去!?」說到最後，雲千千期待的抬頭看國王，好像是真想從對方那裡討個主意。

國王一噎再噎，一個好好的陽剛帥大叔活生生被憋成了茄子臉。

「蜜桃多多小姐，要知道，您現在的行為是十分嚴重的觸犯了亞特蘭提斯的律法……我們這個國度幾百年來都沒聽說過有出現賭徒的，現在這個影響十分惡劣，如果說您不願意為此承擔後果的話，我們完全可以將您監禁起來。」旁邊一個魚臣看見自己家國王被堵得語塞了，連忙上前救場，委婉的提醒了對方，自己這邊手上可是捏有軍隊和法律來著，要是不乖乖的話，咱立馬收拾妳沒得商量。

「我賭我的，犯了哪條法了!?」雲千千莫名其妙看那魚臣：「我賭的時候被魚看到，他們學去了，又關我屁事!?本蜜桃寬宏大度，不僅沒向你們提出抗議並斥責那些魚人的侵權盜版行為，還好心借他們賭具……不管從哪一方面來說，本蜜桃都可以算是一個捨己為魚、大公無私的好人來著。你再這樣胡亂栽贓，小心我告你誹謗啊！」

「我誹……」魚臣一口氣頓時也被噎著，臉上憋得一片通紅。

這怎麼說得自己還成了誹謗人家的魚了!?

「廢話少說，直接說明您的要求吧！只要不是太過分的我都能接受！」國王揮手讓那委屈的魚臣退下，乾脆的表達了自己這邊的誠意。他算是看出來了，自己這邊一幫子久不接觸外界的魚們實在是太淳樸了，面對這麼個卑鄙卑劣卑下的水果，再來多少魚也是白給的，根本不是人家對手。

既然如此，還不如早早把這禍害打發了，能挽回多少損失算多少，總比某一天亞特蘭提斯被系統給更名成拉斯維加斯的好啊……

「還是國王有魄力！要不怎麼就您能做這工作，其他魚只能當臣民呢！」雲千千郝然一笑，真誠的稱讚了句後站起身道：「其實我要求也不高……那個，聽說你們這裡有座寶藏岩穴!?」

「……」

寶藏岩穴，用玩家的說法來說，這就是個刷寶箱的副本，裡面擺滿了大大小小的共計100個不可刷新寶箱，玩家完成某種考驗或達到某種條件之後才能打開這些箱子，並從中拿取自動綁定的獎勵……

當然了，遊戲裡也不可能把所有的好處都讓一個人給占盡了，為了給別的玩家也留點機會，再直白些說，為了讓別的玩家也有機會強大起來，好讓大家能一起在遊戲裡翻騰，好挑起競爭，好更多的促進消費，好……所以，每個玩家即便完成了再多的考驗，能打開的寶箱也不允許超過三個，其餘未打開的寶箱則自動變成使用不能的物品，等待下一撥人前來取寶。

亞特蘭提斯的寶藏，就是由第一個進入的玩家發現並得到好處後，才傳出這些消息。也就是從那時候起，亞特蘭提斯的寶藏岩穴才在全創世紀聞名了起來……

但是寶藏岩穴也不是這麼好進的，剛才說了，在玩家的角度來看，它就是個寶箱副本。但是如果從遊戲NPC、也就是亞特蘭提斯魚人們的角度來看，這個副本的意義就大不一樣了。人家還有另外一個名字，被稱作「深海安息之地」，說白了，就是魚人們死後埋葬的墓園……

「妳想進我們亞特蘭提斯的安息之地!?」

整座大殿內沉默良久之後，王座上的國王突然暴走了，他猛的從座位上跳起，魚尾由於激動而狠狠的拍打了一下地面，砸出一片蜘蛛網似的裂紋，看得雲千千那小心肝一顫一顫的。

「別激動別激動……」雲千千吞了口口水，眼睛直勾勾的盯著地板上的那片蜘蛛網，小心翼翼安撫國王：「國王陛下!?國王大叔……大爺！您是我親大爺！我不就是想去那裡面挖挖箱子嘛，就這也值得您發這麼大火!?」

「不就是!?」哼！這話說得倒是輕鬆，她既然知道寶藏岩穴，難道還會不知道那裡在魚人中象徵的意義!?國王冷冷的看著雲千千，磨著後槽牙，想像自己正在痛抽這水果的樣子。

「國王陛下……」下面一干魚臣們色變，生怕自己的國王為了解除賭博之風而真把人給放了進去。要知道，亞特蘭提斯幾百年來還沒有過允許人類進入深海安息之地的先例呢……

當然了，這主要也是因為亞特蘭提斯這裡幾百年來根本就沒有人類進來過……

「不用多說，我心裡明白！」國王臉色難看的一揮手，制止了自己的大臣們想勸阻的話語。這幫魚當他是白痴嘛!?這個要求該不該答應，他心裡還是有數的，如果在這明著說出來，就怕眼下某水果當場翻臉……

「讓妳進安息之地，其實也不是不可以……」國王沉吟片刻後緩緩說道。下面一干魚臣們頓時集體倒吸一口冷氣，一個個小臉慘白、還眼睛瞪得老大的，可是還沒等大家反應過來先來場痛哭什麼的，國王又接著說出了下一句話，瞬間安撫下了大家不安的心：「可是……」

可是……有這兩個字就夠了！世界上多少好事都是壞在轉折句的身上啊……魚群們欣慰，雲千千悲憤。

「可是，要想進安息之地，肯定不可能那麼簡單……畢竟那也是我亞特蘭提斯一族的聖地，妳要進去，也得讓我有個可以向大家交代的理由吧！」國王不緊不慢的打著官腔，恢復鎮定的坐回了王座上，淡淡的瞥了一眼雲千千：「所以，如果想進入深海安息之地，還請您讓我們見識到您的勇氣、實力以及智慧……要知道，亞特蘭提斯一族在幾百年前，曾經也是大陸上最榮耀的……這具體要追溯到上古時期，我們……因此……」

「磨磨磯磯的有完沒完!? 你直接說讓我去做什麼任務就完了！」雲千千終於暴走。

這個水果太不喜歡那些有著一國首長身分的 NPC，似乎做這國王職業的人都有點喜歡模糊重點，明明一、兩句話就可以解決的事情，人家硬是有本事把那給擴展成十幾萬字的演講稿，聽得讓人都想衝上去踹他們一腳。

國王不滿的瞥了一眼雲千千，硬生生的收住了剛剛才追溯到亞特蘭提斯黃金時期的神話傳說，不甚高興的哼了一聲：「既然如此，那妳就去尋找亞特蘭提斯失落的權杖吧！」

任務提示聲歡快的跳了出來，提醒雲千千獲得新任務，尋找亞特蘭提斯在幾百年前遷居海底時不小心失落的權杖，任務完成後可獲得亞特蘭提斯榮譽居民綠卡，魚人族友好度 +10，另外附贈深海安息之地一日遊的資格……

雲千千感慨了下，沒什麼誠意的跟國王告辭：「好吧！那我現在就去做任務了。」

「滾吧滾吧！」國王不耐煩的揮手趕人。等人走到大殿門口時，他突然反應過來賭局的事情還木有解決，連忙又把人給叫住：「等一下！亞特蘭提斯城內賭博的事情……」

「陛下，做魚得講道理！」雲千千無奈回頭，像看任性小孩似的看著國王：「您讓我解賭局，並讓我提條件是吧!? 我提了條件，您讓我先做任務才可以是吧!? 所以正常的秩序是這樣的，您得等我做完任務先，然後我進了深海之地，參觀旅遊回來之後，才輪到治理亞特蘭提斯賭博風氣的事情，是吧!?」

國王聽得傻眼，眼睜睜的看著雲千千大搖大擺離開王宮都沒想起來再阻止。他突然覺得自己彷彿又中套了來著……失落的權杖這個任務，本來就是自己為了不讓人家進安息之地，才特意提出來給人為難的。結果這麼繞來繞去之後，自己本來的目的怎麼就在不知不覺中變成了天邊的那浮雲呢!?

那麼說起來，這個水果一天找不到權杖，固然是一天進不了安息之地不說，但作為代價，亞特蘭提斯依舊是逃脫不了將來會被智腦改名為拉斯維加斯的命運嗎!?

「陛下!?」

下面的魚臣們小心翼翼的看著自家國王難看的臉色，為難著不知道在這種時候該說些什麼才好。想了半天之後，終於有一尾學識淵博的魚想起了人類的一句俗語來，於是悲痛勸慰：「陛下，節哀順便……」

「……」剎那間，國王的臉色變得更加難看了起來。

走出王宮大殿，雲千千第一時間聯絡了不知所蹤的九夜，詢問對方的所在。得知對方在王宮中艱難尋找飯廳的慘痛遭遇之後，雲千千默然，第一反應是想不通對方過了這麼好幾天為毛還沒被餓死，第二反應則是想不通亞特蘭提斯號稱警衛重重的王宮侍衛隊為毛到現在都沒發現這號到處遊蕩的人！

要求對方原地不動，組隊，報座標，觀察隊伍小面板……半小時後，雲千千順利與九夜會合，順便不忘給人帶去幾份自己來王宮前在酒樓打包的海味。

「九哥，現在這有個失落權杖的任務先共用給你。我大概知道一些權杖的線索，但具體的詳細位置和任務流程還是半知不解……呃，要不還是等你先吃完了我再給你說吧？」馬的，這人埋下頭就吃東西，連個餘光眼角都懶得賞自己一下，真是太打擊她身為美女的自信了。

九夜淡淡的抬了抬眼皮，進食的速度終於慢了一些，擦擦嘴角平靜簡潔道：「妳說，我聽！」

「……好吧！」

又用了半小時的時間，雲千千詳細的解說了一下九夜失蹤這幾天來自己在亞特蘭提斯的狀況，然後把國王發布的任務也解釋了一下，最後說明自己可以找到和任務有關的位置，但是那裡小怪比較多，雖然自己神功蓋世、英雌無敵，但是雙拳哪敵眾手，再加上一直放雷網的MP值消耗也是很大的……於是如此這般，她就想邀請九夜跨刀助陣，順便也一起完成任務，好獲得亞特蘭提斯的居民綠卡，最最關鍵的是還可以進寶藏岩穴獲得三份寶藏……

雲千千的最後一個字說完，九夜也終於把饑餓度給吃回了零，體力值重新變成表示可以安全行動的綠條，總算是脫離瀕死狀態了。

擦了擦唇邊，九夜站起身來，很順手的把剩下的食物都丟進了自己的空間袋裡，看得雲千千一陣陣的心跳過速，痛苦得幾乎說不出話來——香蕉的！那明明是老娘的東西……

「所以，我們現在就去妳說的那個地方？」淡淡的看了雲千千一眼，九夜用一句簡短的話就概括了對方半個小時的磨磯。

雲千千努力把心痛的視線從九夜腰間的空間袋上收回來，深呼吸一口氣，沉重的點頭：「嗯！馬上出發！」

不管在任何時代和任何故事中，大海總是一片神奇的地方。因為人類對海洋的敬畏，所以充滿了未知性的大海也就在人們的眼中顯得異常的神秘。

雲千千出海探險，為的也就是海底那些神奇的寶藏。

所謂高手，並不是看一個人的實力能比其他人強過多少，而是看這個人能領先其他玩家多少步。比如說第一個收集齊某風騷套裝，比如說第一個擁有躍階武器，再比如說第一個出海尋寶……一步落，步步落，是成為大風潮下流行的跟隨者，還是做一個先驅者帶領流行的大風潮，這就是高手和普通玩家的根本區別。很多人不能理解這樣的定義，錯誤的以為等級才是一切，所以埋頭苦練，結果卻失落的看著其他沒有付出自己這麼大力氣的人輕鬆的超越了自己，於是開始怨天尤人，把自己的埋沒歸咎到了運氣、裝備等等的因素上面去，而這種人唯一沒有考慮的，是自己為什麼就沒有別人那樣探索的勇氣。

別人發現了活動，他只能玩活動；別人摸索出了套裝任務，他只能跟在屁股後面收集。這就是區別，也是落後的真正原因。

探索，永遠是人類前進的動力，不管是現實還是遊戲，始終如此……

唯我獨尊是一個在勢力頭腦的圈子裡顯得比較頭腦簡單的人物，但頭腦簡單的人有一點好，就是做事情的時候不會瞻前顧後。換句話說，唯我獨尊就是這麼一個勇於探索的人。

他不會去考慮做一件事情的付出和回報是否成正比，也很少去研究目前的局勢下該有什麼樣的動作才能獲得更大的發展。此人最大的興趣就是拉著一票兄弟四處冒險，有時候費錢掉級掉裝備，得不償失，有時候卻也總能發現點別人還沒發現的好東西……來來回回的這麼折騰，竟然也被他混成了一方梟雄，在網遊圈子裡算是小有名氣的人物了。

在建立公會的爭奪戰中，唯我獨尊的運氣顯然是不好，前三大建立起來的公會根本就沒他的分，就因為這個，看著以前和自己平級的一葉知秋成了會長，自己卻還是團長，唯我獨尊頓時很鬱悶。

而眼看著第三次主城活動也將召開了，唯我獨尊的脾氣也上來了，直接帶著一票兄弟無視了全創世紀玩家都無比期待的爆令牌活動，直接將目光投向了新地圖的開發上去。

老子是團長又怎麼樣!?兄弟還不照樣是自己的兄弟嗎！老子還不稀罕跟你們搶那幫派令了，反正當會長還是團長都一樣是老大……唯我獨尊氣憤的這麼想著，舉團籌錢，直接帶著興奮的兄弟們去造了艘大船，揚帆出海散心打怪去了。

沒有雲千千那麼風騷的前世記憶，在一片茫茫大海之中，想要順利航行顯然是一個無比艱難的任務。唯我獨尊一進入大海就迷茫了，感覺像是九夜附身，接連幾天都處於無方向感的迷路狀態中。一漂流二漂流三漂流……最後終於倚仗著大船中龐大的容載量，順利在所有食物和清水耗盡之前漂流到了一座荒島上。

遊戲中被餓死的第一人……這名頭可實在是不好聽來著！死裡逃生的唯我獨尊一邊啃著島上摘來的水果，一邊心有餘悸的暗想著。

「老大老大……蜜桃……」一個去荒島探路的屬下驚慌跑回，邊跑邊喊。

「這破島上還有蜜桃!?快拿來！吃了三斤香蕉都快把老子膩死了！」唯我獨尊大喜，把手裡的香蕉一丟，興奮的衝那屬下喊著。

屬下腳下一個踉蹌，險些摔倒在沙灘上。跌跌撞撞的終於跑回唯我獨尊身邊之後，這哥兒們喘了半天的氣才回過神來，連忙把剩下的話給說完整：「不是島上有蜜桃，是蜜桃多多！」

「蜜桃多多!?多了是好事啊，正好兄弟們都可以分到，要是少了還不好分……」唯我獨尊抓抓頭，迷茫了一把。

哥兒們翻了個白眼：「不是多多的蜜桃，是蜜桃多多！那個前陣子被一葉知秋踢出會的娘兒們……對了，九夜你還記得不!?他也在！」

聽到這裡，唯我獨尊總算明白過來是怎麼回事了，倒吸一口冷氣：「你說是那個蜜桃多多和九夜!?」

說蜜桃，蜜桃到！

唯我獨尊剛一喊出人家的名字，雲千千就帶著九夜從跑來那哥兒們出現的方向現身，笑嘻嘻的跟唯我獨尊打招呼客套：「小唯，好久不見啊……」

「請叫我唯我獨尊……不對，關鍵的問題是咱們不熟，別跟我套交情！」唯我獨尊哼了一聲，不怎麼喜歡雲千千這麼自來熟的姑娘。好歹他也是一團之長，那可是有身分的人，不是什麼人都能和自己稱兄道弟來著。

雲千千依舊笑咪咪：「相逢即是有緣，在這個荒島上，大家手裡的資源都有限，能互相幫著一把就幫一把，不然有什麼麻煩的時候怎麼辦!?」

現在在雲千千的眼裡，唯我獨尊等人就是主動送上門來的打手，正好她想清理小怪去荒島中心找任務線索來著，雖然她加上九夜也不是應付不過去，但既然這麼多優質勞動力在這個時候出現了，要不好好利用一下還真是覺得對不起自己。

「做夢！上次他殺我的仇老子還沒報呢！」唯我獨尊怒指九夜。

對於外界給雲千千的評價，唯我獨尊覺得跟自己一毛錢關係都沒有，所以根本也不在乎。唯一不滿的就是自己曾經被九夜的雷給劈死，所謂有仇不報非小人，唯我獨尊幾次想找九夜，結果人家都在野外迷路中，於是這件事才不得不淡化下去……

現在雖說復仇的情緒已經沒以前那麼濃了，但要讓唯我獨尊和九夜和平共處還是有些難度的，怎麼也得讓他把人殺回來一次再說啊。

「這個……」隱藏在幕後的某真凶擦了一把冷汗，為難的勸道：「話說冤家宜解不宜結，九哥上次也是一不小心才傷害了你，既然大家都是大男人，那心胸不妨放廣闊點，就這麼算了吧!?」

大家都是大男人!?目前在場的其他人確實都是男人，但是妳在這湊哪門子的熱鬧!?所有人一起斜眼看雲千千。

雲千千又汗了一把，連忙補充：「我雖然是女人，但也有一顆真男人般寬廣的心……」

「……」

仔細想了想之後，唯我獨尊終於還是沒真的去報仇。畢竟這事情過了太久了，現在才找後帳，唯我獨尊覺得確實是有點說不過去，也顯得自己心胸太狹窄了。人在江湖飄，誰能不挨刀?話說死在自己手裡的玩家也不少，總不能只准自己殺人，不准人殺自己吧!?

當然了，單從唯我獨尊這名字來看，人家那性格也不該是走謙和路線的。

如果說皇朝的團員們覺得自己團長的理由有些扯蛋的話，當看到雲千千一抬手就秒殺大片小怪，九夜萬怪叢中過，片血不沾身，順便還能抬手一刀一個收割小怪經驗的時候，大家也就真正能夠理解唯我獨尊做出這個艱難的決定時，究竟是抱著怎樣複雜的心情了——馬的!這對狗男女的攻擊傷害真是太風騷了……

「我怎麼覺得蜜桃多多這個第十九名的高手比第一名的九夜還風騷!?」唯我獨尊的身邊，一個兄弟抹了把冷汗小聲嘀咕。

「你別光看表面啊!那蜜桃走的是法師路線，本來就擅長群攻，但九夜是近戰，擅長的卻是單體傷害……比如說這些小怪血值是1000點，蜜桃能對所有小怪造成1001點傷害，九夜能對一隻小怪造成

10000點傷害，雖然都是秒殺，但這能是一回事嗎!?」旁邊有個懂行的哥兒們為其解釋：「而且你看蜜桃多多，她的吟唱節奏把握得不錯，但是比起九夜在怪群中來回數次卻一點血都不損的強悍微操和走位，那技巧性的高下優劣是一望即知……」

唯我獨尊在旁邊聽得暗暗點頭，越來越覺得自己心胸寬廣的放棄尋仇是一個明智的決定了，他就想不明白了，一葉知秋怎麼會把這麼兩個強人給踢出自己的公會？難道是腦袋被驢踢過!?

「喂！你們不要在一邊光看著啊我告訴你們！」

這邊正討論得熱火朝天，那邊出力打怪的雲千千不幹了，法杖一轉，直指唯我獨尊等人的方向嚴肅譴責：「讓我們兩個人這麼勢單力薄的群體刷怪給你們清路，你們到底好不好意思啊!?」

「勢單力……」唯我獨尊及其身邊兄弟一起瞪大眼睛語塞，頭上一滴冷汗滑下——妳還敢再無恥一點嗎!?

這座荒島其實是有名字的，雖然它的名字就叫無名之島，但好說也是系統那裡掛號登記過的合法島嶼。

一般看小說多的人都知道，越是叫無名的東西，就越是有其風騷的一面，只是為了顯示其神秘性，所以才這麼欲蓋彌彰的冠上個無名之名，表示任人想像，一切皆有可能。

在前世創世紀發展到鼎盛時期的時候，很多遊戲中所謂的秘密已經被發掘公布出來了，其中有個哥兒們就曾經整理過一本航海日誌，裡面詳細記錄了海外已發現的各島嶼座標及其航行路線，附帶還有島嶼上的地理環境、分布小怪、可掉落物品及特產等等。

無名之島是一個雲千千印象比較深刻的島嶼。這裡的小怪非常之變態，變態之處不在於它強，而在於它永遠比玩家強……

一般某地圖中的小怪被定下等級之後，就一直只會是那個等級，而這座無名之島卻不同，島上小怪的等級會根據登錄島嶼的玩家中的最高等級來刷新，比如說有一個10級的玩家上島，島上的小怪就是15級。而過一會兒後又有個20級的玩家上島了，則小怪們就集體跟著小宇宙爆發，搖身一變為25級。再過一會兒30級的玩家也來了……如此反覆無窮盡也。

唯我獨尊等人不敢參與刷怪的杯具理由就在於，九夜是目前上島玩家中等級最高的，絕對超前風騷的44級……

65・那隻風華絕代的貓頭鷹

唯我獨尊幾個對視幾眼，都很無奈。這不打怪是他們願意的嗎!?大家平均都才40級，讓他們去刷49級的怪也不現實吧!?到時候近戰職業的走位去把怪一牽，還沒等聚攏呢，被小怪不小心撓個幾爪子就得撲街，這還能刷個屁啊！

幾個幾個的慢慢打倒是沒問題，可關鍵是現在有個對比的效果在那裡擺著。人家在怪群裡閒庭信步，刷得酣暢淋漓。自己等人在這裡瞻前顧後，只能幾隻幾隻的慢慢拉怪，還得被揍得鼻青臉腫，靠拚命喝藥死頂……咱好說也是高手來著，可丟不起這個人。

「喂！」雲千千一看吆喝了都沒動靜，頓時不高興了。她還想著拉苦力，結果自己一人成了人家的苦力，唯我獨尊這些人跟大爺似的，這也讓人心裡太不平衡了啊。

「蜜桃大姐，49級的怪怎麼個刷法啊?」唯我獨尊臉皮薄開不了這口，旁邊他那幾個兄弟倒是沒有這顧忌，反正那邊兩個都是排行榜上有名號的高手，自己就算承認了技不如人也不算丟臉。於是如此這般的，有個哥兒們忍不住就發起了牢騷。

「你們一組打三隻總打得下來了吧?這是49級小怪，又不是49級的BOSS。」雲千千一邊甩天雷一邊不客氣的教訓人：「隊伍配合不用本蜜桃教你們了吧!?這麼大的人了，到現在還說不會玩遊戲就真是笑話了！」

「可那也太慢了啊……」發牢騷的哥兒們還是覺得彆扭，關鍵他們不是打不了怪，是打得太艱難，和人一對比之後特不好意思。

「想快!?想快你回新手村刷去啊，那邊的肯定殺得快。」雲千千鄙視了個：「你們這麼站著不動，連刷得慢都不如，合著當兔子滑水蹭經驗要光榮點！」

「……」這話說得太難聽了，在場眾皇朝傭兵團的成員們都覺得有些受刺激。

唯我獨尊頭一個就跳腳了，直接當場點兵，把隊伍一劃，人一分配，拉著自己帶著那四個兄弟，嗷嗷叫喚著就衝上了前去。

「這才對嘛！」雲千千趁機退下，抱著法杖袖手站在旁邊看熱鬧，順便還時不時的給人指導一下：「那玩刀的幾位，你們這樣子是不行的，要打出最大傷害的致命一擊，那肯定就得選要害招呼，一般要害都在眼睛、脖頸、左胸等位置……呃，戰鬥中特意選這些位置確實有點困難，不過還有一招比較方便，可以選小怪腰下的位置，反手拿刀從下往上抬，俗稱撩陰刀……」

唯我獨尊在旁邊聽得冷汗嘩嘩的，不知道該不該喊兄弟們立刻堵上耳朵。話說他也是拿刀的。可是像雲千千說的那一招，唯我獨尊根本是連想都沒想過。招式倒是不難，關鍵是這裡面還有個形象的問題……

奮戰數小時後，一行人終於是一路清理小怪，順利的到達了無名之島中心地帶的一片平整岩石上，此處為無怪區，可以看作是休息調整狀態的歇腳點。

雲千千抬頭看看天色，發現還只是正午，於是手一揮發話：「大家自由活動吧！晚上六點集合！」

「為毛啊!?」唯我獨尊眉一挑，首先就發表了抗議：「既然都已經到這了，還有什麼怪要清就乾脆一鼓作氣殺過去吧！還休息個屁啊！」

得知雲千千是有個海底城市的任務在身上之後，天生好冒險的唯我獨尊立刻就表示了自己也想摻和一腳的意願，而正因為如此，所以身為領任務玩家的雲千千也就成了目前島上所有玩家的臨時領導人。

不過，說是臨時領導人，畢竟大家為的也只是她的任務。要說從心裡服氣那是不可能的。於是，像唯我獨尊這樣不時對雲千千提出質疑或反對意見的情況也就並不奇怪了。

香蕉的！姐姐就知道這個不好對付的要出聲……雲千千斜睨唯我獨尊一眼，無奈嘆氣：「你以為是我想乾坐在這裡等的嗎？關鍵是要做任務得先進副本，而進副本的傳送陣又不是一直都在的，只有每天日月交替的時候才在這片臺子上出現那麼一會兒……精確到時間上的話就是晚上六點和早上六點！還有問題否!?」

「……否。」唯我獨尊黑線了個，搖搖頭。接著收起武器就轉身回去和自己兄弟咬耳朵了。

現在在平臺上的一共有六支隊伍，唯我獨尊的皇朝來了五支出海的隊伍，雲千千和九夜單獨組一隊。按照人頭來說的話，後者的力量實在是有點單薄。如果雙方肯好好合作的話，那倒是沒什麼的了，但如果唯我獨尊一直這樣自我意識過剩，雲千千就不得不提防對方到最後玩無間道的可能性。

所以這麼一分析下來之後，雲千千突然發現其實唯我獨尊也起不到什麼大用，關鍵是一會兒進副本之後，她也不知道將會發生些什麼，別到時候沒死在怪手裡，卻掛在了所謂友軍的刀下，那這買賣可就真是太划不來了……

想了想後，雲千千也跟九夜咬耳朵，九夜遲疑了下才點頭，接著雲千千起身，招呼住正要離開去自由活動的那幫子人道：「大家先等等，我們在這之前先分配一下組隊。」

「組隊!?」唯我獨尊看神經病般看雲千千。這裡除了自己的人就只有她和九夜了。自己的人什麼職業什麼配合早就磨合出來了，沒必要重組，她和九夜都是多出來的，理所當然自己組一隊……除此之外，還需要怎麼分配？

「一會兒進入副本之後，大家可能會被沖散，同組隊伍的人在一起的機率比較高……也就是說，大家現在不要考慮所有人在一起並肩作戰的情況，最好保證各自隊伍中的職業配合默契，即便是在和其他隊伍沖散的情況下也可以自行衝進副本。」

雲千千頓了頓，看了眼唯我獨尊：「貴團目前的隊伍似乎是按職業來分的，戰士一隊、法師一隊、牧師一隊……如果我沒猜錯的話。你應該是為了統一指揮的時候方便吧？可是這樣的隊伍如果被沖散成單獨行動的話，單一職業的組合在副本中根本就沒有存活力！」

唯我獨尊聽得驚了驚：「妳是說，進入副本之後大家可能被沖散!?」自己倒是無所謂了，可其他人也都是自己兄弟，回頭要是誰運氣背點，剛好被單獨沖到了某處怎麼辦!?當然了，他也可以選擇讓實力不夠的人留下，但這樣就有等級歧視的味道，就怕人到時候心裡不舒坦，比死了還難受。

「嗯!所以快組隊吧!」雲千千點頭，接著先組上九夜，再對著唯我獨尊手下那幫無所適從的人喊：「本隊伍高戰高法二缺三了!要一牧師和二打手，先到先組，級高優先……」

玩家做任務刷怪想組隊伍的時候，肯定是挑著級高裝備好或是有經驗的隊伍來，沒人特意給自己找不自在的去找群菜鳥，要知道，這世界不怕神一般的對手，就怕豬一般的隊友。被一個笨蛋給搞得整支隊伍全軍覆沒的慘痛案例實在是太多了，讓人根本不用刻意去找就能聽到一大堆。

雲千千和九夜的戰鬥力大家都看到過，那是絕對的壓倒性實力來著。而論起有經驗的話，人家又是接任務的正主，知道任務裡的相關情報，其他人都是完全的兩眼一摸黑，這根本沒得比。

於是，一聽說人家隊伍招隊友了，其他人先是面面相覷了一下，接著沉默了三秒後，所有人這才像是恍然醒悟一樣，猛的一起一哄而上，紛紛熱情的向雲千千提交了自己的組隊申請。

唯我獨尊一個沒留神，身後的弟兄們十之八九都已經投誠到那邊去了，自己這邊雖然還剩下三兩人堅定不動搖，但那也屬於歪瓜裂棗——自知自己實力與對方相差太多，根本沒有入選希望，所以這才傷心留下的。

大家此刻還沒考慮到什麼敵我不敵我，只知道目前是一起做任務的，那麼既然隊伍要打散重組了，當然要按照各自的實力選擇合適的隊伍，強強聯手才能打出最良好的成績嘛！

所有人都覺得雲千千的隊伍是最為適合自己的，卻根本沒想過自己的實力其實和人家差了很多。綜合以上這些原因，於是造就了唯我獨尊現在這樣尷尬的局面。

香蕉的，這幫兔崽子們是要集體造反不成!?唯我獨尊眼看著雲千千那邊的熱鬧喧譁，再對比自己身邊的寥寥幾人，頓時悲憤了……

十分鐘後，雲千千在一堆申請表中精挑細選，毫不客氣的拉走了唯我獨尊帶出來的第一牧師和兩個裝備最好的戰士。接著帶上欣喜的三人，耀武揚威的到唯我獨尊面前炫耀了一圈，看到人家一口氣上下不得的憋悶表情之後，這才滿意的拉著自己的人，去商量一會兒進副本的事情了。

無名之島的副本傳送陣屬於隧道性質，有點科幻的感覺，玩家踏進之後，將會先後經歷隨機的各系法術技能洗禮、物理傷害的箭陣以及智力闖關。

每撐過一環才可前進一個空間，直到真正進入副本地圖。

大概交代了一下稍後的配合並準備好藥品之後，等到離六點還差五分鐘的時候，雲千千就帶著自己的隊伍率先走到了傳送陣即將出現的入口處，身邊還有唯我獨尊帶著的另外一支隊伍，以及自由組合的三隊人……

實力最差的兩個杯具沒人要，只能委委屈屈的認命，在副本外面等待大家勝利歸來的消息。

「小唯啊，希望咱們兩支隊伍別走散了，你一會兒可千萬撐住啊。」

雲千千殷切叮囑唯我獨尊，順理成章的換來對方憤怒的一瞪：「妳還是關心好妳自己吧！老子的三個兄弟可是交給妳了，別把人帶死了！」

「沒事，三個大哥本領這麼高強，肯定不會有問題的！」雲千千拍別人的胸脯下自己的承諾，玩了招太極，把話題直接轉開，根本沒對三人的生命安全問題做出任何保證。

另外的其他人才不管自己老大和雲千千之間的暗潮洶湧。興奮激動的交談議論，有為其他隊伍裡的朋友加油鼓氣的，有期待一會兒發展的，那兩個被遺留下來的杯具眼淚汪汪不知從哪搬了桶酒出來，到處和人乾杯道別，弄得現場跟送別會一樣。

很快的，六點整到了，巨大的一個光團慢慢顯現，直至將整座平臺淹沒，出現在了等候已久的雲千千等人面前。光團中是一片耀眼，根本看不清裡面的情況，五支準備進入副本的隊伍並排站在光團前，哪怕是一起進去也沒什麼問題。

雲千千在隊伍裡問了下另外三人的準備情況，得到沒問題的答案之後，這才一手牽九夜，一手抬起來準備和唯我獨尊告別。

「哼！」唯我獨尊根本沒心情跟她在這磨磯話別，直接頭也不回的帶著人衝進了光團中。

只留下剛把爪子揚起來的雲千千一臉尷尬：「現在的年輕人真沒耐性，太衝動了。」

「……」

嘆了口氣，雲千千手一招，也朝著光團中衝了進去，身形很快掩沒在耀眼的白光中，不知生死……

「妳好！」

雲千千剛一進入光團，還沒來得及左右看一下自己的隊友有沒有跟上，突然就聽到一個似乎挺友好的聲音在和自己說話。基於禮貌，雲千千連忙收回張望的視線，第一時間應聲回了句好，接著仔細一看，才在自己面前發現一隻貓頭鷹……

「妳好，我是魔法師的信使，負責給你們發放考核的內容，以驗證你們是否有資格進入魔法師的聖地。」貓頭鷹彬彬有禮道。

「……」香蕉的！第一關就是智力關!?

這是一個單獨的房間，四面都是石壁，壁上有浮繪，而整個房間裡，就只有雲千千和貓頭鷹兩個生物，再沒有其他人的存在，包括雲千千牽著的九夜和隊伍裡的另外三人，都消失得無影無蹤。

雲千千黑線了個，表情僵硬的點點頭。貓頭鷹一看這姑娘還挺上道，於是也挺高興，滿意的拍了拍翅膀，從胸口的羽毛裡抽出一卷比牠還大的卷軸展開，戴上眼鏡仔細看了看才接著道：「第一題……」

「等等！」雲千千連忙叫停阻止，面對貓頭鷹不滿的目光解釋了一下：「我是想先知道下，我隊伍裡的那些隊友呢？其他三個我就不說了，有一個可是我牽著進來的耶，這也會弄丟!?」

「這有什麼的！在這裡，一切皆有可能！」貓頭鷹哼了一聲，接著再次展開卷軸：「好了，現在請聽好，第一題……」

「STOP！」雲千千雙手比叉叉叫停，不好意思又道：「可是您大概不知道，我這人就是太有同伴友愛精神了……尤其是其中有三個人還是我受一哥兒們所託要照顧的，萬一他們要是少點什麼零件啥的，我這良心不安哪……」

「關老子屁事！」貓頭鷹用牠那尖嘴衝地上呸了一口，表情憤怒：「我是這一關卡的考官，妳現在要考慮的就是怎樣完成我給你們的考驗，而不是在這裡跟我唧唧歪歪的，萬一惹我不高興了，小心我把你們全部當掉，懂否!?」

「懂！」雲千千點頭，然後在貓頭鷹又要拿起卷軸前再次真誠的開口：「可是我還是想先知道我那些同伴去哪裡了？」

貓頭鷹抓狂，撲騰著翅膀扇得滿天都是羽毛亂飛：「去哪裡了去哪裡了……妳怎麼老是問這些不重要的問題!?先答完題我就告訴妳他們去哪裡了！」

「……如果我不答呢？」雲千千糾結。

「……」不答!?這還真挺難辦的，自己又不能攻擊她……貓頭鷹也糾結。

正當貓頭鷹糾結間，雲千千突然抬手，朝著貓頭鷹身後石壁上一處繪著夢魘像的位置劈下一道雷去。

貓頭鷹全身一顫，驚駭尖叫：「妳想做什麼!?這裡可是智力關，擅自使用武力是要扣分的！」

「智力關!?香蕉的！這裡明明就是法系攻擊的關卡……還是精神幻象攻擊的！」雲千千「切」了一聲，毫不猶豫又是一道雷向著自己剛剛才劈過的位置砸去。

貓頭鷹還想說什麼，卻已經是來不及，徒勞的張著嘴，全身扭曲掙扎了一下，接著就消失在了空氣中。

石壁上被雲千千攻擊的浮繪夢魘對應的也扭曲了一下，接著萎靡的從石壁上爬了出來，虛弱的抬頭瞥了雲千千一眼，忿忿道：「妳怎麼知道我才是這一關的關鍵!?」

「啊!?」雲千千愣了一下，接著抓抓頭，不好意思道：「我從小考試就不愛及格，剛想到自己第一關就遇上了智力題，頓時有感而發的氣憤了那麼一點，根本沒顧及到那是智力題考官，條件反射的就想召雷劈那貓頭鷹，結果系統通知我說攻擊目標不存在……」

至於說為啥劈夢魘不劈其他浮繪？廢話，浮繪裡只有夢魘是精神攻擊類的怪獸，她不劈它劈誰啊！

「……」香蕉的！所以說自己最討厭這樣不愛按牌理出牌的死變態了！

傷心的夢魘淚流滿面，哽咽了一下，轉頭撒蹄淚奔而去。

石室扭曲，幻境整個崩塌。雲千千站在一片虛無的空間裡，四下張望了一下，很快就找到了自己隊伍裡表情茫然的另外四人。

「你們看到啥了？」雲千千興奮的跑過去，挨個詢問四人。自己是智力題，其他人又會是什麼呢？她很好奇。

「蜜桃!?」九夜轉頭看見雲千千時微愣了一下，接著漫不經心道：「沒什麼，就是一群沒穿多少衣服的女人在我面前跳舞……」

「大哥！您拍Demo了嗎!?」另外三人一聽興奮，也沒來得及注意一下現在是個什麼情況，直接圍上了九夜熱情詢問。

「沒拍！」九夜一臉嫌惡：「我最討厭女人！」

「……」三人一愣之後萎靡。

雲千千湊個腦袋上來詫異：「我不是女人!?」這人最討厭女人!?那他為毛還那麼聽自己話啊!?難道說本蜜桃天姿國色，所以才會讓這種性情古怪的男人也拜倒在自己石榴裙下!?

雲千千美孜孜的正想著，九夜瞥她一眼：「在我眼裡妳根本不算女人，妳很、很……」皺眉思索了一會兒後，九夜終於找到一個自我感覺挺恰當的形容詞，舒了一口氣認真總結：「很男人！」

「……」於是雲千千也萎靡了。

過了好一會兒的工夫之後，雲千千才從打擊中重新恢復了過來，仔細詢問了一下另外三人見到的幻境，得出一個共同點——大家在幻境中面對的，肯定都是自己最不擅長應對的局面或東西。

聽完這結論後，另外四人都點頭表示贊同。

隊伍裡的牧師好奇問雲千千：「那妳在幻境裡遇到的是什麼啊？」

雲千千愣了愣，繼而遠目做高手無敵狀：「以本蜜桃的睿智來說，怎麼可能會有不擅長的東西!?所以，這也就是我為什麼能破除幻境的原因……無懼則剛！」

「……那叫無欲則剛！」另外一戰士哥兒們鬱悶道。

「差不多啦！那個，趕緊去下一關吧，別磨蹭了！」雲千千尷尬的乾咳兩聲，不想再接著討論這個話題，於是一揮手，帶著隊伍裡的四人一起衝向了下一關卡。

「臥槽！」一踏進第二關卡，雲千千首先轉眼看了看身邊，接著就忍不住罵出聲了。

「您好！」

熟悉的貓頭鷹，熟悉的石室，熟悉的開場白……唯一與上一關不同的是，這回九夜幾人也在自己身邊，並沒有走失。

雲千千相信，同一種關卡絕對不可能連續出現兩次的，除非是上一關她根本就沒有破除。那麼說，這回難道是真的智力關卡了!?

「您好，我是魔法師的信使，負責給你們發放考核的內容，以驗證你們是否有資格進入魔法師的聖地。」貓頭鷹先生依舊是那麼有禮貌，一隻翅膀擱在胸前，前傾了一下身子和善道。

雲千千沒有答話，盯住對方整整十秒後，終於猶豫著做下了決定，小心翼翼抬手召了個雷出來，照這貓頭鷹腦袋上一劈……

系統提示出現了，不是說什麼攻擊目標不存在，而是對她攻擊考官的行為提出了嚴肅指責……

看著滿頭焦黑的貓頭鷹同學，雲千千在其他隊友疑惑的目光下訕訕收回手來，嘿嘿乾笑：「那個，一時情不自禁……」

貓頭鷹無語半晌，接著張開嘴鉤吐了團黑煙出來，這才無情宣布道：「初始分60分，達到100分通關，答對一題10分，答錯扣10分……因為您攻擊考官，所以扣40分，目前積分20分!達到0分則本關失敗，自動送出傳送陣!」

「……我錯了!」面對隊友們同仇敵愾的譴責目光，雲千千傷心得淚流滿面。

「第一題!」貓頭鷹不管其他人是什麼心情，撲騰著翅膀拍打了幾下，把身上的黑灰都拍掉，這才從胸前取出卷軸，戴上眼鏡認真讀題：「請問，一加一等於幾?」

「二!」雲千千毫不猶豫，九夜點頭表示同意。

另外三人色變，看見貓頭鷹張嘴想說話，連忙一起搖頭大聲否定：「不是二不是二!我們沒說是二!」說完，三人同心協力把雲千千及九夜拉到一邊，語重心長道：「兩位，你們認為智力關卡會出這種明顯放水的簡單問題嗎!?這題目絕對不能想當然的回答，答案一定是更深刻、更複雜、更有內涵的!」

「那你們說是幾?」雲千千無語一個後鬱悶道。

三人湊著腦袋一番嘀咕，不一會兒後出來一哥兒們作為代表回答：「我們認為，一加一應該等於三!因為一個男人加一個女人，可以成功合作生產出一個小孩，所以最後是三!」

「那萬一生的是雙胞胎呢?」雲千千疑惑反問。

「這……」

雖然無法解答雲千千的疑惑，但是最後大家強制投票。三對二，於是決定採取那哥兒們的說法，雲千千和九夜鬱悶退到一邊，看著哥兒們自信滿滿走到貓頭鷹面前，如世外高人般的淡然一笑，沉聲緩道：「答案是……三！」

貓頭鷹沉默半晌，最後終於在大家期待的目光中微笑著點頭，然後在該哥兒們還沒來得及綻放出興奮的笑前，此鷹就推了推眼鏡低下頭去，在卷軸上邊做標記邊滿意的喃喃自語道：「好久沒碰到這麼笨的人了，真好，只要能守住這關的話，獎金抽成又能漲了……」接著做完標記之後才抬起頭來，嚴肅宣布：「回答錯誤，正確答案是二！您的小隊扣10分，目前積分10分！」

「……」

「同伴們！這就是教訓啊！」雲千千悲痛的教育著心虛失落的另外三人：「在本蜜桃的領導下，你們只要堅定不移的跟隨著我的腳步就可以了！切忌不可耍小聰明，這是很不對的行為！……」

貓頭鷹不著痕跡的鄙視了雲千千一個，清清嗓子打斷對方的訓話：「第二題……請問，有一水池，一個管子往池子裡注水，每分鐘能注入XXX，另外一個管子從池子裡放水，每分鐘能放掉YYY，水池的形狀為不規則OOO形，有資料如下……請問，兩個管子同時注水並放水，需要多少分鐘才能灌滿該池……請在三分鐘內作答！」

說完，還丟出一張紙片給雲千千，上書有剛才題目的所有資料。

「蜜桃大姐，上！」三個剛被教訓完一通的皇朝成員們期待看向雲千千，雲千千傻眼。

香蕉的！國內的學者真踏馬的無聊，明知道全世界的水資源都挺缺乏還沒事注水放水玩，修個池子還不好好修成正方形，修得亂七八糟的不是白浪費國家的人力物力嘛……這種笨蛋就該早點抓起來槍斃掉，太踏馬的惹人生氣了！

雲千千忿忿然的在心裡暗罵了半分鐘，可是她再生氣也得答題來著。於是這水果又用了十秒鐘思考，再用了十秒鐘飛出訊息火速聯絡無常，花費半分鐘把資料和題目都轉述完畢……

最後只剩十秒的時候，無常的答案發回，順帶還有句話：「沒事少來煩我，組隊刷玩家中！」

「……」雲千千默然回了一串刪節號回去，關掉通訊器抬頭，淡定的公布答案：「需要六十一分鐘！」

貓頭鷹眼角抽了抽，盯著雲千千看了足有半分鐘。

雲千千平靜回視，一點不見慌亂——看個毛線啊看！老娘這答案可是網警情報精英給的，人家成天和資料打交道，難道還能算錯你個破題不成!?……再說了，反正老娘自己不會算！就算錯了也沒轍……還看!?再看把你烤掉！

「回答正確，加10分！」

經過激烈的眼神對戰之後，貓頭鷹終於無奈的宣布了這一結果。頓時隊伍裡的三人都興奮歡呼了起來，九夜也淡淡的勾了勾唇角。

香蕉的！這妞兒真踏馬的犀利，面對老子的視線居然半點不帶猶豫，依然堅定的堅持自己的答案……難道這真是個深藏不露的高手!?貓頭鷹凜然，突然覺得自己身上的擔子又沉重了起來。

「蜜桃大姐，咱們服妳了，厲害啊！」隊伍裡的牧師同學讚嘆崇拜道。

「一般一般，不過是些不足掛齒的小本事罷了，我還有更厲害的本事你沒見識到……」比如說坑蒙拐騙……

「蜜桃威武！要不妳來我們團混吧，我們幾個兄弟肯定跟老大好好說說，給妳要個隊長啥的。」

「唔……有薪資的話就可以考慮……」

「第三題！」好一會兒後，貓頭鷹終於重新振作，眼中燃起了熊熊鬥志，打斷大家的討論，又唸道：

「請問……」

接下來的題目中，貓頭鷹同學使盡渾身解數，從語言陷阱、心理陷阱到複雜運算、百科百問……各種題目可謂是五花八門，包羅萬象。

但是雲千千身為一代風騷的卑鄙水果一顆，對貓頭鷹的種種算計是根本不怵的。論起給人下套設陷阱，她才是這一行的祖師爺……至於說運算和知識類的題目？無常哥哥這麼厲害的情報精英還在通訊器那邊做後援支援呢，怕個屁啊！

八題之後，隊伍順利積滿100分，貓頭鷹同學失魂落魄的揮翅劃出一道傳送門，連告別的客套話都說不出來了，一副大受打擊的模樣愣愣的讓到了一邊，眼神呆滯，對雲千千所率領的小隊能在後面一題不失的直接刷滿積分而感到震撼。

高手寂寞啊……雲千千蕭瑟的一甩頭，帶著人就要離開，在路過貓頭鷹同學時卻突然被拉住了，對方抬起頭失落道：「是我的知識還不夠淵博嗎!?」

「啊!?」雲千千愣了愣，繼而隔了三秒才嚴肅搖頭：「不！團結就是力量，你的知識不是不夠淵博，而是不善於利用其他人的力量……」

「團結!?其他人!?……」貓頭鷹不自覺的鬆開了翅膀，把人放走，嘴裡喃喃自語的不斷重複著這一句話：「團結就是力量，團結就是力量!?團結……哈哈哈哈！我終於明白了！」

雲千千等人離開。

傳送門消失，該空間裡現在只剩下貓頭鷹若有所悟的喜悅瘋狂大笑。

隔了好一會兒之後，空間突然又是一陣扭曲，新的闖關者產生了，唯我獨尊帶著一隊人茫然出現在此處。

貓頭鷹止住笑聲，彷彿脫胎換骨了一般，臉上重新掛滿了自信的表情，驕傲的飛上前去，一個彈翅召出千隻與自己一般無二的貓頭鷹，接著宣布考題：「您好，我是魔法師的信使，負責……初始分60分，達到100分通關，答對一題加10分，答錯……現在是第一題：請從1000隻貓頭鷹中找出我的真身並陳述判斷理由！」

「……」唯我獨尊白眼一翻，暈了。

雲千千帶人出現在又一個虛無的空間裡，四面八方一片黑暗，看不到盡頭，腳下頭上都是空空如也，除了自己身邊的隊友們，這支小隊的人再也發現不到其他的東西。

「這關又是個什麼說法!?」皇朝三人中有人問道。現在大家已經非常習慣去依靠雲千千過關了，雖然這姑娘做事看起來有些不太靠得住，但不管怎麼說，人家總能有驚無險的度過難關，這就是本事。

「唔……」承載著眾人希望的雲千千應大眾呼聲上前一步，緊盯著虛空摸摸下巴沉吟半晌，良久後才終於在大家期待的目光中臉色凝重道：「老娘知道個屁。」

「……」

正惆悵間，隊伍前方的黑暗盡頭處突然閃現出一點隱約的亮光，轉瞬即逝。但儘管如此，在這片黑暗中也很快被眾人察覺。

大家都知道，在黑暗中看見光亮，那就代表了有出口，雖然說這一點並不是在哪裡都通用。但是就算不是出口，起碼也代表了古怪吧！眼下的情況，要嘛就是大家都待在這裡瞎耗著，要嘛就是找到觸發點離開這個地方……二者選其一，傻子都知道該選哪邊。

於是，小隊眾人頓時精神一振，毫不猶豫向剛才的光亮閃現方向全力奔跑而去。剛跑至一半，突然虛空中出現一白衣男子，手舉一紙條唸道：「恭喜各位跑入箭陣範圍，引發大型範圍技能萬箭齊發……請在陣亡前找出箭陣的中心機關並停止啟動，否則通關失敗！」

「臥槽！」雲千千一個急剎車連忙停下，二話不說轉身就往後跑。

果然，男子話音剛落，雲千千還沒能跑開三步，一片密密麻麻如蝗蟲般的箭雨就從剛才亮點閃現的方向呼嘯而來。按照雲千千的初步估計，這密度的箭雨如果在人身上穿過，被戳成篩子也不是不可能的事情……

皇朝三人反應只稍微慢了一點，現在就已經是正面迎上箭雨的情況，想跑都來不及了。頓時三人都是小臉慘白，一片絕望。

九夜不屑的勾起唇角無聲冷笑，腳下依舊不停，雙手卻已垂下，寒光一閃，兩柄匕首已是乖馴的滑入他的手心……翻轉騰挪，臂伸匕舞，一片銀光閃爍中，當面而來的箭雨已經被九夜盡數或打下或讓過，九夜本人毫髮無損。

另外三人一看，頓時得到啟發，兩個戰士也連忙使出各自的大招和箭雨對擊，牧師則被護在中間開始給眾人加血。局勢終於開始緩解，但三人終究比不上九夜，人家是邊打邊進，他們卻只能被動防守，這中間的差距真要論起來的話，那可不是一般二般的大……

雲千千目瞪口呆的看著箭雨中也依舊滴血不損、如閒庭信步般輕鬆應對的九夜，心裡只感到深深的震撼。

半晌後，她終於忍不住澎湃的心緒，將雙手攏成個喇叭狀，放在唇邊激動高呼：「九哥——」

九夜冷冷的一回頭，形象高大強悍如天神，從隊伍頻道中發來酷酷的五個字：「少廢話，跟上！」

雲千千不聽，依舊激動的把剩下的話給喊完：「不是啊九哥！你衝錯方向了——」

「……」

現在情況就是這麼個情況，小隊中的所有人算下來，唯一有身手和足夠反應能力，可以避開箭雨並同時前進的，就只有九夜，可是人家是路痴，根本沒辦法順利跑到所謂的機關位置去停下箭雨。其次是皇朝三人組合，他們也可以有效防禦箭雨，但唯一的不足就是不好移動位置。雲千千更不用說了，她如果擅長個風、水、土什麼的，也許還可以擋開箭雨，實在不行哪怕是火也可以啊，火燃燒的時候也會產生挺大的熱浪氣流，在這種情況下還算有點用處。可這水果偏偏擅長的就只有無形無力的雷電……

集眾人之力量，大家後來又提出了一個方針，可以讓九夜帶著雲千千，前者在前方應對箭雨，後者跟隨其後糾正前往機關的正確方向……

三分鐘後，眾人在箭陣範圍外準備完畢，試驗開始，可惜剛一踏進箭陣不到十秒鐘，該辦法立刻又宣告失敗……

九夜畢竟只是一個人，就算他的力量再怎麼強大，以目前的等級來說也不可能擁有什麼太過逆天的技能。也就是說，九夜其實無法準確擊落下每一根箭矢。如果只是自己衝刺的話，憑藉著閃避和招式應對，打得下的打，打不下的閃，他倒是可以保證自己不損血。但是請注意，這其中還有個「閃避」……當九夜每一次下意識閃避時，其身後躲藏著的某水果的杯具也就隨之降臨……

「這樣下去不行！」雲千千經過牧師的治療，終於重新恢復滿血，站在箭陣外氣憤填膺握拳：「我們這樣太被動了！」

「嗯嗯！確實太被動了。」剛才在箭陣外圍觀見習的皇朝三人也擦汗，跟著心有餘悸的連連點頭——娘的！這也太刺激了。那個九夜只閃了那麼一瞬，眼前根本沒想到防備的這姑娘立馬被刺成了刺蝟，要不是陣外的牧師見勢不好，第一時間想到了加血，估計三秒鐘不到她就得壯烈了……闖陣有風險，躲藏需謹慎啊！

「我需要個不會亂跑的肉盾！」雲千千握拳又道，目光隨之在另外三人的身上一一掃過。

三人一驚，不約而同的連忙一起低頭，生怕自己會被點名。肉盾耶！這可不是好幹的工作來著，福利低危險性大又沒得買保險去，掛了也是白掛，頂多人家流兩滴眼淚象徵性的緬懷一下自己……馬的！他們還想順利進入副本看看新鮮來著！

「沒一個靠得住的！」一見這情景，雲千千頓時朝地上啐了口，對身邊不遠處的那個白衣男子一指：「你們連個 NPC 都不如！」

白衣男子：「……」關老子屁事！

恨恨的宣洩完自己的不滿之後，雲千千終於舒服多了，想想突然轉移話題：「對了，我從剛才就在想，為什麼這裡會有個 NPC !?」

「很明顯啊，人家是這關的考官，專門來給咱們宣讀規則的！」皇朝三人中有一哥兒們順口答道。

「宣讀……」個屁！雲千千忍了又忍，努力控制自己的情緒不開口直接給人罵過去。好一會兒後，重新順回氣來的雲千千語重心長道：「比如說你在某處設了個陷阱，等著捕殺一支小隊，那麼在這支小隊踏入你的陷阱範圍之後，難不成你還會好心先提醒人家一下，說前方有危險，是一個十分強大的陣勢，請他們趕快找到機關，否則就會有性命之憂!?」

「特意提醒他們？妳以為我笨蛋啊！」那哥兒們白眼了一個鄙視道。

雲千千反鄙視：「那你覺得系統是笨蛋啊!?起碼第一關幻象攻擊的時候就沒人來提醒你們已經在幻境中，要找到設幻境的生物才能通關吧!?既然其他關卡都沒有提示，為毛這一關就有!?」貓頭鷹那不算，人家是出題的，屬於正常編制。

「咦!?」三人一聽，頓時如醍醐灌頂：「這麼一說的話，也對耶……」

於是，包括雲千千在內的小隊五人齊刷刷一起轉頭看白衣男子，白衣男子嘴角抽了抽，全身僵硬，額上冷汗直冒。

「這位帥哥……」雲千千笑得友善，客氣的走上前去勸降對方：「現在你已經無路可走了，痛快的話就老實招了吧，也免得受皮肉之苦……您說呢!?」

白衣男子擦了一把汗，再擦一把汗，嘴唇哆嗦著聲線不穩道：「我、我說!?……不說行不行啊……」

「呵呵……您覺得行不行呢!?」

「……敢情……沒可能!?」

「您真聰明！」雲千千真心稱讚對方，白衣男子淚流滿面。

要說雲千千猜測的其實沒錯，攻擊類的關卡中都有一個BOSS頭目，想要通關這類關卡，一般就是憑實力硬抗下所有攻擊，尋找到通關的憑證或拆除攻擊的機關……這是明面上的通關辦法，就像白衣男子所說的一樣，這支小隊如果能衝過箭陣，尋找到機關並破壞掉的話，那也是可以通關的。

可是還有另外一種更簡單的通關方法，那就是找到主持本關的BOSS，將對方打到半血以下或者是讓其主動投降，也就等於是通過關卡了。前例可參考雲千千在第一關時雷劈夢魘的經驗。

白衣男子身為箭陣關的 BOSS，論起實力來其實也是不差的，可現在最關鍵的問題是，其他人已經有所防範並把他包圍了，再想突發制人似乎已經不大可能。而如果是自己想要憑個人的力量硬抗雲千千小隊的五人，其他人先不說了，單是那個兩把匕首破箭陣的男人就不是他應付得了的。瞧人家剛才匕首耍得那叫一風騷，這要是往自己身上那麼一招呼……

「怎麼樣?想好了沒啊？」白衣男子正在肉顫間，雲千千湊個腦袋上來又追問了一句，順手還把九夜也給招呼了上來，讓人家也跟著幫忙「勸勸」。

「我認輸！」白衣男子一看九夜，頓時沒氣節的舉手認輸，話一說完轉身就跑，半點不帶猶豫的。讓本來還準備一肚子威逼利誘等爛招的雲千千很是鬱悶無語。

「……九哥，您威武！」雲千千算是看出來了，九夜這就是一行走導彈，走到哪兒都是威懾力超強的那種。自己算計人得費盡心思，人家只要一現身動動小指頭就行……

第三關順利通過。

綜合前面已經過了的箭陣關和幻境關，大家總結出了一個規律，在攻擊類的關卡中，直接找到 BOSS 並攻擊對方的效率，絕對比死頂著一波波的範圍攻擊找所謂的機關來得快。

抗著傷害找機關這行為太有危險性了，畢竟大家都有個抗性的高低強弱之分，比如說法師能在烈火中永生，但也很有可能被一個耳光給搧死，這就屬於典型的法防高、物防低的款式。

而要說起打 BOSS 的話，那就是大家都有經驗了，只要是玩過遊戲的人，就不可能說沒有打過 BOSS 的。這一點操作那是輕車熟路、簡單到不能再簡單來著……

本著「大家好才是真的好」這一無私團隊精神，雲千千隊伍裡的皇朝三人在聽完這水果總結的過關經驗，並在接下來的幾關中感受到了其便利性及快捷性之後，立刻第一時間在皇朝傭兵團的頻道中將這一消息發布了出去。頓時另外幾支隊伍中那些正在過關的人都是歡欣鼓舞，十分感謝三人及雲千千的無私奉獻。

得到其他人的感謝，隊伍裡的三人也很是欣慰，隨便交談幾句過關經驗之後，三人正要切斷通訊，跟隨雲千千前往下一關，誰知還沒來得及關頻道，團裡突然傳出來一個怯怯的似乎有點不好意思的聲音：「那個……你們能不能幫忙問下蜜桃多多，問她智力關要怎麼過啊……」

「智力關!?」三人狐疑的對視一眼，一哥兒們沒反應過來，條件反射的開口：「那關挺好過的啊，難道你……」弱智!?

另外兩人眼明腦快身體棒，第一時間趕快把人嘴給捂住了，免得這哥兒們嘴快把人給得罪了，開玩笑呢，這要是那兩個字真說出口的話，估計人家當場就得翻臉——什麼意思呢!?自己說挺好過的，還罵老子弱智，是不是過個破關卡就得意了，故意在咱面前炫耀!?

再說先不論其他的，他們剛才可是聽出來了，問話那哥兒們是老大隊伍裡的戰士，換句話說，沒通過智力關的那支隊伍正是他們老大唯我獨尊親自率領的小隊……

這下好玩了，手下的兄弟通關，老大被卡住了，這怎麼聽著怎麼讓人覺得那麼不自在呢!?……兩哥兒們一邊擦著汗，一邊悄悄把情況跟自己捂著的那位一說，頓時後者也嚇出了一頭冷汗。

「喂！蜜桃小隊裡那三個兄弟還在嗎!?這關到底怎麼過啊!?」頻道裡的人等了半天沒等到對方接下來的話，頓時有些心急了，聲音也不像剛開始那麼小，忍不住就放大了音量。

「在！在的！」

一開始說話的哥兒們連忙答應，另外兩人則跑去跟雲千千申請了個小假，一方面他們一會兒還得指著這大姐幫自己老大過關卡，另外一方面大家現在都有點分心，打BOSS恐怕沒那麼效率，所以想看看能不能減慢點速度……

「唯我獨尊智商不夠!?」

雲千千聽完三人講述後，首先來了這麼一句，頓時讓三人大汗。

「別停了！這是最後一關，馬上就出去了。出去以後咱們再慢慢幫他答題！」

這是雲千千的第二句，三人頓時汗如雨下——他們也是在剛剛聽說了唯我獨尊被困智力關卡之後，這才發現搶了自己老大的風頭是多麼有危險性的一件事。

以後大家閒下來吹牛的時候一說：「我們X年X月X日的時候曾經在無名之島一起闖關，那時候老大連第X關都沒能過去，最風騷的是XX幾個跟的蜜桃小隊，第一名通關……」……接著老大剛好一路過，一聽，感覺很木有面子，轉頭就暗中給三人難看……

越想越覺得鬱悶的三人很是消沉，偏偏又無法阻止雲千千，人家又不是自己團裡的人，憑毛要為你這點小不安而犧牲自己的任務啊！可是如果不阻止的話，日後老大萬一想起來了覺得不舒服，自己三個又該怎麼辦啊!?

糾結鬱悶間，雲千千注意到了三人的為難臉色，於是茫然了個關心問：「苦著臉幹嘛呢？」

三人想了想，把自己心底的不安給如實說出，於是雲千千頓時更茫然了：「那你們不會不說嘛!?」這些人連欺上瞞下的基本技能都不會!?他們到底是怎麼在一個團隊裡混了這麼久的啊!?

「呃……」三人愣了愣，繼而反應過來後，當場鬱悶得就想抽自己兩嘴巴子——是啊！自己幹嘛要把自己通關的事情主動說出去招惹老大不痛快啊！

沒幾分鐘後，雲千千率領的小隊第一個衝進了副本地圖，踏出傳送陣後，雲千千這才轉頭對三人道：「好了，問問唯我獨尊什麼情況！」

三人連忙應聲，重新打開傭兵團頻道，那邊不知道是說了些什麼，三人臉色突然大變，默然十秒後，一哥兒們眼淚花花抬頭，哀怨望雲千千：「最後那題的時限剛過，老大掛回去了……」

「呃……」雲千千汗，大汗。她可不是故意不想幫人家來著，主要是自己也有關卡要過啊，再說了，誰能料到唯我獨尊的小隊能笨到這分上!?

不過話又說回來了，雲千千聽到這樣的消息其實還是挺欣喜的，這表示過任務的時候沒人帶團跟自己搗亂了啊！萬一唯我獨尊要真是跟著通關進來了，回頭碰到失落權杖的時候突然私念一發，把她的任務物品給搶掉怎麼辦!? 防人之心不可無來著……

雲千千想想，臉色凝重安慰三人：「算了！以後有機會再來吧，讓你們老大節哀順便……」

無名之島的這個副本內也是島嶼的礁石地形，看起來就像是島中的一部分，不過四望之下又看不到海，周圍一片白茫茫的，視野範圍非常之有限，雲千千等人出現的傳送陣口屬於安全區，再往前走之後，就遇到了一片沙灘以及沙灘上散步的巨大螃蟹，看那些螃蟹們橫行霸道、悠然自得的模樣，顯然小日子過得挺愜意。

「殺！」雲千千一招手，久經配合、早已培養出默契的九夜立刻手提匕首衝上，在螃蟹群中玩了段飄移，頓時引上一大群的仇恨原路返回。

「天雷地網！」一看九夜回來，雲千千立刻劈下一片雷網，同時鬱悶的發現螃蟹群在被劈下半血之後，居然全都當機立斷的迅速鑽進了沙中，直到雷網閃完，蟹群才重新鑽出，齊齊拋棄九夜，轉而向雲千千一起追來。

草！雲千千二話不說的啟動魅影掉頭就跑，心裡暗罵了一聲，默默無語兩行眼淚——居然還會找掩護了！這些是螃蟹還是螃蟹精啊!?

皇朝三人結束哀怨，兩個戰士連忙站到前面攔截，牧師開始配合加血，順便著急的衝已經跑遠成一個小黑點的雲千千方向喊了聲：「蜜桃大姐！妳別拉著怪亂跑啊，螃蟹都散掉了，我們跟不上……」

「屁話，不跑老娘就掛了！」雲千千忿然低咒，充耳不聞的繼續朝回頭路的方向一陣狂衝，直到跑進了礁石群中才停下，轉身看著自己屁股後面跟著的螃蟹群冷冷陰笑：「香蕉的！有本事你們再鑽!?」說完，又是一片雷網灑下。

螃蟹群這才發現中計，可惜已是無沙可鑽，掙扎數秒無果後，終於被全體劈熟，紅通通的鋪滿在礁石群上，散發出誘人的香味……

連吃了五大隻螃蟹之後，後面跟著的皇朝三人組才終於趕來，雲千千鄙視，這三人竟然能比螃蟹還慢……

「螃、螃蟹!?」三人看著滿地的熟蟹和蟹堆裡坐著的雲千千，都有些瞠目結舌。

「來一個？味道還不錯！」雲千千隨手往地上劃拉了一下就劃拉來幾隻螃蟹，提著蟹腿丟了過去。

三人愣愣的接住，愣愣的張口，啃了三、四口才反應過來現在不是在這裡吃飯的時候，連忙把螃蟹一丟，著急的又開口了：「蜜桃大姐，現在不是吃螃蟹的時候，九夜大哥不見了啊！」

雲千千頓時被噎著，捶了半天胸口才把喉嚨裡的蟹肉給吞了下去，驚愕的看著三人：「又不見了!?」

難怪他們來那麼晚呢，合著剛才是去找失蹤人口了吧!?

「又!?」三人一聽這話都鬱悶了，雖然在前面箭陣已經見識過九夜在方向感上的無力，但是大家都以為那只是因為周圍都是一片黑暗，沒有辨識方向的標誌物，所以才會引起的特殊現象。沒想到的是，人家看來還真是個慣犯，光聽這水果的口氣，彷彿她經歷這事已經不止一次了。

雲千千長嘆一聲，無奈的拉出隊伍頻道，無比熟練的丟出三個經過無數次凝練的片語：「停下，報座標，原地等我！」

九夜的回答同樣很凝練：「座標XXX、XXX！三十米外有50級龍蝦，群攻，水系法術！」

「……」皇朝三人一起無語，內心無比的敬佩這兩人的強大——這得是多少次的配合對話才能培養出來的簡短問答啊！

辨別了一下大概的方向位置，雲千千拉著另外的三人剛要走，突然身後的傳送陣一亮，一隊人從其中跳了出來。

「啊！小A！」雲千千這邊的皇朝人驚喜的揮手。

剛從傳送陣裡出來的人聞言抬頭，看到雲千千的隊伍後同樣興奮的笑開了，邊跑邊喊：「啊！小B！」

「……」雲千千嘴角抽抽看著兩個大男人在自己身邊相見歡，暫時沒決定要不要去打擾對方的久別重逢。最後想想還是算了吧，人家估計進來得也挺不容易的，正是想找人分享自己成就的時候，自己還是體貼點，暫時等等吧……更關鍵的是，這兩邊的都是皇朝人，就算自己有意見估計也沒用，沒準兒人家到時候一生氣，不陪自己去找九夜了……

小A一邊和雲千千隊伍裡的小B高興的閒聊，一邊帶著自己隊伍的人慢慢向雲千千走來，到了雲千千身邊後，小A把視線從自己團兄弟的身上轉開，看了眼雲千千嘆氣：「蜜桃大姐，妳今天可是害死我們老大了！」

「關我屁事啊！」雲千千有點傻眼，唯我獨尊自己在智力關被掛回去了，那只能說明他智商不高，跟她有個毛線的關係啊!?

小A無語了個：「我們過智力關的時候，考官無意中說過是受到妳的啟發才調整了考題。而剛才我也問小B了，他告訴了我一些你們過關的情景，確實沒我們後面這些隊伍那麼難。再而且，似乎妳在離開那關前，有告訴考官要善於利用群眾的力量!?」

「有嗎？」雲千千皺眉，不大記得這些雞毛蒜皮。她每天糊弄的人多了去了，哪有工夫一個個去記受害人來著。

水果隊伍裡的皇朝三人當場大驚：「蜜桃女俠，原來是妳害我們團長落馬的!?」

「沒關係！」雲千千想了想，還是記不起來自己和貓頭鷹到底說過什麼了，於是揮手若無其事道：「你們回頭別跟唯我獨尊說這件事就好了！」

「……」在場的人都有些受刺激，尤其是小A，腮幫子跟抽筋似的抖著——香蕉的！這女人怎麼就能說得這麼自然!?她是不是忘了他們這邊都是唯我獨尊的兄弟啊!?

「算了，這件事就到此為止吧！大家回去什麼都別說！」沉吟良久之後，小A終於還是點了點頭，同意了雲千千的建議。

主要也是這水果的實力和個性讓他不得不有所顧忌。第一，人家是高手，而且目前和一葉知秋有嫌隙，正是容易向自己團靠攏的時候，所謂敵人的敵人就是朋友，在這當口實在是沒必要因為這點「小事」而和她結仇。萬一唯我獨尊真的想不通，非要找人家算這個帳，那不是白白損失了一個戰友嘛！

而第二點更是讓小A決定隱瞞的關鍵，俗話說得好，寧得罪君子莫得罪小人，人家不僅是高手，還是個個性惡劣、卑鄙的高手，和這麼個人鬧翻了實在是太危險。自己團家大業大、有根有基的，正面硬碰硬倒是不怕，但人家孤家寡人也有孤家寡人的優勢，真鬧翻了的話，人家也不用特意來找自己晦氣，只要見到一個皇朝的人就陰死一個，那就已經夠自己團受的了……

「A君肚子真大！」雲千千一聽，高興的稱讚了句。

「……妳是想說大度!?」小A抽搐半天後問。

「差不多啦！」雲千千哈哈乾笑著揮了揮手，轉頭壓低聲音問自己身邊的小B：「這人誰啊？看氣場感覺挺厲害的！」

小B擦擦汗同樣低聲回答：「是我們副團長，平常團裡的大部分決策都是他做的，叫彼岸毒草。」

「……這名字真夠悶騷的。」

「……」

兩隊匯流，身為隊長的雲千千和彼岸毒草親切交流了一番後，決定還是一起行動，這樣可以大大的增強戰力，方便後面的任務……更關鍵的是，人多了以後眼睛也多，九夜再要有走失動靜的時候，提前預警一下的可能性也大了不少。

知道最強戰力走失的消息後，彼岸毒草狠狠的無語了一分鐘，接著抹了把臉，無奈的同意雲千千要先行找人的要求。

兩隊人點檢了一下各自的藥物，恢復好體力，接著就一起朝著九夜目前所在的座標位置走去。

老話說人多力量大，這真是一點沒錯，在小A率領的生力軍加入之後，後面的路程變得簡單。兩隊的近戰職業衝進怪群拉出一堆小怪，接著雲千千和另外兩個法師一起轟炸，基本上根本沒有給小怪們逃跑隱蔽的機會，就已經一次清場。

一小時後，兩支隊伍順利到達龍蝦區，一路無波無折，比起雲千千剛才自己孤軍奮戰時的勞累情景，效率就是一個天上、一個地下。

龍蝦區的小怪和螃蟹區又有不同，後者是近戰物理攻擊型的，有猥瑣屬性，擅長隱蔽作戰。前者比後者更為猥瑣，仗著法系怪可以遠端攻擊的優勢，一看到有人踏入自己的領地，立馬圍攏上一堆來，一起對來人吐口水，而對方只要稍微靠近一些，這些龍蝦就轉身四散逃跑，等隔得遠些了之後轉頭回來繼續吐……

雲千千看著這攻擊方式有些眼熟，想了半天後才想起來是法師們最喜愛的大風箏打法。

風箏打法，顧名思義就是像放風箏一樣，攻擊者始終注意保持著自己和被攻擊目標之間的距離，跟游擊戰似的，玩的就是敵進我跑，敵住我打，敵疲我擾……在對方搆不著自己的前提下，狠狠利用一切可趁之機，將敵人騷擾得欲死欲仙。

「還是只有我們來啊！」看了好一會兒，雲千千也無奈了，帶著另外兩個法師上前，指揮已經拉到小怪的近戰職業們往後跑。

等到追趕近戰們的龍蝦群靠近自己的技能範圍之後，雲千千毫不猶豫抬手舉杖，在海風中如救世主般風騷高喊：「天雷地網——」

媽的！裝模作樣！拉怪的全體近戰職業咬牙暗罵！

艱難的刷過龍蝦區，雲千千等人順利找到迷路兒童九夜同學。

找到人時，該同學正在與一神秘大嬸相談甚歡。要再說準確點的話，是人家拉著九夜說得開心，九夜不敢離開原地，所以只能面無表情被強迫聽著，時不時應個一、兩聲，眼中一派敷衍之色。

在這裡需要特別說明的是，九夜目前的冷淡態度不單單是因為他本身性格的問題，主要是這大嬸長得也太對不起觀眾了。皮膚又黑又粗不說，居然還禿頂，光溜溜的黑腦袋瓜上鼓起兩個大包，五官猙獰扭曲，看上去就跟一個麵團被擠巴起來一樣，更誇張的是，人家手裡還拿個鐵叉，一看就屬於暴力悍婦型……不要說九夜，換了任何一個正常人都很難對這樣的生物表情和善的。

「咦!?想不到這個破副本裡面還有……呃，人!?」雲千千狐疑上前，一拍九夜問：「九哥，這美女是誰啊?你新馬子?」鑑定唯一結果，只知道人家是NPC，不能殺滴。其他毛線索都木有……

大嬸本來還為有旁人打擾自己和九夜說話而不高興，結果一聽雲千千這話頓時欣喜、臉露嬌羞，小女兒般跺了下腳嬌嗔道：「哎呀妹妹，妳真是亂說話，人家還是單身……」

「……」看出來了，您這樣的要是也有男的肯娶，那這世界也太玄幻了。

無視了大嬸，雲千千乾咳一聲在隊伍頻道裡問：「九哥，你不是說你討厭女人嗎？」

「除了胸部大點，其他地方我根本無法感覺到她是個女的。」

「……也對，你是因為不敢亂跑，所以才會被她趁機纏上的吧？」

「嗯。」

「好，那我幫你把她打發掉……嘖！長得那麼有創意其實也不容易來著。」雲千千邊說邊轉身，清了清嗓子，打算和這NPC講講道理，讓對方認清現實和自身條件，別這副尊容就想出來勾搭美男……妳可以把人家當成視力不好的，但妳不能認為人家智商也有問題。有些臉打打馬賽克還能看，可妳這先天條件也差太多了啊……

「夜叉族的都這樣，據她自己說，她還是夜叉族的公主，族內的第一美人……」旁邊九夜不急不緩的慢慢回答了一句。

「你說她誰!?」雲千千猛的把剛張開的嘴又給閉上，詫異又問了句。

「夜叉族公主。」

雲千千愣了愣，手一抓撈出任務面板，仔細的從上到下翻閱了遍，在失落權杖的任務描述中最後一段找到這麼一句——

亞特蘭提斯沉入海底的那天，在經過夜叉族的海域時發生了大規模的戰鬥。失落權杖從此遺失，懷疑被夜叉族掠奪……勇士啊！去拜訪一下神秘的夜叉族，尋回亞特蘭提斯的榮光吧！……

「……」

沉默半分鐘，雲千千收起任務面板，沉吟半晌後凝重抬頭：「異族之間的愛情是需要多麼大的勇氣啊，雖然她醜，但是她很溫柔，關鍵是人家還有錢有地位……九哥，其實我覺得我們不應該這麼打擊一個熱情少女追求真愛的勇氣和決心。並且我個人認為你擇偶的時候實在不用太過挑剔，娶了這夜叉族公主，你就等於是直接入贅上流社會了耶！」

「……直說吧，妳又想到夜叉族去弄什麼好處了!?」

「呃……你別老把別人想那麼壞啊，我只是單純的感動於公主追求真愛的勇氣，所以……」雲千千抓頭尷尬道。

她話還沒完，已經被九夜打斷：「不說我就當場殺了這公主，看夜叉族會不會舉族上來追殺我們!?」

「……失落的權杖懷疑在夜叉族，我想混進去看看。」雲千千淚流滿面……香蕉的！這男人現在怎麼這麼瞭解自己了！

九夜深深的鄙視了雲千千一個，淡淡開口：「記得妳欠我一次。」

眼看雲千千連連點頭，九夜這才轉過頭去，依舊面無表情對根本聽不到隊伍頻道中談話的茫然公主冷冷道：「帶路。我們要去夜叉族！」

「……」所有人都無語了，冷汗刷刷的。

這話說得太囂張了，簡直就比使喚自家奴才客氣不了多少……大哥，雖然說人家看似有追你的企圖，但人家好歹也是公主耶！這種職銜的人一般都是桀驁不遜、高傲凌人、高高在上、高……您就不怕人家翻臉!?

事實證明，九夜還真不怕。夜叉族公主雖然同樣愣了愣，但人家回過神來之後，並沒有像其他人認為的那樣當場惱羞成怒，而是星星眼崇拜看九夜，雙手捂胸做激動狀：「靠！太Man了！」

「……」所有人再次無語……

分水下海，進入空氣罩，到達夜叉族領地……一切流程都是那麼熟悉，讓雲千千有種自己其實是在進亞特蘭提斯的錯覺。不過在看到夜叉族那些長得十分有創意的族人和比亞特蘭提斯簡陋了至少數倍的城市建築之後，雲千千還是很快冷汗著抹去了這一感覺——同樣是生活在海底的兩支種族，怎麼海族之間的差異就這麼大捏!?

彼岸毒草走上前幾步，到雲千千身邊問：「任務的物品就是在這裡?」

「大概吧。」雲千千看他一眼：「不過我建議你還是別輕舉妄動的好，越是窮的人越怕小偷，看他們這點家當，估計日子過得挺艱難的，你小心被人家抓住，讓人當成是想搶他們最後一口糧食的惡徒給就地正法了，到時候死得多冤枉啊……」

彼岸毒草尷尬乾笑兩聲：「我哪會啊……既然是妳的任務，當然是妳來決定究竟要什麼時候動手了!」又隨口瞎扯淡了幾句，直到目送彼岸毒草回到後面的自己隊伍之後，雲千千這才長嘆一個，給九夜發去私聊：「九哥，皇朝的人想動了，我們還是先做好防備吧……呃，九哥!?」

九哥沒空搭理她。人家正皺眉忙著閃過夜叉族公主嬌羞送上的一把小鑰匙吊墜的玩意兒：「九夜哥哥……這是小妹從小戴到大的飾物，很有紀念意義的，你就收下了啦。」

大姐，您這樣說話人家很不舒服了啦……雲千千默然無語抖了抖身上的雞皮疙瘩，滿頭的黑線。得了，看起來那位現在是自身難保，一個不小心，沒準兒清白就得被人奪走，這種情況下人家怕是沒心思管皇朝那點破事了。

「我不管妳和他們誰找任務，反正再不趕快把事情解決的話，我說不準什麼時候就掉頭走人。」果然，在又一次閃過夜叉族公主依偎過來的身子之後，九夜一個閃身竄到雲千千身後，咬牙切齒的壓低聲音放話了。

「要不你乾脆點，跟公主問問失落的權杖在哪裡，拿到東西咱不是就能閃人了嗎!」雲千千想想，確實也不能這麼讓人犧牲色相，小心人到時候狗急跳……呃，反正就是那麼個意思，九夜的耐心底線沒挑戰過，不過看起來就不像是脾氣好的那一款。現在還好說，萬一真把人惹毛了，人家反手一殺公主也就是輕而易舉之事，到時候全海通緝令一下來，自己還找個屁的東西啊！

九夜狠狠皺眉，還沒來得及說什麼，那邊的彼岸毒草已經走上前來了。

「蜜桃，我們想去逛街補給一下藥品，順便看看海底有沒有什麼奇特的道具販賣，隊伍就在這裡解散吧，大家定個時間地點碰頭？」

逛街!?怕是想先下手為強吧！雲千千看眼蕭條得跟貧民區有一拚的街道，也沒戳穿彼岸毒草，點點頭：「好吧。那我和九哥就去王宮坐坐。」

彼岸毒草本來聽了前兩個字就想走，結果一聽後半句，頓時眼前一亮：「你們還要進王宮!?」王宮裡發現失落權杖的機會可比外面大多了，自己要不要考慮厚臉皮跟去看看呢？

「嗯，你們也想去？要不我去跟公主說說？」雲千千試探詢問。

「咳……既然妳都這麼說了，那我們跟去看看也好。」彼岸毒草裝腔作勢。

「……不用勉強的，既然你這麼說了，我也不好意思再讓你耽誤時間啊，還是各走各的吧！」香蕉的！這人得了便宜還賣乖，用不用這麼無恥啊！

「沒關係沒關係……我跟你們去吧！老實說其實我們也十分好奇夜叉族王宮長什麼樣子！」彼岸毒草一看不好，似乎拿架子把人惹毛了，於是連忙改口補救，一副期待殷切的模樣，星星眼看雲千千。

「嗯！好吧。」

雲千千舒坦了，走到公主身邊，把人拉到一邊去壓低聲音道：「我打算到了王宮以後製造妳和九哥獨處的機會，但後面那幫子人有點不識相，他們也硬要跟著進去，恐怕到時候會壞了妳的好事啊，妳看這……」

公主一聽，這還得了!?老娘難得有機會和帥哥單獨相處，馬的就碰上那麼多電燈泡!?於是公主怒、大怒。想也不想的轉頭高喝：「來人啊！」

「公主息怒！」雲千千做惶恐狀，臉色大變連忙拉住公主：「公主，您千萬別生氣啊！」

怎麼回事!?彼岸毒草和其身後的皇朝眾人面面相覷，不知道眼下這唱的是哪一齣。此時公主已經召來幾個夜叉族侍衛，一指彼岸毒草等人下令道：「把這些人給我打出城去！」

彼岸毒草等人一起倒吸冷氣，眼睛瞪得溜圓。

「公主您別生氣，我勸勸他們！」雲千千一臉無奈，連忙搶先跑到彼岸毒草面前壓低聲音道：「公主一聽你們要去王宮就生氣了，我估計她本來是想趁機和九哥交流感情，所以才會嫌咱們不識相來著……要不你們先撤，回頭再進宮？」

「那為什麼妳能進!?」彼岸毒草有些不相信。

「因為我是女的。」雲千千白眼一個後又道：「這世界上有個詞，叫閨中密友……公主可能是想向我傾吐心事，順便請教一下怎麼推倒九哥!?畢竟大家也知道的，少女情懷總是詩嘛，公主第一次追男人，單獨面對九哥時總有點小鹿亂撞、嬌羞難訴、欲語還騷……呃，反正就這麼個意思。」

夜叉族侍衛已經來了。雖然彼岸毒草心中還有許多疑惑未解，但眼下顯然不是長談的機會，於是無奈了一個之後，皇朝人很識時務的撤退，獨留下為他們揮小手絹送行的雲千千還在後面充滿感情的繼續喊著：「各位大爺，以後有空了常來玩兒啊。」

蒼蠅趕走，雲千千滿意，木有人和自己搶任務物品了。公主也滿意，木有人打擾自己和九夜哥哥了。九夜……還是暫時無視此人的好。

雲千千與公主對視微笑中，彼此唇邊都帶著深情而滿足的微笑。許久之後，九夜不耐煩的輕咳了一聲，這才打破了兩個女人之間曖昧的氣氛，及時制止了一個看似百合盛開的故事。

「九夜哥哥……」

公主嬌羞的一回頭，禿頂的駝峰狀黑腦袋一低，剎那間晃花了九夜的眼，讓後者痛苦的別過臉去閉上了眼睛——香蕉的！這任務要是再不完的話，自己真的是快要抓狂了！

九哥，真是委屈你了……雲千千噙著感動的淚花看九夜，眼中寫滿了感同身受的悲傷。

公主含情脈脈的抬起眼皮害羞看九夜，九夜臉上肌肉顫抖，順便冷汗直冒。就在悲劇就要發生的時候，突然一個正義的使者光輝登場了，他的出現，不僅打斷了公主的告白，更拯救了九夜的悲慘命運，及時阻止了一場人間慘劇的發生。

正義使者曰：「公主殿下，各族首領都已經到齊了，國王陛下請您馬上去王宮！」

「……」

所謂的各族首領到齊，其實也就是遊戲中的隱藏種族首領大聚會。各隱藏種族的首領們每隔遊戲時間一年都會隨機選擇一族展開為期三天的聚會，在這段時間裡，只要有玩家找到聚會地點並前去申請，就可以獲得允許進入某種族地圖範圍的資格。

比如說雲千千二人所在的修羅族就屬於半隱蔽地圖之一，在族落周邊的密林外以及密林中都有各種各樣的禁制和小怪、BOSS們攔路。未經允許就擅自闖入的話，還會碰上巡邏的修羅族人們毫不留情的攻擊。所以，想在那裡活動是難上加難。

可是遊戲地圖畢竟是要對玩家開放的，各隱藏種族外面的怪都是難得的高練級區，再加上還有些特產材料道具之類的爆出，所以更是十分吸引人……

遊戲是一個絕對不會把玩家分成三六九等的世界，所以，即使是隱藏種族所屬的地圖，也不代表了只能是那個種族的玩家專享。

於是，首領的聚會，實際上也就是讓玩家們申請隱藏地圖行走及練級權利的機會。

雲千千前世也曾經試圖找出首領聚會的時間及地點去申請一個，結果沒一次成功趕上的，只能是事後才在論壇或創世紀時報上看到玩家爆料公布出來的聚會處，每每把這水果氣得咬牙切齒。

沒想到的是，這一世她不用申請就已經是修羅族的人了，而且還能誤打誤撞的碰上首領聚會的現場……

跟著公主到了王宮正殿，雲千千左右轉轉腦袋，盯住某處眼睛一亮，興奮揮手高喊：「族長老大！族長老大，我們在這裡！」

頓時全場視線一起向角落處坐著的修羅族族長方向聚焦，修羅族族長嘴角抽搐了下，冷冷的別過頭去，對身邊帶來的族人低聲說了句什麼，族人一邊聽一邊點頭，聽完才走到雲千千面前嚴肅道：「族長說了，別逼他把妳抓回族裡去關禁閉！」

「呃……」雲千千噎了噎。

族人說完又轉頭對九夜微微頷首道：「九夜你好，族長也讓我向你轉達句話……」

「什麼？」九夜淡淡問道。

「族長的原話是這樣的……」族人清了清嗓子，學著修羅族族長那張面癱臉冷冷道：「聽說冒險者中間有句俗話，叫近豬者痴，近墨者黑……我情願九夜被人帶得傻一點，也不想看到修羅族裡再多一個沒臉沒皮的禍害……」

「那叫近朱者……呃，那個，我什麼都沒說！大哥您聊，我滾蛋……」剛剛冒頭的雲千千被族人一記冷眼又給瞪了回去。

九夜默默無語看著這一幕，沉吟許久後終於無奈衝族人道：「我知道族長為什麼會對她有這評價了。」

「嗯！」族人欣慰點頭，傳話完畢，就又走回修羅族族長身邊立正去了。

夜叉族公主在旁邊把這一幕從頭看到尾，等修羅族人離開之後，這才湊上前來：「蜜桃，原來妳和九夜哥哥都是修羅族的戰士啊!?」

「是啊，厲害吧！」雲千千得意甩頭。用雷心，就是這麼自信。

「那妳要不要申請我們夜叉族的通行資格呢?只要 20 金就可以了哦！」公主高興的一抓雲千千的小手手，嬌羞看一眼九夜再道：「我們族在海底，練級區比陸地上寬廣得多，從 30 級到 70 級的區域都有，絕對能保證你們的修行速度……現在申請還有買一送一活動，九夜哥哥那份就可以免費了。」

「……」香蕉的！花老娘的錢，免這小白臉的費，妳泡哥哥是不是泡得也太沒誠意了!?雲千千鄙視夜叉族公主一個，根本不想接她這句話。

再說了，就算沒這免費活動，她要申請也不會申請夜叉族來著。看看九夜現在的遭遇就知道了，自己好歹也是貌美如花美少女一隻，萬一自己哪天不小心被個夜叉族男人看上了，來個死纏爛打怎麼辦!?那可是會給她造成心理陰影的……

首領聚會也就是個名頭，並不是真要討論什麼重要大事的，關鍵就是為了給玩家們申請進入隱藏地圖的機會。

要知道，NPC 的世界裡也講究個收支運作來著，其他大種族如人、神、魔、獸人、精靈之類的還好，隱藏種族裡一般就只有小貓兩三隻，不撈點玩家來自己族裡消費的話，那麼大一片地盤的開支維持他們要從哪摳出來!?

落實到玩家頭上的好處當然也有。某族發展得越強，則可以提供給本族玩家的資源也就越多，比如說做任務時更多的經驗及物品獎勵，更多的練級場地，更多樣的藥品提供，更……部族內的基礎建設、部隊軍事開支、部族戰鬥力等等，這些都是和錢錢直接掛鉤的，當然你也可以選擇一隱到底，完全不和外界接觸，但保不齊哪天玩家升到高級了，腦筋一閃，突然想打個隱藏種族玩玩!?

亞特蘭提斯屬於開放主城，找到了的玩家就能進去，隱藏種族可都是隱世的，有玩家進來也得打出去，這樣得斷掉多少財路啊？

於是，首領聚會說白了其實也就是跟公開招聘會差不多的用意，你交錢申請咱們的通行證，咱們就開放地圖讓你自由行動，一個為財、一個為發展，兩相得益，多好的事情啊……

坐在修羅族族長身邊，聽剛才來傳話的修羅族人把這情況一解釋，雲千千才算解開了前世未解的疑惑。她本來一直覺得奇怪，隱藏種族怎麼可能也會有開放地圖的舉動!?合著人家族與族之間、種族與玩家之間，也都是暗潮洶湧，存在著不少危機來著。

「族長老大，可是我還是有一點不明白耶！你們每次聚會都搞得這麼神秘，到底能有幾個玩家剛好找到你們的聚會點？沒人找到這裡，也就表示沒人能申請……既然是為了多招人多發展，那你們乾脆把攤子擺到外面不是更好!?」

這可不是雲千千在危言聳聽，關鍵是前世的經驗教訓就擺在那裡呢！截至到雲千千重生回來為止，申請到了隱藏種族通行證的玩家加起來也不會超過1000人……

修羅族族長看白痴般看了雲千千一眼：「我們也有我們的尊嚴！」

「……」雲千千苦苦思索一分鐘，終於聽明白了修羅族族長話裡的意思。說白了就是要面子嘛！既想招人來，又要玩神秘；既想當X子，又想立牌坊……

知道了雲千千和九夜二人是修羅族的子弟之後，其他首領們臉上的表情頓時叫一失望，他們也是抱著多招人、多收稅的心思才來聚會的，結果沒想到開張來兩個，兩個都是人家樹上的桃子，自己這爪子也真是不好意思伸啊。於是聚會氣氛頓時顯得很沉悶，在座的各族首腦們都心不在焉的品酒閒談，一副百無聊賴狀——罷了！看來這三天還是只能毫無收穫的混過去了……

雲千千壓低聲音湊到修羅族族長耳朵邊：「族長，您老實告訴我，這些首領之間拉人的戰爭到底激不激烈啊？」

「妳問這個做什麼？」修羅族族長淡淡瞥了雲千千一眼，不是很想回答。

「其實事情是這樣的，夜叉族城外還有八個非隱藏種族的玩家，他們本來是跟我一起來這任務的。但是我把他們帶到這裡之後，沒準兒會被其他首領挖走，所以我就想說先問問你們的情況，好確定一下到底要不要拉人……」雲千千賊眉鼠眼道。

九夜淡淡的掃過來一眼，依舊保持著沉默不吭聲。

修羅族族長一看他沒反駁，頓時也知道這水果說的話假不了，於是這回是沉思了好一會兒才開口回答：「競爭激不激烈的不知道，暫時還沒碰到過收到人的情況……但我知道的是，各個部族首領販賣通行證的價碼是不一樣的。而且申請了某一族的通行證後，也就相當於是那一族的外圍勢力，如果做出的貢獻足夠的話，還可以學習到該族的一些特殊技能。當然，這些僅限於部分並不精深的技能，而且這些玩家也享受不到真正的本族玩家的一些福利，比如說無法免費使用演武場、也無法領取部族任務等等……」

「……說白了，申請種族通行證就相當於拜入門派，只是學的技能不多，而且可以合法的同時拜入多派!?」雲千千想了想，給了個比較概括性的解釋。隨後又聯想了一下，發現自己和九夜居然都是屬於有福利的內門弟子範疇，這樣的身分在小說裡可都是精英型的耶！嗯，自己果然厲害……

「門派!?沒聽過！」修羅族族長用兩個片語就回答了雲千千的問題，接著重新閉目養神，不再搭理這水果——得之我幸，不得我命，這水果要真能拉來那八人當然好，拉不來……也就拉不來了吧！浮雲，一切都是浮雲……

為了多找幾個外門跑腿小弟來修羅族打雜，好給自己這個內門精英創造更多的福利，雲千千只猶豫了片刻，就當即給彼岸毒草發去了一個好友申請，等對方通過後，再飛消息去，把這邊的情況跟對方一說，後者半信半疑，但還是表示會過來一趟看個究竟。

至於說彼岸毒草等人如果真在修羅族刷夠貢獻之後，會不會學到什麼厲害技能進而威脅到自己的地位!?別開玩笑了，雲千千前世就知道，玩家們加入隱藏種族全是為了練級地圖的，那個貢獻點想刷夠!?一天在族內隨機刷新十個任務，一個任務加一點貢獻，10000點貢獻才可以兌換一個技能……刷吧！刷到創世紀出第二代了都未必能刷出來！

眼看雲千千心滿意足收起通訊器，九夜掃過來一眼冷哼道：「妳又在打什麼鬼主意？」

「九哥，你心裡能不能陽光點，別老用這麼陰暗的想法來揣摩我的善意!?」雲千千對九夜的說法表示不滿：「我只是好心告訴彼岸毒草這裡可以申請到隱藏種族通行證的事，並沒有說其他任何有誘導意義的話好不好！」

「是嗎!?」九夜對雲千千的反駁表示懷疑。

「那當然！不信你看著，到時候我絕對不會對彼岸毒草說任何關於種族選擇的事情！」雲千千指海發誓……想指天來著，指不著。

「哼！」九夜悶悶的哼了一聲，終於不說話了。

不得不說，雲千千的人品真的很引人懷疑，幾乎是所有和她打過交道的人都公認了這姑娘是黑心爛水果一顆，從來不相信她會有什麼善心大發的時候。不僅是九夜對這姑娘不信任，包括接到了雲千千傳來訊息的彼岸毒草，同樣是對此姑娘表示不信任的。

在來首領聚會現場的路上，彼岸毒草就已經無數次的在腦中揣測過雲千千的用意，結果卻始終不得解。無奈之下，此人也只好決定等到了現場之後看看再說，用自己的眼睛去判斷，看看事情背後到底有什麼不同尋常的隱情。

彼岸毒草帶著人一出現在首腦聚會現場的時候，頓時引發了眾首腦的熱情。八個人耶！足足有八個人耶！這可是開張以來第一筆大單生意來著，雖然還是不能算太多，卻已經代表了一個良好的開始啊！現在是八個，但是自己如果把人成功招攬了過來，讓其體會到自己族的好處並宣傳出去的話，下次就有可能是八十個、八百個、八千……

首腦們越想越激動，雖然還顧著一族之長的矜持，沒有出去做當殿拉客的勾當，但是卻已經把各自身後帶來的族人派出去，熱情的為彼岸毒草一行人介紹起各族的好處及練級區來。

彼岸毒草等人受寵若驚，曾幾何時他們這些玩家能得到這麼多NPC的青睞有加啊!?平常想接個任務的時候人家都跟大爺似的，那個跩勁就不用說了，讓玩家幫他幹活還一副施恩的表情，讓人看了就氣悶……跟現在一對比起來那真是天差地遠。

嗯！不過還是要謹防有詐！雖然那顆水果說的事情看起來是不假了，但這麼多隱藏種族，自己總要細心選個最好的，免得被人帶溝裡了也說不一定……

彼岸毒草想了想，終於在興奮中還保持了一絲冷靜，對身後一個玩家使了個眼色，對方立刻施展潛行，不動聲色的向雲千千那邊悄悄靠近了過去。

修羅族族長眼睛瞇了瞇，略帶狐疑的看了雲千千一眼，不甚明白這姑娘為什麼把人拉來之後又不主動去邀請對方。想了想後，他也對自己身後的族人使了個眼色，示意人家也去宣傳一下。

雲千千眼明腦快身體棒，第一時間抓住該族人，熱情的和人攀談了起來：「大哥，以前我在修羅族練級的時候怎麼沒見過你啊!?你跟族長都是從修羅界過來的，不在咱大陸混吧!?成親了沒啊!?家裡生活條件還好嘛!?有孩子了沒!?孩子讀幾年級啊!?……對了，我和九哥分別是學了族裡的戰技和法技的，最近練著感覺還不錯，就是找不到同系的切磋，您會雷法嘛!?跟我過過招唄!?」

潛行過去的人一聽，頓時大驚啊！

雲千千和九夜的種族都是沒透露出去過的，就算是上過報，當時也只被登了個「種族不詳」，再加上二人在人前時使用的技能系和武器都很單一，所以創世紀裡的玩家們至今還沒發現到兩人都是隱藏種族的人。而在任務的配合中，雲千千和九夜施展出來的技能的高傷害也是有目共睹的，雖然大家從來沒追問過人家的隱私，但不代表大家就不好奇來著。

一聽說雲千千和九夜都是學了修羅族的技能才如此風騷的，頓時皇朝裡潛行過來的那哥兒們感覺熱血沸騰，激動得險些不能自已。他覺得自己是揭露了一個九夜和雲千千身手強悍的大秘密來著……這兩人現在一個是第一高手，一個是第十九高手，分別學習的都是修羅族的近戰技能和法系技能……那換句話是不是說，如果自己等人也加入修羅族，就同樣也能學習到這二人所擁有的風騷技能!?

迅速把這消息發給彼岸毒草，後者當場倒吸一口冷氣，同樣深深的被震撼了，抬頭一看，果然那顆卑鄙的爛水果正死拉著修羅族的人不讓他過來……她肯定是不想讓更多的人加入修羅族，好保住自己強大的秘密！

心思越多的人，通常想事情也就越容易往陰暗面發展！

此時的彼岸毒草也是如此，結合雲千千素行不良的記錄，彼岸毒草越想越覺得自己的判斷是正確的。於是當下不再猶豫，帶著身後的其他玩家，禮貌的拒絕了其他NPC的招攬，在眾NPC遺憾失望的目光中，堅定不移的走向了穩若泰山的修羅族族長。

「你想做什麼!?」雲千千貌似不經意的一回頭，接著尖叫對彼岸毒草質問道。

「您好，我們想申請修羅族的通行證。」彼岸毒草無視一臉警惕的雲千千，逕自向修羅族族長開口要求。

修羅族族長掃了雲千千一眼，眼神意味深長——果然越來越卑鄙了，連心理戰術都學會了……

這樣的會長
遊戲暱稱：一葉知秋
會長都在線上呢，真勤奮！
幾乎是二十四小時呢——
FB上也都在謠傳是宅到足不出戶的宅男呢！
那不就跟我們差不多了？
至少我們還會出來網聚一下。
不一樣好嗎!?我是還會出門花錢修門面的時尚宅。
!!
!!!
誒！本人！

這樣的會長
真的是目前最強的裝備？
真的沒騙你！全伺服器唯一一件！
遊戲暱稱：龍騰
很好！
成交！
你不覺得今天會長特別的……
是啊，比平常強了好幾倍但是——
你們儘管去羨慕我吧！

雖然昂貴，實際上是沒人想穿的乳牛套裝…

彼岸毒草幾人順利申請上工成為修羅族契約工人，預期將在未來為修羅族的經濟繁榮添磚加瓦、做出貢獻。其他幾族的首領對於修羅族那麼快就能挖到外圍弟子而感到羨慕無比，於是再次紛紛上前，也想順便讓這八人在他們的領地也辦份通行證。彼岸毒草對此倒是頗為心動，可是數數腰包裡的銀子，感覺已經快木有錢錢吃飯，於是最後還是只能失望放棄。

把自己等人辦到修羅族領地通行證的事情從傭兵團頻道裡發出去後，唯我獨尊第一時間發來疑問：「可以帶家屬進去嗎？」他也想跟去蹭蹭練級區，外面的大地圖實在不好混，人多怪少的，一個範圍技能放下去，宰十個人，其中九個就是玩家……一隻怪的經驗要用 9 點的 PK 值來換，正常人都知道這買賣肯定是血本無歸的。

彼岸毒草就地把這問題向修羅族族長轉達，得到否定回答，於是再失望回覆唯我獨尊。唯我獨尊頓時抓狂，他想不到自己這沒進成副本之後，居然錯過任務不說，還錯過了可以去特殊練級區混經驗的福利資格……

切斷通訊之後，因為感受到了唯我獨尊的失落，這會兒彼岸毒草的興奮也減弱了不少。回頭再想想，其實自己八人得到這麼個通行證也未必是什麼好事。如果大家都是習慣單打獨鬥的獨行俠也就罷了，有這麼個練級區以後，在那裡閉關個十天半月的，湊足貢獻再把技能一學，自然是拉風無比……

可問題他們不是，現在關鍵的是八人都屬於皇朝編制內成員，雖然說沒有什麼規定一定要參加團內集體活動吧，但是長久以來大家也是習慣了小集體活動的，自己單人去練級似乎有點不大現實。比如說一個習慣了組隊群怪的法師，你讓他自己去單練刷大風箏，那效率絕對和從前不能比。

不組人，自己的效率照樣上不去；組了人，隊友又未必能進新地圖。八人要想隨時都能湊齊現在的編制，彼此間的練級時間是很需要調節的，尤其是彼岸毒草，身為皇朝的副團長，高層幹部人員之一，他如果突然消失的一段時間，那皇朝肯定沒多久就得出現無人決策的混亂局面……

雞肋啊雞肋……想來想去，彼岸毒草覺得自己還是中了雲千千的算計。可惜此時錢已交、證已拿，用句老話來說，那就是生米已經煮成熟飯，後悔也來不及了……

雲千千這幾天總算是找到事情做了，對於燃燒尾狐的預言術，她本來就是好奇得不行，難得各族首領大聚會，失落一族的隱世老頭也出席了，雲千千索性去磨著人家要他幫忙算失落權杖的位置。這叫現成的資源利用。

雲千千拿東西的名字去訊息問過燃燒尾狐，得回答曰無法卜算……但是這個無法卜算的範圍只屬於玩家，如果是NPC的話，技能使用的限制就要少許多了，而且大家都知道，有時NPC的能力其實也就代表了BUG，他的資料未必比玩家強，但他就是能做到許多玩家做不到的事情……

「老族長，今天天氣不錯啊，晚輩……呃，在下……那個，小女子……」

雲千千想謙虛點給人留個好印象，無奈抓頭半天，在一開始的開場白就出現了問題，她實在不知道在西方魔幻背景中對長者採用自謙的稱呼時應該怎麼說，想來想去都是些江湖氣或者說東方味兒很足的稱呼，糾結許久後，該水果終於自暴自棄：「算了！還是說我吧！我就是來看看您有什麼需要幫忙的，幫完您的忙後，作為交換，順便還想請您替我查點東西，您看這買賣能做嘛!?」

失落一族的族長是個老頭，仙風道骨的一派超凡脫俗之世外高人模樣，聽了雲千千的話，他頗有些詫異的睜了睜眼睛：「這不是修羅族的新雷心繼承者嗎!?」說完又頓了頓：「妳的事情難道連你們族長都解決不了!?」

「術業有專攻，我們族長不是沒您這手算命的本事嗎！」雲千千給自己拖了個凳子坐下，笑嘻嘻的說道。

失落一族族長若有所悟的點點頭，捋了一把自己的長白鬍子：「這麼說，妳是想來求我占卜?」

他可不同意雲千千口中所說的算命。算命和占卜是兩碼事，一個東方是文化，一個是西方玄學。雖然在外行人眼裡看來都是同一個性質，同吃著坑蒙拐騙這碗飯，但輪到他們專業人士的頭上，還是更願意把自己所屬的流派給劃分清楚。

雲千千點頭：「老實說，我要找的東西叫失落的權杖，屬於某海族的聖物。聽說幾百年前這族的人在和夜叉族幹架時不小心把自己這聖物弄丟了，而我身為一個品德高尚的新時代接替人，當然是義不容辭的答應了他們來尋找失物……您也不用幫多，只要告訴我這個失落的權杖究竟是落到了夜叉族的哪片地圖附近就可以了。」

「……早聽修羅族族長說他族裡多了個……呃，很特別的族人，今天親眼看見，果然是沒錯。」失落一族族長意味深長的一笑，既不答應，也沒有拒絕，一副淡然自若的樣子，看得雲千千抓心撓肺的著急。

「族長，您到底幫不幫這忙，倒是給句准話啊！」雲千千眼巴巴瞅著失落一族的族長，生怕對方不答應自己。

畢竟光從外表上看的話，這個族長老頭還是一個很有原則性的人物。自己做任務做到拉 NPC 來幫忙了，這就有點投機取巧的性質……如果是她和這 NPC 之間有什麼交情，或者是以前有過往來的話那還好說，可問題是，雲千千在今天之前根本就沒見過這麼個失落一族族長，就算有心讓人家賣個面子，人家又憑什麼搭理她啊！

果然，失落族長略帶埋怨的看了雲千千一眼，似乎是覺得她的要求有些過於唐突了。

雲千千不屈不撓的和失落一族族長對視了一會兒，後者始終沒鬆口，沉默是金。終於，在三分鐘後雲千千放棄了，失望的抓頭：「果然不行啊！」

失落一族族長嘴角抽了抽，強忍著沒說話。雲千千一看，似乎確實沒戲了，於是也只能無奈放棄：「前輩高風亮節，是本蜜桃唐突了，今日之事……呃，反正買賣不成仁義在，就先這麼著吧。拜拜。」

因為心情太過鬱卒，雲千千甚至連恭維馬屁都拍不出來了……

靠！任務線索找不到就找不到了吧，只希望狐狸家這族長別因為自己來求占卜想走捷徑的事情而對自己存有什麼壞印象才好……

老族長眉毛一跳一跳的，眼看雲千千轉身就要走出屋外了，終於忍無可忍的開口怒喝：「站住！」

「哈!?」雲千千驚嚇回頭，看著老族長愣了半天的神，繼而委屈得不行：「怎麼了啊，我沒犯什麼錯啊！雖然一開始咱確實存了投機取巧的心思，但是您沒答應，咱也就沒說什麼了啊……您要是覺得我這行為不對，我回去馬上改了不就得了嘛……」吼什麼吼啊！自己只是預謀犯罪，但是從真實情況來看，頂多也只能算是個犯罪未遂來著……這種不都應該是從輕處理的嘛!? 幹嘛那麼鳥火!? 雲千千很鬱悶。

老族長哆嗦著手指，指著雲千千噎了半天說不出話來，過了好一會兒才終於憋出一句：「妳懂不懂規矩!?」

「啥啊!?」雲千千還在鬱悶，連帶回答都是條件反射、毫無意識的。

「請人占卜！妳不先出價，我怎麼能隨隨便便答應妳！」老族長氣憤填膺，傷心無比，彷彿是在指責雲千千不懂人情世故。

雲千千這回是真被嚇著了。合著人家生氣不是因為自己提的要求過分，而是自己沒先說好處，所以讓人誤會是想空口白牙套好處的!?

其實認真說起來的話，老族長的心情也不是不能理解，現在到處都是有償服務的，既然求到人家占卜了，光憑自己隨便說說幫人家點什麼忙，這代價確實不夠讓人心動的，說來說去還是真金白銀的更實在……

可問題是，這鳥貨不是失落一族族長嗎!?

雲千千抓狂，隱藏種族的一族之長不都該是隱世離居的世外高人嗎?怎麼也會拋頭露面的跑出來，跟擺攤算命的一樣賣籤賣卦!?

吐血三升，雲千千努力穩定好自己的情緒，咬牙問：「……多少錢?」

「我算算。」失落一族的老族長搬出個算盤來敲打了一陣，半分鐘後抬頭：「100金!看在妳是第一次照顧生意的分上，可以給妳打個85折體驗價，如果感覺占卜效果不錯的話，以後歡迎常來照顧生意!」

雲千千再吐血，一條訊息飛給燃燒尾狐：「狐狸啊，如果能跳槽還是跳了吧，你們族的族長太靠不住了，你如果再繼續這麼混下去的話，初步懷疑不排除你以後有墮落進下九流行業的可能……」

「啥!?」燃燒尾狐那邊一整個兒迷茫，短短的一個字回答，充分表明了他的疑惑、不解以及茫然等等情緒。

「……沒啥！」雲千千切斷通訊，想想還是抬頭和老族長討價還價：「再便宜點成嗎？我現在身上沒那麼多錢，前陣子本來就兌換了一筆錢出去，後面好不容易弄了點也都在造船的時候花光了……」

她可不是敷衍，而是這會兒真沒啥錢，一個任務光買線索就去掉85金，這買賣怎麼算都划不來。要知道，她得到寶藏岩穴的進入許可權之後，能開到什麼東西都還沒準兒呢，萬一是三個垃圾，那自己這筆錢不就等於是打水漂了嘛！

「這個……」

「我認識貴族的燃燒尾狐……看在大家都是熟人的分上，再便宜點吧？」

「……好吧！最低83折！跳樓吐血價。」老族長咬牙狠心，一副肉痛的表情。

「不要這樣啦，直接打個38折，我不會介意這數字不吉利的。」

「不行不行！我可是一族的族長，占卜術在族內是排頭一號的，這身價擺這兒了，如果我給妳算太便宜，那其他族人出去給人占卜的時候不更沒賺頭!?82折不二價，再低就別談了！」

「這是友情內部價，回頭我出去給您宣傳，就說我花的還是足足100金，保證不讓您跌價，再便宜點吧！39折!?」

「該是多少就是多少，妳說妳花了100金，回頭我不還得自掏腰包上稅!?8折！」

「……35折！」

「……」老族長沉默一分鐘，接著氣鼓鼓怒瞪雲千千：「喂！妳這太沒誠意了吧！怎麼折扣越加越低!?」

雲千千苦笑了個，索性把自己口袋裡的錢錢全拿了出來往前一推：「跟您交個實底，我現在就只有

41金3銀57銅了……喊高了我也付不起，本來打算您如果再磨磯的話，下次我就要喊35.1折了……」

老族長一看也無奈，想想還是算了吧，蚊子再小也是肉，聊勝於無啊，再說自己做的本來也是無本的買賣……於是沉吟半晌後，老族長湊個頭過來壓低聲音神秘道：「如果妳不要發票、出去以後也不張揚說我給妳占卜過的話，那這買賣咱們就成交，我還可以把零頭給妳去了，如何？」

「零頭？」雲千千疑惑道。

「就是那3銀57銅……」

「……」雲千千吐口血，憋了又憋：「……您真大方！」

「還好還好啦。」老族長謙虛了個：「這樣我就當是友情幫忙，順便賺點私房錢了……不然如果交到族裡公庫的話，這點錢的分成油水連塞個牙縫都不夠。」

「……」

失落一族的族長那是有真本事的，雖然性格有些不可靠，但人家比起燃燒尾狐來，占卜的本事絕對是高竿了不知道多少。不到一分鐘，占卜結果很快出來……

「在夜叉族公主的身上!?」被雲千千再次抓回的迷路兒童九夜驚訝道。

「嗯！老不死就是這麼說的。」還好這老族長還算厚道，沒學其他神婆神棍似的給自己來一大串猜謎似的繞口令。不過這也不排除是自己出價太低，所以人家根本沒心思把答案編寫成詩歌體的緣故。

「夜叉族公主……可是如果我沒記錯的話，她用的是鐵叉吧？」九夜又想了想，還是覺得這答案有些匪夷所思。那個NPC看起來就不像是個會使法杖這麼高貴武器的角色，更何況人家又說是在「身上」……除了夜叉族公主手上的武器，他是真想不起來對方還拿了什麼體形和法杖一樣大小的東西了。

「我也正犯著迷糊呢，難不成失落的權杖就是那根叉子的形狀？記得姓波那小塞東好像也是使叉子的，亞特蘭提斯的魚人族是不是和他有點親族關係？」雲千千抓頭費解中。

「……妳覺得可能嗎!?」九夜鄙視了個。

「……」其實雲千千也覺得自己的這想法挺讓人鄙視的。

先不說「權杖」這種描述的武器是不是可能為叉子狀，就算它真是叉子，海皇波塞東那叉子雖然沒親眼見過，但怎麼也該是神器的外表吧？而夜叉族公主手上那鐵叉又黑又糙，一看就是人在野外燒烤時扒火堆或是叉雞翅用的層級……一個是用來呼風喚雨、稱霸大洋，一個是用來扒灰串肉、趕集地攤上15銅一把……要說這兩者之間能互相扯上什麼關係的話，雲千千頭一個就要去創世紀公司鄙視遊戲美工。

「要不，還是九哥您受累，犧牲點色相去公主那套套話？」雲千千想了想，覺得這事情還得是九夜出馬。

九夜顯然是不喜歡這水果出的餿主意，毫不猶豫一個冷冽的眼刀掃了過來，凍得雲千千差點哆嗦了起來。

怎麼辦？眼下範圍是縮小了沒錯，但自己還是不知道失落的權杖究竟在哪裡啊！難不成還得去找那個老不死的再占卜一次？這能不能占卜出結果來先兩說，關鍵是自己身上的錢錢也不夠了，連1金都湊不出來，別說讓那老不死出來接客做生意，估計連讓人家出來見面的基礎起步價都不夠。

雲千千正頭大間，夜叉族公主又出現了，只見後者手裡端著一盤生魚片，十分殷勤的跑到了九夜身邊示好：「九夜哥哥，這是人家特意讓手下廚師照你說過的方式調理出來的傻細米，你嚐嚐嗎!?」

「傻細米!?」雲千千敲腦袋想了半天，終於反應過來對方說的是沙西米。說白了也就是「生魚片」的日語音譯。隨手接過盤子，雲千千笑嘻嘻道：「這種時候吃什麼米啊，你們倆多聊聊比啥不強！生魚片我端走了，公主妳好好陪陪九哥啊！」

說完，在公主驚喜嬌羞的目光中一個轉身，順便給怒目瞪視自己的九夜投去了一個意有所指的眼色，雲千千這才端著盤子離開。

走到拐角轉身時，雲千千還能隱約聽到身後傳來夜叉族公主越發嬌柔的聲音：「九夜哥哥，我們一起去看珊瑚好嗎？我跟你說，前幾天有一片珊瑚裡還發現了……」

聲音越傳越遠，雲千千長嘆一聲，為九夜默哀了一秒鐘，再伸手從盤子裡拈出一片魚生往嘴裡一丟，一嚼，繼而嫌棄：「呸！還不如炸了好吃……」

在等待九夜回來的過程中，雲千千在夜叉城外又巧遇了彼岸毒草一行人。

不得不說，彼岸毒草實在是很有耐心的一個玩家，儘管已經找了失落權杖一天一夜而未果，但人家的熱情絲毫未損，帶著自己手下的七個人依然堅守在尋寶的崗位上，一邊刷怪的同時，一邊繼續把海底的每一寸土地翻過來細細搜索。

「喲！還找著呢!?」雲千千端著烤魚片一邊吃一邊走過去，隨口打了個招呼。生魚片她實在是吃不慣，乾脆給過了道電，直接弄成烤的了，加上從王宮廚房裡順出來的幾瓶調味料一拌，味道居然還不錯。

彼岸毒草抬頭看雲千千，假笑道：「我們想著沒事做，所以趁這機會順便練級，哪有找東西啊！」

放屁！如果不是找東西，剛才你就應該問我找什麼了，哪能這麼快反駁!?

雲千千也假笑，並不戳穿彼岸毒草，揚了揚手裡的盤子熱情邀請人同吃：「深海烤魚片，絕對原汁原味，要不要來點？」

「……謝了，我們不餓。」彼岸毒草嘴角抽了抽，想想還是走過來試探道：「蜜桃，妳打算什麼時候去找失落的權杖？」

「不急不急，反正這任務又沒有時間限制，公主也說讓我們隨便待多久都可以。這幾天首領還在聚會，我打算過了這陣子再去打聽。」雲千千打著哈哈。

彼岸毒草狐疑的看了雲千千一眼：「是嗎？那等妳開始找的時候記得招呼一聲啊，我們皇朝的人絕對義不容辭幫忙的。」

「呵呵，好的。到時候一定麻煩你們，小草可別嫌我煩啊。」是義不容辭搶東西吧禽獸！幾句沒營養的話說完，雲千千端著烤魚又離開了，轉道去了修羅族族長歇腳的客房，打算借花獻佛，用烤魚賄賂一下自己族的老大。

彼岸毒草在原地目送這水果離開，臉上的表情十分之複雜。

旁邊湊過來一哥兒們開口好奇道：「彼岸哥，這蜜桃如果真發現什麼的話，我估計她到時候也肯定是不會告訴我們的。難不成我們就這麼瞎等著？」

彼岸毒草嘆了口氣：「有什麼辦法!?這本來就是人家的任務，我們根本沒什麼立場搶，你總不能讓我直接開口問她任務有什麼線索提示吧？這個蜜桃也不是傻的，相反還很精明，我們已經在找失落權杖的事，人家肯定早就知道了，大家只是沒撕破臉皮而已……我唯一好奇的是，她既然已經看出來我們在開始找東西了，為什麼還是一點都不緊張？」

「呃……也許人家其實挺緊張來著，只是沒表現出來？」該哥兒們猶豫了下，試著提出假設。

「……就算這樣，她總該有點動作吧？難不成就眼睜睜看著我們把東西找出來拿走？」彼岸毒草默了默，鄙視了那哥兒們一個。

「我們找出來了嗎!?什麼時候的事!?」哥兒們茫然抓頭。

「是假設啊假設！」彼岸毒草黑線。

「哦！」

「……」哦!?哦你香蕉個大西瓜啊！彼岸毒草鬱悶了一會兒，終於扭頭不再和這人說話了……高智商人才的寂寞是無人能懂的，自己一開始怎麼會和這麼個傻蛋搭上話的!?

直到了晚餐時間，各族首領都從各自的房間裡出來，一起聚在飯廳裡用餐的時候，作為王族不得不回來陪客的夜叉族公主不甘不願的帶著九夜一起回來了。

雲千千早已經在修羅族族長身邊坐下，一看九夜出現在飯廳，連忙站起來衝對方招手：「九哥，這邊這邊！」

九夜冷冷的瞪過來一眼，心情不是很好的大踏步走來，往座位上一坐，雲千千立刻湊過去詢問事情進展：「怎麼樣？那公主告訴了你些什麼線索沒？」

「沒！」九夜揚叉狠狠的戳進面前的一個肉丸子裡，從牙縫中迸出一個字來就算是回答。其氣勢之凜冽狠絕，讓雲千千都忍不住下意識的跟著縮了縮脖子。

「那……那你注意看她身上了沒？有沒有什麼疑似失落權杖的東西？」想想還是任務重要，於是沉寂一會兒後，雲千千壯著膽子又問。

「沒！」回答依舊精闢簡短。

「……你失身沒!?」

「沒……靠！」九夜下意識的回答，接著才反應過來不對勁，狠狠的轉過脖子，再次瞪了雲千千一眼。

「還好還好。」雲千千舒了一口氣拍胸脯做安心狀，繼而感動的抓起九夜的小手手：「九哥，雖然是為了任務，但你一定要堅定的守身如玉啊！不然我回去沒法跟七哥、無常哥和小妖他們交代……」

「……」妳還敢再無恥點嗎!?

九夜和雲千千對視了一會兒，良久後，他終於無奈的發現自己和對方的臉皮厚度相差太多了。鬱悶的別回頭去，九夜不想再搭理雲千千了，埋頭於盤前大吃起來。雲千千上下掃視了九夜一圈，突然驚「咦」了一聲：「九哥，你戴的這墜子不就是公主上次想送你那個嗎?定情信物!?」

「噗！咳……」九夜終於還是被嗆，咳嗽了好一會兒後才終於止住，漲得滿臉通紅，狠狠把脖子上掛著的墜子一拽，丟給雲千千：「妳要!?給妳！」

「我……」雲千千剛想調笑幾句，卻在接過墜子的一瞬間愣住。

69．所謂運氣

眾裡尋它千百度是個什麼境界？那是一種乍然的驚喜。讓人如同坐雲霄飛車一般，從失望的谷底瞬間攀上希望的高峰。那是一種會心的愉悅，讓人內心充滿了滿足，如同乾涸的田地得到了甘露的滋潤……但不可否認的是，那同時還是一種不悅的感覺——踏馬的，辛辛苦苦找了那麼久，原來你就藏在老娘旁邊!?混蛋！耍老娘呢是吧！

雲千千現在就很想罵人，在接過墜子的同時，系統歡快的提醒她任務完成了。隨之一個鑑定術往手上類似破鑰匙的墜子上拍去時，這水果眼前就出現了一行讓她想暈的屬性顯示：失落的權杖，亞特蘭提斯的精神瑰寶，魚人族驕傲的象徵，蘊涵了魚人族強大力量的源泉……

失落的權杖為毛會是這麼小一根啊!?難道幾百年前的亞特蘭提斯族人們都還沒進化完全，只有金魚的體型!?

「……九哥，」雲千千靜默許久之後，終於抑制不住哀傷的拖著哭腔開口：「你為什麼不早點接受那公主的定情信物啊……」香蕉的！自己的青春就在水裡白泡了這麼整整一天，當初一下海的時候人家明明就有把東西送出來的意思了，這死人偏偏矜持得很，害自己到現在才發現失落的權杖竟然是這麼個破鑰匙。

「什麼情況!?」九夜也發現了雲千千的精神狀態有些不大對勁，皺眉停下叉箸問道。

雲千千默默無語淚雙行，把手中的墜子遞出去，展示鑑定屬性給九夜共賞。於是後者在一愣之後，也順理成章的無語了……草泥馬！

主座上的夜叉族公主拉著自己父王嬌羞的說話，不時還向九夜的方向指點一下，似乎是在傾訴自己的小女兒心事。夜叉族國王微笑著聽，時不時還微微頷首，就在這時，雲千千和九夜一起捧著失落的權杖溝通討論，國王晃眼瞥了一下兩人手中的權杖，剛要將視線轉開，卻突然定住了……那個飾物，不是應該在自己女兒手中的才對嗎!?

在反應過來後的下一個瞬間，國王突然猛的自主座上驚愕起身，嘴張得大大的，伸手指著雲千千手中的小墜子，半天說不出話來。

「父王!?」夜叉族公主拉了拉自己老爹的衣服，一臉的疑惑。

雲千千感覺氣氛似乎有些不對勁，抬眼一看，頓時腦中警鈴大作。這國王的表情是啥意思!?東西是您親閨女親手送出來的，您該不會臉皮厚到想反悔把它拿回去吧!?

「那個墜子……」雲千千預感成真，夜叉族國王果然還是不顧面子的當場開口了，一臉憤怒質問的表情，看起來很是震撼。

「公主不好啦！」雲千千一聽對方那口氣，哪還敢讓人把話給說完啊，直接急得二話不說，扯起嗓子就召喚救兵了：「妳老爹要棒打鴛鴦，把妳給九哥的定情信物強索回去啦！」

在場的各族首領暈倒一片，夜叉族公主關心則亂，居然頓時把這話當真了，著急的抓著夜叉族國王的衣服就不放手：「父王！您不會是真想要阻止女兒的幸福吧!?」

夜叉族國王白眼一翻，也想暈倒，但是他眼中看到的那個東西實在是太重要了。夜叉族國王知道，今天自己如果真要就這麼暈過去了，失落權杖恐怕從此就跟夜叉族毛關係都沒有了，不能暈、自己一定一定要堅持住！

「妳手上的那個東西是哪裡來的!?」夜叉族國王努力克制住自己的情緒，一臉想要把雲千千給生吃了似的猙獰，壓低聲音咬牙問道。

「關你毛事。」雲千千呸了一聲鄙視的說道：「反正九哥沒偷沒搶的，接受人家送的一番心意也犯法了!?」

夜叉族公主連忙附和：「對啊父王，您別誤會，那是我送給九夜哥哥的禮物，並不是他們從我身上偷搶的……」她還以為父王神色大變只是因為誤會了九夜，卻不知道他實際上真正在乎的是那把小鑰匙。

這跟怎麼來的沒有關係，關鍵是那東西……

國王試圖和自己閨女講道理，結果話剛到一半就被雲千千無恥打斷：「東西怎麼了!?那是公主從小戴到大的，十分有象徵紀念的意義，公主之所以選擇把這東西送給九哥，為的也就是這麼個特殊性……你就是當爹的也不興阻止自己女兒追求幸福啊，真太不像話了。」

夜叉族國王白眼了個：「妳閉嘴！」他不想和這爛水果爭辯，最好的辦法就是直接不搭理對方，讓她滾蛋。

雲千千更有個性。國王不搭理她，她就直接拉著九夜去找了正主公主，小鑰匙一遞，正義凜然道：「公主，強扭的瓜不甜，咱也不稀罕妳這麼個墜子，就是這事情做得太過分了……現在其他都不說了，就兩條路，一是妳收回墜子，我和九哥立馬消失，當是從來沒來過你們夜叉族。二是妳不把墜子收回去，看在妳一片誠心的分上，我和九哥可以當是沒聽到今天妳爹說的那一番話……您自己看著辦吧！」

香蕉的！就算妳選了第一選項也不怕——跑得了和尚跑不了廟，跑得了權杖跑不了公主……反正咱已經知道失落的權杖是個什麼東西和在誰的身上了，想拿回來也就是輕而易舉的事情……

選哪邊是根本不用考慮的，夜叉族公主好不容易才讓九夜收下了她的小墜子，這會兒又哪會要收回來？再說了，人家都已經把問題上升到人格尊嚴的角度了，夜叉族公主除非是想把九夜給得罪死，從此一拍兩散，老死不相往來，不然就絕無可能讓事情惡化。

「這墜子既然我送出去了，那就已經是九夜哥哥的東西，我們夜叉族說話算話！你們放心，即便是父王想要搶回那東西，也一定得踩著我的屍體過去！」果然，雲千千話一出口，夜叉族公主立刻毫不猶豫的選擇了第二，壯烈如革命女戰士一名。

「我踩……」夜叉族國王手扶王座。頭上冷汗頓時刷刷的，內心感受那叫一五雷轟頂，他覺得自己眼前就是一片黑暗來著。

果然養女兒沒用啊！

失落權杖之歸屬事件就這麼有驚無險的過去了。夜叉族國王雖然頑強的試圖掙扎，結果卻終究還是敗在了自己女兒的強勢堅持之下。還有更關鍵的一點就是，失落權杖畢竟是他們從亞特蘭提斯的魚人一族那裡掠奪來的，來路不正不說，方方面面的牽扯和關係還都很重大，所以這樣的東西，國王根本就不敢在各族首領的面前詳細說明介紹。

而國王語焉不詳的結果就是，所有人都沒聽懂那破墜子到底是個什麼稀罕東西，唯二心知肚明的雲千千和九夜又不可能自己主動說出去，於是國王的杯具和憋悶就是因此而來。

宴罷飯後，當夜叉族國王隨便找了個理由把自己女兒給打發滾蛋幹活去，接著就想要派人去把雲千千和九夜給帶來，想要設法弄回失落的權杖時，被派出去帶人的夜叉族人就給他送回了一個不好的消息——雲千千和九夜已經離開這片副本了……

直接用傳送石回到了自己的海船，再從船上下海，潛水游入亞特蘭提斯的城市。再度見到了魚人族國王之後，雲千千第一時間就奉上了自己手裡的失落權杖，順便好奇的等著看魚人族國王打算怎麼使用這把超小型號的袖珍小墜子。

沒想到的是，魚人族國王接過失落的權杖之後，並沒有馬上宣布雲千千的任務完成並發放獎勵，更沒有使用這件法器。而是第一時間把那小墜子拿在手中翻來覆去的查看並驗證真假。

「喂！用不用看那麼久啊!?」眼看魚人族國王把那小墜子放在放大鏡底下左看右看，摩挲著研究手感，觀察每一條細節花紋……甚至後來還上牙咬了咬，似乎在確定材質的堅硬和柔韌度……於是，雲千千終於黑線，忍不住張口就抱怨了這麼一句。

魚人族國王不好意思的紅了紅臉：「對不起，主要是這東西遺失得太久了，我一時半會兒的也不是很能確定真偽……」還有一個原因是首領沒好意思說的，他之所以檢查那麼久的另一個關鍵，主要也是因為把東西帶回來的這個水果太沒信用度了，以假亂真。再或者拆掉失落權杖上最重要最值錢的那些法陣和晶石，只把一個主架的任務品還回來……這些都不是這水果幹不出來的事情。

於是，既然是她經手過的任務物品，魚人族國王自然就得認真仔細的檢查，以免日後發生什麼追悔莫及的事情……

在招手喚進來了一支龐大的審鑑團隊，數十位專家輪流對失落權杖進行完了評鑑和審核，一致同意這應該是真貨，並為其發放認證之後，魚人族國王這才放心的把失落權杖收了起來，長舒一口，對一邊早已經鬱悶得不想說話的雲千千呵呵笑道：「這次真是多謝你們了……相信閣下也一定看出來了，這確實是失落的權杖沒錯，但是令魚悲痛的是，它居然被人封印了，在我們亞特蘭提斯的魚人族中，目前還沒有魚可以解開這把失落權杖的詛咒並使用它。遠道而來的勇士啊……」

「慢著！」雲千千一聽感覺似乎不對勁，於是連忙打斷魚人族國王道：「一碼歸一碼，你先把上一個任務的獎勵發下來，接下來我們再慢慢商量要不要接下個任務的事情。」

魚人族國王尷尬了個，想了想後，以棒棒糖勾引小蘿莉的口氣勸誘雲千千道：「這是任務鏈啊！如果說妳要現在就拿獎勵的話，也就等於是把任務環節給斷掉了……而如果繼續做下去，最後的獎勵可是很豐厚的喲！」

「那就可惜了，看來我只能選擇把接下來的任務環節給斷掉……不用再說了，你還是現在把答應過我的任務獎勵給我吧！」百鳥在林不如一鳥在手……任務鏈!?最終的豐厚獎勵!?說得倒是挺吸引人的。但是那所謂的豐厚獎勵究竟是什麼還不知道呢，也許比現在好，也許比現在差……再說了，萬一做到一半的時候任務失敗怎麼辦？是按上一環節已完成的部分計算獎勵？還是直接雞飛蛋打，所有前面下過的工夫都被浮雲掉？

雲千千是個意志堅定的人，是個純粹的人，她從來都清楚的知道自己想要的究竟是什麼，很少為外界的誘惑而動心。當然了，從另外一個角度上來看，也可以認為是這姑娘現實重利……只是一句空話，沒有明明白白放到眼前的東西，根本就沒辦法打動她。

想紅口白牙，空手套白狼!?這種勾當她幹得多了，根本輪不到其他人在自己面前賣弄……至於說九夜的意見？反正任務也不是他的，所以九夜對雲千千的所有意見都沒意見……

魚人族國王被這個反常理的水果弄得很無奈，在他的判斷中，一般人如果知道了後面還有更大的利益之後，那是很少會繼續糾結於眼前的。除非是鼠目寸光的那種人，才會為一點小油水斤斤計較的，好像生怕自己會吃了一點虧似的。

雲千千確實是個市儈的人沒錯，但魚人族國王其實還是挺看得起人家的，他覺得這水果應該不會是目光這麼短淺的人才對啊！……於是，在不解和意外之餘，這個首領的反應就顯得傻了那麼一點，他驚訝的脫口問道：「為什麼呀！」

雲千千翻一白眼，耐心的和人解釋道：「關鍵這裡有個信用的問題……如果你要一開始就說這是個任務鏈，那我接也就接了。可問題是，一開始這只是一個尋失物的任務，我找回來之後你又不認帳，還想讓我繼續給你們去解封印……先不說其他的，最起碼你出爾反爾這一點是沒錯了的吧!?……我從以前開始就不愛和你這種魚做生意，太沒信用度了，說話整個兒就跟放屁一樣……」

雲千千這話說得很是打擊人，最起碼魚人族國王覺得自己是受到傷害了的。其實他也沒那麼卑劣來著吧?人家只是想說一事不煩二主，既然東西是您找回來的，那麼解開封印詛咒的事情您也一併做了不行嗎？

當然了，這其中也有些魚人族國王找不到其他人接任務，只能這樣不得已而為之的因素在裡面，但不管怎麼說，他覺得自己其實還是挺善良的一條魚，根本沒那水果口中描述的那麼卑劣吧！

「其實我這真不是故意算計你們……」魚人族國王想了半天，覺得還是應該解釋一下，於是掙扎著說道：「失落的權杖能否解開封印，這直接關係到亞特蘭提斯的魚人一族能不能恢復到以前的力量，更何況，夜叉族的人在失落權杖丟失後肯定不會善罷甘休，他們也許在近期內就會挑起和我們亞特蘭提斯之間的戰爭……現在已經是刻不容緩的時候了，你們覺得呢？」

「呵呵……」雲千千羞澀一笑不發表任何意見。

魚人族國王頓時心碎了，感覺像是被人丟下萬丈冰窟一樣的絕望，不僅絕望，還空虛寂寞冷……難道自己的艱難和不易真的是無法被別人所理解的嗎!?

「罷了罷了，這是你們兩個的亞特蘭提斯居民身分證……這是進入深海安息之地的礁牌，上面附有魚人的辨識靈氣，在啟動之後可以維持24小時，也就是說，你們在這24小時內必須儘早挑出自己想要打開的寶箱，否則安息之地的英靈們就會把你們當成是沒有許可而擅入那裡的人……」

魚人族國王都快萬念俱灰了，他此時已經不再想讓雲千千去做接下來的封印任務，所以也就十分乾脆的把尋找失落權杖的獎勵給發放了下來……合著他身為一族之首，總不能真的昧下人家的獎勵，好讓人逮著自己的把柄到處宣傳吧!?這要是換個其他人的話還好，關鍵眼下這位還是一個沒口德的黑心爛水果……

「謝了！」雲千千喜孜孜接過自己的礁牌和身分證，翻看打量了一番，瞧完新鮮之後才收了起來，轉身就要離開。

「對了！」剛要走出大門，雲千千突然像想起什麼似的又轉過身來，友好的對魚人族國王道：「關於你說到的夜叉族的事情，我雖然暫時沒時間去接解除詛咒的任務，但是我們可以接遊說夜叉族的任務哦！你們是要爭取到一個月的緩衝時間是吧!?」

她記得前世有這麼個遊說任務來著。老實說，不管有沒有人遊說，最後夜叉族公主都不會真的把亞特蘭提斯老巢給打下來，這一點雲千千知道，前世人家也打了大半年來著，除了試探交鋒以外還是試探交鋒，根本就沒有大型戰鬥。

也就是今天這個族的偷襲了那個族前營，殺掉幾百NPC後返回；明天那個族的又奇襲了這個族的後勤補給線，殺掉幾百NPC後返回……兩邊你來我往的，誰都不會真的對另外一邊的敵人造成什麼毀滅性打擊。從另外一個角度來說，人家這仗打得其實還是很和諧也很有默契的……

「對啊！可以派人去遊說夜叉族，為我族爭取到緩衝時間啊！」魚人族國王被雲千千給提醒得眼前一亮，臉上也終於浮現出了一絲喜悅的表情。但是隨之而來的又是新的疑惑：「妳有時間去遊說夜叉族，反倒沒時間去解除封印!?」

封印已知一定是夜叉族搗的鬼了，只要去找到詛咒源頭並解決掉就好，這就好比是一刀恩仇，頂多殺兩個BOSS就能解決的事。而遊說任務就像是牛皮糖，大家都知道，想說服人家改變自己的想法也是不容易的一件事，你得軟磨硬泡的死纏著人家才行，正常情況下，這就不是短短幾天的工夫可以拿得下來的……

「我有我的法子，這你就別管了……遊說夜叉族也就是輕而易舉的事情。要是現任夜叉族國王翹了辮子，他閨女接任女王的話，沒準兒我連兩族永久和平協議都能給你簽來。」雲千千拍胸脯放話，魚人族國王將信將疑。

在這段對話中唯一顯得心情不好的就只有九夜，他覺得自己真是不應該陪這水果出海來著，如果他一開始就沒有來，那也不至於淪落到這麼一個傷心的地方啊！

夜叉族公主不愧是雲千千所見的NPC中痴心第一人，雲千千根本什麼都不用說，直接一個人去見了夜叉族公主，帶了封九夜親寫的勸和書，就讓公主立刻對自己另眼相待。

接著，公主接過九夜的親筆書信，一遍又一遍的反反覆覆看著，久久都未說話，弄得雲千千都有些忐忑了起來。

因為怕九夜寫了什麼不該寫的話而惹公主生氣，雲千千不放心之下，終於忍不住探出個腦袋去，想看看那封信紙上究竟有些什麼內容值得公主看了這麼久!?

結果這麼一看之下，雲千千險些吐血。

人家九夜確實沒多寫什麼不該寫的話，再說得準確點，人家甚至連很多該寫的都沒寫……整封信紙上從頭到尾就只有十個大字——「一個月內不准動兵！」……還有另外兩個字是落款。

香蕉的！這是寫勸和書，不是簽發軍令，那傢伙該不會是故意想害死來送信的自己吧!?……雲千千深深的感到了不安。

就在這時，公主也終於從信件前抬起頭來，她滿足的長長嘆息道：「能見到九夜哥哥的字，我真是感到很高興……妳回去吧！我答應你們，一個月內絕對不向亞特蘭提斯發兵！」

「呃……」居然真成了!?這難道就是傳說中的「愛情」!?雲千千看公主的眼神已經猶如在看一白痴……

不費吹灰之力領到遊說任務的獎勵，魚人族國王對雲千千如此高效率的完成這麼麻煩的任務而感到讚嘆不已。雲千千倒是真不好意思居功，這件事從頭到尾都是九夜的功勞，包括前面拿回失落權杖的任務亦然。如果硬要說她在其中出了什麼力的話，雲千千覺得自己就是動了動嘴皮子，糊弄了彼岸毒草順便再擠對了一把夜叉族國王而已，除此之外，她還真沒爭取到其他的什麼露面機會。

向魚人族國王告別，前往寶藏岩穴的途中，順便接獲彼岸毒草發來的訊息一條，其訊息中曰：「蜜桃，我在夜叉族發現了一個挺神秘的地方，是一個海底洞穴，裡面充滿了光亮，不知道是什麼物質引起的……我初步懷疑這裡面應該和失落權杖有點什麼關係，妳要不要來看看？」

雲千千略一尋思，立刻想起了符合彼岸毒草話中描述的那個洞穴——螺角之詠嘆……裡面淨是精神攻擊類的小怪，還有一隻厲害的精神攻擊類BOSS，擁有混亂、迷惑、封詛等等特技。最噁心的是，這麼難打的NPC

怪群類型，其副本通關之後的獎勵居然少得可憐，只有一冊海世界發展起源的歷史文本小冊。

在以前的遊戲初期時，很多玩家誤以為這是什麼大任務的前篇序幕，因此在得到小冊之後仔細閱讀並研究了許久，因此浪費了不少的時間。直到許久之後，才有人接到了一個編纂創世紀大陸歷史的任務，要求搜集散落在各地的文本，憑整套歷史文本，可兌換經驗及金錢若干……至此時，這個文本冊的用途才總算是大白於天下……

聽彼岸毒草說他找到了這麼個地方，雲千千當時就樂了，她也是到現在才想起來，對方等人還不知道自己和九夜已經不在夜叉族裡的事情：「小草兄厲害，可是我和九哥現在還有其他事，暫時就不去了。」

「其他事!?」彼岸毒草詫異了下，接著找出一個挺合理的答案：「對了，夜叉族前幾天好像對外用兵，派公主帶了人討伐玩家……你們該不會是好運的剛好被選成征討軍隊裡的士兵了吧!?」

「這個……說來就話長了，總之我和九哥現在去不了你說的那個洞穴，所以只有麻煩你們自己去看看了。」

雖然覺得對方的口氣有些蹊蹺，似乎有點隔岸觀火甚至是幸災樂禍的情緒在裡面，但彼岸毒草想了想，那顆水果最近幾天的行動都是被自己看在眼裡的，對方就算是想搗鬼，也應該沒有那個機會和作案時間才對……機不可失，時不再來，那爛水果沒空，這次的好處就自己一個人獨享了。

本來就只是做個樣子通知一下的彼岸毒草越想越覺得機會難得，於是終於應下，爽快的點頭：「好！如果說發現什麼古怪的話，我一定會第一時間通知妳的！」

「好啊好啊！小草兄慢走啊，一路順風。」雲千千同樣興奮的回道，比起彼岸毒草更要熱情了不少。

螺角之詠嘆耶！這個副本至少夠彼岸毒草他們刷上半個月的吧，這段時間裡，自己應該夠時間把任務剩下的尾巴都給解決，順便把船開回大陸的西華城去吧！雲千千暗暗思忖著，完全沒有剛算計完人的那種愧疚感。

女人嘛！有時候就該對別人狠點……

寶藏岩穴是一個設計很卑鄙的地方。這裡所指的卑鄙並不是說有什麼危險，相反，寶藏岩穴不僅不危險，還直接就是一強制型的安全區，在這裡想開PK的人，不管是玩家還是NPC都會立刻被魚人族歷代在此安息的先祖給咒死掉，哪怕是魚人族現任首領也不例外的沒辦法放肆。

寶藏岩穴的卑鄙之處，就在於被開啟寶藏中的「隨機」二字……

前面說過，寶藏岩穴中有大大小小的共計一百個寶箱，每人只有三次開箱的機會，獲得資格進入岩穴之後，玩家可以任意挑選三個箱子打開，被開啟的箱子中不管掉出來什麼都會和玩家自動綁定，哪怕就是掉出一瓶加HP的大紅瓶也是只有綁定的那個人才可以喝……

於是，雲千千開寶的時候就顯得緊張了那麼一點。

首先，藥品和材料是不要的，第一是因為這些不值錢，第二也是自己沒學生活技能，即使有材料也無法做出成品消耗，說白了就是浪費時間……其次，裝備武器的話也是不要的。誰都知道現在這級別的更換裝備正是最快的時候，幾乎半月一換裝，再是多好的東西，放到手上也拿不了多久，回頭還賣不掉……那麼算下來的話，在這些箱子中，唯有開到技能才是最實用的，寵物其次，這兩樣東西可以一直用下去不說，還沒有更換的麻煩和消耗，只要不是太垃圾的品種類型就行……

雲千千首先就把自己印象中那些不值錢的寶箱都給盡量排除掉了，可是儘管她再怎麼努力，眼前還是剩下十來個她根本想不起來是什麼的箱子……畢竟不是所有玩家都願意把自己從寶藏岩穴開出來的東西都放到論壇上和人分享的。再退一步說，就算真是所有玩家都願意把自己在岩穴裡開到的東西和箱子大概位置給分享出來，雲千千也不可能記得下這麼多啊！她的IQ根本沒有小說中那些強者男女那麼風騷，就是很普通的一個大眾標準水準，不聰明也不傻，頂多就是有點小奸猾而已……

在雲千千的記憶中，這個岩穴能開出的東西中最讓她垂涎的三樣分別就是：蒼天之羽，頭盔，可在空中飛行十分鐘，飛行速度等於行走速度的60%；雷霆地獄，群傷型雷系技能，初始傷害勘比天雷地網，另外每秒附帶毒傷持續降血；夢魘寵物蛋，可同時作為坐騎及輔助寵物，天生自帶兩種隨機精神系技能。

現在可以肯定的是，這三樣東西就在雲千千面前的十多個箱子之內，但具體是哪一個，這就很值得人琢磨了。每樣東西被開到的機率都是百分之十不到……

「頭大啊……」面對眼前精挑細選出來的一溜兒寶箱，雲千千不記得是第幾次的嘆息出聲。

九夜嘴角抽了抽，感覺自己也有些頭大，這水果從進了岩穴之後開始就一直在折騰，到現在還沒消停，不就是三個箱子嘛！反正也不知道這些箱子裡面都有些什麼，隨便選出三個開完不就好了！……九夜撇撇嘴，看似很瞧不起雲千千現在的這副沒出息樣兒。

「九哥，要不還是你先開吧!?」雲千千猶豫半天，終於小心翼翼開口，語氣中充滿了遲疑和躊躇。

九夜白眼個，早就受不了這人的磨磯了，一聽人叫自己先開，於是二話不說的上前一步，看也不看的隨手拍上一個箱子，一撬一掀……

彩帶爆出，歡快的樂聲響起，九夜淡定的伸手進箱，取出一個通體黝黑暗沉的寵物蛋，鑑定得蛋名曰：夢魘。

雲千千白眼一翻，想當場昏過去算了，這世界怎麼能這麼瘋狂!?人家一伸手，居然就把她早看好的三獎勵之一的夢魘給撈跑了……這確實是網遊題材，不是玄幻小說白文吧!?

九夜卻根本不知道夢魇的珍貴，再準確點說的話，他其實知道夢魘是個稀罕東西，但關鍵的是，不知道夢魘在這個岩穴裡的寶箱裡算不算稀罕東西？

於是，根本不瞭解情況的九夜也就一點驚訝的表現都沒有，他以為自己抽到的這個夢魘在其他箱子裡至少還躺了十來隻，應該不算個什麼……淡淡看一眼手裡的蛋，漫不經心的滴了滴血上去認主，然後再隨手往自己空間袋裡一丟，做完這一切後九夜才抬起頭來淡淡道：「接下來是我開還是妳開？」他就當是在街邊抽獎了，心情別說是激動，連漣漪都沒有半分。

「我開！」雲千千眼睛都紅了，恨恨一咬牙，在剩下的那些箱子裡仔仔細細挑揀一番，最後才終於選中一個做工最精細、箱面最平滑、漆色最鮮亮、木質最實沉……的箱子。

俗話說得好，好馬配好鞍！同理可證，最有價值的東西，一定也會配個最昂貴的盒子……比如說往鞋盒子裡放一把翡翠金鑽，名家的檀香水紋古董木箱裡卻鎖進滿滿一箱衛生紙……以上無論哪一種搭配，都是足以讓人抓狂的鬱悶。

手，慢慢的伸向了自己寄予厚望的那個箱子，開鎖，去栓，雙手扶在箱蓋上，雲千千深深的呼吸了幾下，直到鎮定好情緒之後，這才咬牙猛的掀開了箱蓋。在雲千千的期待和惴惴不安的緊張下，這個最完美的箱子裡的東西終於顯露了出來——史上最無敵的精裝 MP 大藍藥一組！

「……」

「……」

九夜終於明白自己拿到的夢魘是多麼的珍貴了。

原來這個寶藏岩穴裡的箱子並不像自己想像的那樣都是裝滿了極品，就像再發達的國家也會有貧民區一樣，即便是那麼稀罕的寶藏岩穴內開啟的箱子，也依舊是保持了創世紀開放活動的一貫作風，非常無恥的把每個補給點都少不了的、好多玩家甚至會在沒有空間格的時候整理丟掉的、街上1枚金幣可以買四組的……最無敵的紅藍雙藥，也給算作了獎勵的一部分，毫無愧疚感的將其丟進了玩家們辛苦拚殺後才能兌換領取到的禮物盒或寶箱裡充數，等著看接下來哪個點背的茶几能摸著這麼個杯具……

噎了半天，九夜硬是找不到有什麼詞可以用在現在來安慰人家，於是乾脆別過頭去，裝作自己什麼也沒看到的樣子，非常認真的打量起周圍的岩壁來。

「你少給我裝沒看到！」雲千千忿然怒指九夜，一副標準的遷怒姿態：「下次和下下次還你開！我就不信你手氣還能一直這麼好了……」

雲千千這心態，就有點類似綜藝節目裡答題的時候幫忙去掉一個錯誤項一樣。眼前十來個盒子，已知還剩下兩件極品的箱子是兩個，其他箱子則都屬於未知的待選項。

九夜先行選擇，若是沒有開出剩下的蒼天之羽和雷霆地獄的話，那就相當於是幫雲千千排除掉了兩個錯誤答案，接下來這水果再接著從剩下的箱子裡面挑選，挑中的機會自然就要大上許多了。

當然，在這裡還有一個問題。那就是假設九夜兩次都連連挑中的話怎麼辦!?……雲千千相信自己應該不會衰到這樣的地步，再說了，如果真是兩次都被人家給挑中的話，怎麼說肉也是爛在鍋裡的，九夜好說也不算是外人吧!?而且自己日後一想起來，心理不平衡的時候還能找到個發洩的目標，免得以後被其他不知名的玩家拿去了，自己連想找個人打罵一頓都沒有藉口……

「……隨便！」九夜汗了個，依舊漫不經心應了下來，同時補充反問了句：「是我自己選還是妳選我開？」

「呃……」雲千千糾結。

讓他自己選？那萬一人家拿出飆夢魘蛋的運氣，把另外兩個自己看中的東東也給選中了怎麼辦!?那麼自己選好了讓對方開？也不行，他自選自開，即使真抓到什麼好東西，自己心裡也能平衡點。可是自己選了讓人家開，萬一開出個什麼極品來……雲千千一臉便秘想死的表情，被自己的設想給糾結到了。

「決定好沒蜜桃？」九夜在旁邊又催了。

「催什麼啊催！」運氣好就了不起了啊!?靠！雲千千忿忿的低咒，沉思許久後還是哼哼道：「你還是自己選吧！我怕自己選了之後死不瞑目。」

九夜也不含糊，也許是嫌剛才磨蹭得太慢了，這下聽說要自己開，索性不選不看，一左一右兩隻手都各自隨意的搭上了一口箱子，開鎖，去栓，兩邊同時一掀起……

左手的箱子還好，只是一件藍色小極品靴，雲千千略感安慰，連忙再往右手的箱子一看，頓時眼前一黑——某個白色的由三片翎羽束成的頭飾正靜靜躺在箱中，流光溢彩，一看就不是凡品。而其羽鑑定後名曰：蒼天之羽。

「還不錯。」九夜隨手把左手箱中的靴子換上，再拿起右手邊的蒼天之羽細細打量，良久後才吐出了這麼三個字出來。

雲千千怒看一臉純潔無辜的九夜，刺激過度得險些休克……

「該妳了！」九夜一聳肩，若無其事的示意雲千千去開她自己剩下的兩個箱子。他這邊剛才倒是還想開個，可惜已經收到系統的提示了：亞特蘭提斯魚人一族給予的饋贈就只有這麼多，請不要有不必要的貪念。

「我開!?」雲千千汗顏，她今天運氣是真不好，萬一再開出個紅藍雙尊之一的安慰獎怎麼辦!?自己可真是不想發脾氣來著，問題是這前提也得系統別太過火，欺人太甚……

「開吧！……要不要我幫妳選？」想了想，九夜友好的主動提出一個建議。

「你幫我選!?」雲千千眼睛冒綠光死盯住九夜：「那你可要選好了啊！如果剩下的兩個箱子裡開出的東西不值錢的話，那我可是要找你算帳的哦……再有，我還有兩次機會，你起碼得在其中一次讓我開到技能雷霆地獄。沒問題吧!?」

「……」沒問題!?ＸＸ妳個ＯＯ，問題大了！

橫也一刀，豎也一刀。被雲千千的不合理條件一壓，九夜立馬不幹了，於是那水果還是只能自己上場。乾脆學九夜那樣選也不選，點兵點將點中兩個箱子拖出來，非常有氣勢也非常豪放的左右開弓一劈，左手得雷霆地獄，右手得疾風之羽。

雷霆地獄是個什麼東西不用解釋，當場拍了學掉。至於疾風之羽，這東西以前木有見過耶！雲千千掂著三根束在一起，造型基本與蒼天之羽大致相同的疾風之羽，非常之費解：「所有速度加成5%，暴擊率加1%……這麼風騷的東西以前怎麼沒聽說過!?」

「沒人講，自然也就沒聽說過……妳才進遊戲多久？哪來這麼多感慨！」九夜冷哼一聲拆臺。

「呃……」也對吼！雖然說自己是重生回來的，但是每個高手都有自己的秘密和絕招，哪怕是前世的記憶中也會有不少疏漏的地方，這確實沒什麼好奇怪的。

雲千千終於想通，欣慰的微微頷首，繼而咬牙：「九哥，您就不能換個平和點的語氣!?」

拿到了想拿的東西，雲千千終於回到了亞特蘭提斯，她還記得自己答應過國王，等進入寶藏岩穴之後，自然會回來幫他解決亞特蘭提斯內賭博成風的事情。但是認真說起來的話，這卻並不是一件簡單的事情。

俗話說得好，學壞三天，學好三年。自己帶著亞特蘭提斯的淳樸魚人們學習各種賭博的花樣，因為賭博的娛樂性和刺激性，魚人們都很容易就沉迷了下去，要做到這些自然是很簡單的事情。

可是在大家都已經非常熟悉和適應這個東西了以後，你突然說要讓大家別再繼續賭下去了，重新回到從前那一成不變、平淡寡味的生活軌跡中，估計大部分的魚人都是不願意的。

任何東西只要沾上了一個「癮」字，再想戒掉就難了，菸酒茶牌，樣樣如此……其實魚人族國王真不該對自己抱有什麼期望的，會賭和能否教人戒賭之間有什麼必然聯繫嗎!?

雖然說對怎麼解決賭博風氣這個問題實在是沒底，但作為一個守信用的人，雲千千還是沒打算爽約，就算爽約也不能被人抓著把柄啊！好說任務也是要回來接一下的，想省事的話只要接完不去做就可以了。

接不接任務是態度問題，能不能完成任務是能力問題。這是兩碼事，自己是個態度很堅定的守信之士，只是能力有些不足而已……雲千千一邊找著托詞，一邊不甚認真的接下了魚人族國王發布的任務，有一耳朵沒一耳朵的聽著對方情緒激昂的演講，主題中心思想就是他如何如何對雲千千寄予厚望，亞特蘭提斯內的賭博風氣問題又是如何如何的迫在眉睫，所以請對方努力，一定要還亞特蘭提斯一個清新世界云云……

半小時後，終於告別魚人首領也就是亞特蘭提斯國王的那位大叔，雲千千重重的打了個呵欠提神，好半天後才睜開了迷糊得快要閉上的兩隻眼睛。

剛那魚人族國王都說什麼了?雲千千認真的糾結了十秒鐘，最後發現回憶無果。於是堅決放棄，索性不再去想，而是直接邁步，向自己離開亞特蘭提斯前開設賭局點的那家酒樓方向走去。

酒樓內依舊是一如既往的熱鬧，比起雲千千離開的那會兒，現在酒樓裡的新客魚們又多了不少，甚至連酒樓裡的賭桌都加了好幾臺，有流連於各桌賭臺前熱情專注的下著注的，也有特意裡這裡吃飯，偶爾下個幾注調劑心情順便看看能不能多贏個加菜錢的。

最邊上有一家當鋪，雲千千隱約記得那原本是開在城邊的一個瀕臨倒閉的小鋪子。現在人家改到酒樓的賭臺旁邊做買賣了，專門給賭得本都不剩的群魚們提供典當貸款服務……雲千千眼前恍惚了一下，感覺自己面前的酒樓已經不再是酒樓，而是頗有幾分賭城的風采了！

香蕉的！果然群魚的力量是偉大的。自己走的時候還沒想到這麼多呢，這是哪個魚人出的建議，設計了這麼多集吃喝X賭為一體的個性化服務啊!?

雲千千深深的嘆服，再次覺得群體的智慧真是十分讓人佩服。

正當她還在左右觀望時，一條往褒了說叫珠圓玉潤、往貶了說叫腦滿腸肥的超級小肥魚翩然游至。肥魚笑呵呵的停在雲千千身邊，聲音中透著真誠的毫不掩飾的驚喜：「蜜桃，您終於回來了啊！」

「呃……」雲千千瞪大眼睛，艱難的對著這條小肥魚辨認了足有三分鐘，最後還是沒能想起來這位很有分量的魚人是哪根蔥，於是只好抱歉臉紅道：「對不起，您哪位？」

小肥魚先是愣了愣，繼而才回過了神來，也不介意雲千千這聽上去有點傷魚的話，無所謂的自我介紹道：「我啊！就是這家酒樓的老闆啊！您不記得我了!? 以前我還輸給您五個兒子過……」

一提這事，雲千千立馬給出反應，一瞪眼，一吸冷氣，驚訝尖叫：「靠！是工業汙染還是有人給你投放不合乎國家衛生健康標準的催肥飼料了!?」香蕉的！以前雖說也有點小壯，但才一週不到，這魚就有本事胖成這樣，這明顯已經靈異了好嘛！

肥魚，也就是酒樓老闆愣然迷茫之，根本聽不懂這太過先進的現實社會現象是怎麼一回事。在純潔的亞特蘭提斯裡，暫時還沒有出現類似工業汙染和催肥飼料這樣子具有現代化特色的高科技成果。

鎮定了一下情緒，雲千千又瞪了小肥魚一眼，也不想糾結他增肥的過程了，直接轉移話題問起此行的正事：「上次走之前我讓你幫我把輸的人名字記下，你記了嗎？」

賭場剛開的時候，雲千千技術入股，酒樓老闆房產入股，一人一魚各得贏利的 50%，所以雲千千此時才會有此一問。

「記了，妳那份收的錢已經記在另外一本帳上，我回頭拿給妳！」酒樓老闆笑道。

「唔……我要回大陸西華城，有空的時候偶爾會過來看兩眼。這裡你照看著點吧……對了，我在國王面前還接下了清剿賭博風氣的任務。我估計最起碼在下個玩家來之前，他是不派其他魚來這裡查你們了。趁這時間，你能擴張就盡量擴張，爭取儘早做到合法化和產業完整化。」雲千千突然想起一事，連忙和酒樓老闆打了聲招呼，也免得對方做事的時候還束手束尾的放不開膽子。

「蜜桃小姐真是高明！」酒樓老闆讚了個道：「說到合法化……前幾天城裡做店鋪普查，我就索性申請了個賭場，因為這並不違反主神規則，所以國王也沒辦法說什麼。」

「真不錯，申請了什麼名字？」

「拉斯維加斯！」肥魚豪氣干雲。

「……」

《禍亂創世紀02》完

請期待更精彩的《禍亂創世紀03》

飛小說系列044

禍亂創世紀02

近豬者痴，近桃者衰！

出版者■典藏閣
作　者■凌舞水袖　繪　者■lemonlait
總編輯　■歐綾纖
製作團隊■不思議工作室
郵撥帳號■50017206 采舍國際有限公司（郵撥購買，請另付一成郵資）
台灣出版中心■新北市中和區中山路2段366巷10號10樓
電　話■(02)2248-7896　傳　真■(02)2248-7758
物流中心■新北市中和區中山路2段366巷10號3樓
電　話■(02)8245-8786　傳　真■(02)8245-8718
ISBN■978-986-271-325-9
出版日期■2013年2月
全球華文國際市場總代理／采舍國際
地　址■新北市中和區中山路2段366巷10號3樓
電　話■(02)8245-8786　傳　真■(02)8245-8718
新絲路網路書店
地　址■新北市中和區中山路2段366巷10號10樓
網　址■www.silkbook.com
電　話■(02)8245-9896
傳　真■(02)8245-8819

☞您在什麼地方購買本書？☜

☐便利商店＿＿＿＿＿市／縣＿＿＿＿＿＿＿＿＿＿便利超商

☐博客來　☐金石堂　☐金石堂網路書店　☐新絲路網路書店　☐其他網路平台

☐書店＿＿＿＿＿＿＿市／縣＿＿＿＿＿＿＿＿＿書店

姓名：＿＿＿＿＿地址：＿＿＿＿＿＿＿＿＿＿＿＿＿＿＿＿＿＿＿＿＿＿＿

聯絡電話：＿＿＿＿＿電子郵箱：＿＿＿＿＿＿＿＿＿＿＿＿＿＿＿＿＿＿＿

您的性別：☐男　☐女

您的生日：＿＿＿＿＿年＿＿＿＿＿月＿＿＿＿＿日

（請務必填妥基本資料，以利贈品寄送）

您的職業：☐上班族　☐學生　☐服務業　☐軍警公教　☐資訊業　☐娛樂相關產業

☐自由業　☐其他＿＿＿＿＿＿

您的學歷：☐高中（含高中以下）　☐專科、大學　☐研究所以上

☞購買前☜

您從何處得知本書：☐逛書店　☐網路廣告（網站：＿＿＿＿＿＿＿）　☐親友介紹

（可複選）　☐出版書訊　☐銷售人員推薦　☐其他

本書吸引您的原因：☐書名很好　☐封面精美　☐書腰文字　☐封底文字　☐欣賞作家

（可複選）　☐喜歡畫家　☐價格合理　☐題材有趣　☐廣告印象深刻

☐其他＿＿＿＿＿＿＿＿＿＿

☞購買後☜

您滿意的部份：☐書名　☐封面　☐故事內容　☐版面編排　☐價格

（可複選）　☐其他＿＿＿＿＿＿＿＿＿＿

不滿意的部份：☐書名　☐封面　☐故事內容　☐版面編排　☐價格

（可複選）　☐其他＿＿＿＿＿＿＿＿＿＿

您對本書以及典藏閣的建議＿＿＿＿＿＿＿＿＿＿＿＿＿＿＿＿＿＿＿＿＿＿＿＿＿＿

＿＿＿＿＿＿＿＿＿＿＿＿＿＿＿＿＿＿＿＿＿＿＿＿＿＿＿＿＿＿＿＿＿＿＿＿＿＿

未來您是否願意收到相關書訊？☐是　☐否

未來若有校園推廣您是否願意成為推廣大使？☐是　☐否

✌感謝您寶貴的意見✌

✌From＿＿＿＿＿＿＿＿＿＿＿@＿＿＿＿＿＿＿＿＿＿＿＿＿＿＿＿

♦請務必填寫有效e-mail郵箱，以利通知相關訊息，謝謝♦

印刷品

$3,5

請貼
3.5元
郵票

不思議信箱
FUSIGI POST

235 新北市中和區中山路二段366巷10號10樓

華文網出版集團 收

（典藏閣－不思議工作室）